U0034996

心靈之旅——寫作和寫書的勇氣

李淵洲　著

〈序〉
《心靈之旅》——寫作和寫書的勇氣

　　本書的目錄共分成四輯，第一輯，旅行篇：我開拓了我過去的旅行經驗，並把這樣的旅行經驗用筆記錄下來，然後經過我的心靈的運思寫成一篇篇的旅行經驗和旅行文學；第二輯，雜篇：本書雖然取名為《心靈之旅》——寫作和寫書的勇氣，但我對寫作和寫書不是僅限於寫旅行經驗和旅行文學，也包含了生活中的體悟、社會現象、國際局勢等等，也占了本篇一半以上的篇章是我後來再開拓的，如〈詩聖與詩剩〉、〈寫書雖然有錯誤，但我勇敢更正自己的錯誤及其他書中的錯誤〉、〈玩字時代與玩物喪志〉、〈那一年，臺北元宵燈會〉、〈電影侏儸紀公園的聯想〉、〈小魚缸的聯想〉、〈失去靈魂之窗的痛苦〉、〈兒童是人類的老師〉等等。雖然幾篇在多年前刊載在《青年日報副刊》、《台灣新生報》、國立空中大學《學訊》等，但後來我發現這些十幾前所發表的文章，而我在當時對文字駕馭的能力仍是很薄弱，也因此我必須重新運思、修稿、潤稿、校稿後，才可出版；第三輯，小品文篇：二十幾篇小品文和勵志小品文雖然在多年前刊載在《國語日報》、《青年日報副刊》、《聯合晚報》、《台灣新生報》、《友誼月刊》、「號×出版社」等，但當時我對文字駕馭的能力仍是很薄弱，也因此我必須重新運思、修稿、潤稿、校稿後，才可出版，還有後來我又開拓了〈漫話、鬼話、笑

話〉、〈找到了生命的出口〉等等的小品文；第四輯：雖然多年前刊載在輔仁大學《益世評論》、臺北縣新莊市恆毅中學《恆毅月刊》的評論性的文章及文章，但後來我發現這些十幾前所刊載的評論性的文章及文章，而我在當時對文字駕馭的能力仍是很薄弱，也因此我必須重新運思、修稿、潤稿、校稿後，才可出版。

在現代化的社會，而如今是網路資訊後現代化的社會，雖然有越來越多的現代人及後現代人不喜歡閱讀「長篇大論」的文章，但我寫的這些小品文和勵志小品文都在1000個字以內，所以適合現代人及後現代人閱讀，還包括後記，以及附錄一：對於「人性向善論」與「人性善向論」的辯論之回應與看法；附錄二：人性與超越界的省思——人性本善論與人性向善論之比較。

進入現代化的社會，而如今是網路資訊後現代化的社會，現代人及後現代人因隨著二十世紀及二十一世紀快速的變遷，亦即現代人及後現代人的生活型態與農業時代比較純樸的社會已完全不一樣了，例如，在二十世紀及二十一世紀有越來越的人，他們遊手好閒、好吃懶做、整天不工作；他們昧著良心把自己潛力、能力及心思都來當作詐騙受害者的錢財而不願意去工作，也讓受害者在現代化，而如今在網路資訊後現代化的社會，也因為現代化及後現代化的今日社會「法律講求證據」，但在警察、刑警、調查人員、檢察官、法官等的限制之下，也畢竟他們都是人並人的限制非常大，所以又有多少「刑事案件無法破案？」「又有多少的民事案件受害者無法獲得賠償？」

由此可知，我預測大概 2050 年檢察官會被「智慧型偵查機器人」所取代、法官會被「智慧型審判機器人」所取代、警察、刑警、調查人員等會被「智慧型機器戰警」所取代、立法委員會被「智慧型立法機器人」所取代、護理師、醫師會被「智慧型護理及診斷、治療機器人」所取代、全世界文學獎的評審委員、全世界的電子報、報章雜誌等等的編輯和主編會被「智慧型文學獎及刊載文章的審核機器人」所取代……。

　　本書的旅行篇是在延續我在 2018 年 5 月所出版的《散散步，欣賞啊！》——尋找過去的記憶（白象文化事業有限公司出版）一書，因此開拓了從過去的旅行經驗和旅行文學，另一方面經由外在旅行的經驗，再經由我的心靈的運思把一篇篇過去旅行的經驗寫成旅行的文學，如此轉化的過程確實需要有很大的勇氣，譬如，在《珍惜情緣》，副標題是：閒來無事且讀詩（天下文化出版），而作者在他寫的〈序〉——詩中天地寬，他這樣的寫著：

　　多年前，我曾應邀參加一個撰寫「每日一詩」的計畫，供電視台參考製作。後來計畫生變，而我已經動筆，就鼓起餘勇完成了六十首詩的介紹。我在撰寫的過程中，對於前引孔子所謂的「興、觀、群、怨」，真如「寒天飲冰水，點滴在心頭」，有了極為深刻的體認。獨享之樂如此，公諸於眾與人分享，豈不更是快慰平生？

從作者寫的這一本詩集來看，本書我雖然將它取名為《心靈之旅》——寫作和寫書的勇氣，但我並沒有設限僅寫旅行經驗和旅行文學，亦即一切寫作的題材都須經由我的心靈的運思，然後把它寫成一篇篇的旅行文學，也因此我開拓了〈旅行篇〉、〈雜篇〉、〈小品文篇〉、〈評論篇〉等；我將〈旅行篇〉盡量選擇縮小篇章，我也把篇章的重心擺放在〈雜篇〉、〈小品文篇〉、〈評論篇〉、還包括後記，以及附錄一：對於「人性向善論」與「人性善向論」的辯論之回應與看法；附錄二：人性與超越界的省思——人性本善論與人性向善論之比較。

　　為什麼？本書的書名取名為《心靈之旅》——寫作和寫書的勇氣？因為人去旅行須經由理性的選擇，然後經由作者心靈的運思把去全世界各國各地旅行的經驗，或者選擇臺灣、日本、南韓、中國……旅行的經驗。雖然由外在旅行的經驗，也須經由作者心靈的運思把它寫成一篇篇旅行的文學，如此轉化的過程確實需要有很大的勇氣，但本書為什麼這樣的取名？也是來自有這樣的原因和理由，譬如，在《創造的勇氣》（立緒版）一書，是由台×哲學系傅×榮教授所翻譯和導讀的譯作，而作者是羅洛・梅（Rollo May）存在主義心理分析大師，他在本書《創造的勇氣》（The courage to create）的開始，作者也有這樣寫著，我由此擷取了本書作者精采的段落和思想，他說：

　　我們生活在一個斷裂的時代，老一輩的作風正在消逝，新一輩的作風尚未塑成。環顧世間，從兩性關係、婚姻型

態、家庭結構，到教育、宗教以及科技，現代生活的每一方面幾乎都出現了急劇的變化。這一切的背後，還存在著原子彈的威脅，它雖然看似遙遠，卻從來不曾消失。在這個有如煉獄的時代裡，要想以敏感的心靈活下去，確實需要有很大的勇氣。

……何謂勇氣？首先，我所謂的勇氣，並非與絕望對立的勇氣。我們經常必須面對絕望，就像美國社會每一位敏感的人在過去數十年所體驗到的。不過，齊克果（kierkegaard）、尼采（Nietzsohe）、卡謬（Camus）與沙特（Sartre），都曾宣稱，勇氣並非取消絕望，而是意指：即使絕望伴隨在身邊，也有繼續前進的能耐。

……勇氣不是各種人格價值（如愛或忠實）之中的一種品德或價值。勇氣是其他一切品德與人格價值的基石與支柱。若無勇氣，愛即將褪色，然後淪為依賴。若無勇氣，忠實亦難堅持，然後變為妥協。

「勇氣」一詞的英文（courage），與法文的「心」（coeur），同出一源。就像心臟把血液壓送到四肢與腦部，使這些機能得以運作，勇氣也使心理方面的一切品德得到動力。若無勇氣，一切價值都會萎縮，成為品德的幻影。

在人類身上，唯有勇氣能夠帶來存在（being）與成長（becoming）。如果自我想要落實，就必須對自己有明確的肯定與定志。這正是人類與其他萬物之間的差異。橡子長成橡樹，是藉由自動的生機；它不需要任何定志。小貓也是靠本能而成長的。在這些生物中，自然本性（nature）與生命存在（being）是一致的。然而，一個人要想真正的為人，只

有憑著自己的選擇，以及對這一選擇的定志。人們每天所做的各種決定，使他們獲得意義與尊嚴。因此之故，田立克（Paul Tillich）認為勇氣具備存有學上的性格，亦即勇氣是我們的存在所不可或缺的。

從本書存在主義心理分析大師羅洛・梅的精采的段落和思想來看，由台×哲學系傅×榮教授所翻譯和導讀的《創造的勇氣》（立緒版），而他在本書的〈譯序〉——把握自我創造的契機，我由此擷取了本書譯者的〈譯序〉精采的段落和思想，他說：

面對虛無而深感焦慮，這是現代人最大的挑戰。身為萬物之靈，我們如何通過這個難關？首先要激發「勇氣」，即使旁邊就是絕望的深淵，我們也不輕言放棄。勇氣有各種類型，如形體的、道德的、社會的等等，但是在根本上它必須是「創造的」，就是運用一切資源，開創新的未來。

羅洛・梅（Rollo May）界定了上述出發點，接著要如何走完全程呢？他的焦點置於「創造力」上，負責示範的自然是藝術家了。藝術家的條件是『以直接當下的途徑，展現新形式與新象徵」。形式與象徵之『新』，是為了瓦解我們對「真相」視而不見、聽而不聞的麻木狀態，藝術家代表人類的良心，即是此意；不僅如此，他們還要努力「冶煉出人類未曾受造的良心」。

……羅洛・梅被歸類為「存在主義的心理學家」，因為他在著作中樂於引述齊克果、尼采、沙特、卡謬、田立克等

人的觀點。事實上，他對哲學、文學、神話、藝術、宗教都有深入而獨到的見解，因為他所關懷的不只是人的心理問題，而更是人的存在問題。心理學家受到他肯定的反而不多。

在《創造的勇氣》這本不到二百頁的書中，他提及的古今人名超過百位。對於具備基本人文素養的讀者而言，會以閱讀本書為一大享受。若是初學者或入門者，也可以在本書獲得豐富的啟發，對「人生」與「人文」產生極大的興趣與信心。

我最初購得此書，是在一九八六年。當時念書的習慣之一，是邊讀邊譯。光是前三章就使我受益良多，懂得如何理解藝術家以及創作的歷程。後來我在上課、演講與寫作中，也經常發揮由此所學習的心得。想不到在這兩年，羅洛・梅像是台灣出版界剛剛發現的新大陸，有關他的介紹與著作翻譯陸續出版，真是值得高興的一件大事。

我年輕時花了許多時間從事翻譯工作，譯文超過二百萬字，現在重拾譯筆，把這本書翻完。如果要談翻譯的心得，大概可以歸結為「透明」與「經濟」二點。透明是指原文的意思「沒有遮蔽」，可以一眼看得清楚。方法是從讀者的角度與程度來考慮譯文，使譯文除了特定知識的限制外，不再有太多的障礙。至於經濟，則是指表述的方式而言，譯文要盡量做到簡明扼要，不浪費也不吝嗇。並且，要避免套用典故與成語，做到「寧拙勿巧」。

本書名為「創造的勇氣」，其中談到「欣賞也是一種創造」，因為每次欣賞藝術時，會有不同的體認與感受。既然

如此，我們不妨引申說，翻譯也是一種創造。問題在於：若是真把翻譯當成創造，恐怕中間苦心經營的時間太長，或者根本無法定稿。因此，我願邀請讀者以他的閱讀一起參與這項創造的活動。

從譯者和導讀本書的〈序〉來看，作者羅洛‧梅在本書的〈作者序〉創造的勇氣——才華與創造活動之間的關係，以及創造力與死亡之間的關係，究竟是什麼？對美的領悟是通往真理的路途之一嗎？我由此擷取了本書作者精采的段落和思想，他說：

我這一生縈懷於心的，是有關「創造力」的各種問題。這些問題使我深為著迷，例如：科學及藝術中的某一原創性觀念，為何在某一特定時刻從潛意識中「冒出來」？才華與創造活動之間的關係，以及創造力與死亡之間的關係，究竟是什麼？為何一齣模仿劇或一場舞蹈，會帶給我們如此多的樂趣？荷馬面對像特洛伊戰爭這麼複雜粗糙的史實，是如何將它寫成一首長詩，進而成為整個希臘文明的倫理引導之一？

我探索這些問題時，我的身分不是站在一旁的局外人，而是親自介入藝術及科學的參與者。我的動機來自我自己深深感受的好奇，就像渴望看到一張紙上的兩種顏色怎麼混亂而變成不可預測的第三種顏色。在生物演化的激烈競賽中，人類得以脫穎而出的特質，不就是他能夠停頓片刻。在拉斯科（Lascaux）或阿爾塔米拉（Al-tamira）的洞穴牆壁上，繪

製那些棕紅交錯的麋鹿與野牛，使我們今日看來仍然覺得驚訝讚嘆與心生敬畏嗎？應該假設對美的領悟是通往真理的路途之一嗎？應該假設「優雅」物理學家以此描述他們的發現——就是打開終極實在界的一把鑰匙嗎？應該假設喬哀思（Joyoe）所謂藝術家創造了「人類未曾受造的良心」，是正確的說法嗎？

　　……我樂於承認：本書書名參考了田立克（Paul Tillich）的《存在的勇氣》（The Courage to Be）。不過，人不能「存在於」一個虛空中。我們是以創造來展示我們的存在。創造力是攆著存在而出現的必要質素。不僅如此，本書書名中的「勇氣」一詞所指涉的，超出第一章前幾頁的範圍，是針對創造的活動所不可或缺的那種特定的勇氣。我們平常討論創造力時，很少認可這種勇氣；在形諸文字的著作裡面就更少見了……。

　　從作者羅洛‧梅在本書的〈作者序〉來看，哲學第一步驟先澄清概念，而作者羅洛‧梅他在本書的書名以「創造」一詞，我也經由我的理性的反省，並經由我去查《遠東國語辭典》而「創造」一詞，在辭典上解釋：「自己發明、製造出無人造過的事物。」雖然人有創作、創新、創造等能力，但人類所謂「創造」，必須與「創造宇宙萬物完美永恆的基礎」來作為區分開來，為什麼？理由是，人類所謂「創造」一詞，只能勉強這樣來描述繪畫、雕刻等等藝術的創造及寫作和寫書的創造，以及發明各種工具、器物、建物、科技產品等等的創造，但前提不可與「創造宇宙萬物完美永恆的基

〈序〉

礎」混為一談，為什麼？因為人類所謂的「創造」，如果與「創造宇宙萬物完美永恆的基礎」混為一談，這麼一來，會陷入人類自以為是及自我膨脹，更會衍生出把創見、創始者、創新、創造力等無限的自我膨脹到與「創造宇宙萬物完美永恆的基礎」等同。

然而，人的創造能力變成包含了連宇宙萬物，也是人類所創造的，如此不但會變得非常不可思議，事實上，人類是把原本地球上所存在的元素、物質、萬物等，去提煉、去發明、去改造人類日常所需的物品和工具，進而來改善人類的生活品質，譬如，無論人類的科技在怎麼發達都無法創造一朵花、一棵樹、一枝草……，但人類可以運用科技來栽培花卉、水果、蔬菜……；事實上，生命是從哪裡來的？要往哪裡去？有：「創造宇宙萬物完美永恆的基礎」，而所謂「創造宇宙萬物完美永恆的基礎」，就是：「沒有開始，也沒有結束。」「沒有誕生，也沒有死亡。」永恆存在。因此，信與不信由你？

在《活出自己的智慧》（天下文化出版）一書中，作者對「創作」一詞有這樣的詮釋，他說：

「創作」一詞常用於文學與藝術的作品上。寫一首詩、譜一首曲、誠然是少數人的傑作；但是，在眾人面前說一段話，和別出心裁改變現狀，則是人人可為之事。這種由自己所造成的新狀態，都會呈現某些價值。

總之，人世間所有的一切，乃至宇宙萬物都是相對的，也都是不完美的，也因為宇宙萬物，乃至人類的生命的變化最終都要面對滅亡和死亡，譬如，台×哲學系傅×榮教授他總策畫的二十冊「愛智叢刊」，其中編為十九冊的《創意人生》一書（業強版），因此本書共分成三輯，第一輯：激發潛力；第二輯：突破困境；第三輯：迎向新生，而在第一輯的激發潛力，開頭的第一篇〈創意的來源〉，作者引用了幽默大師蕭伯納來說明，人生的不完美，於是他這樣寫著：

　　幽默大師蕭伯（G.B.Shaw）以生動的方式表達他對「完美」的憂慮。完美之物必來自永恆界，人間無福消受。於是，越完美的越脆弱，以致隨時可能幻化無蹤。他在聆聽小提家海菲茲（Heifitz）的演奏之後，一回到家就寫了下面這封信：

海菲茲先生雅鑒：

　　內子與我對閣下的演奏會讚嘆備至。如果你繼續演奏得如此美妙，將難免於早夭。沒有人可以演奏得如此完美，而不致激起諸神的嫉妒。我誠心奉勸閣下，每晚臨睡前胡亂演奏一些曲子……。

目錄

心靈之旅
——寫作和寫書的勇氣

輯一　旅行篇

1.平溪之旅

　　記憶像是隨身碟，在我的記憶裡存檔並記錄著——過去的旅行經驗更顯得親切可愛，即使多年以前的平溪之旅，也隨著時間的腳步，也更顯現出多麼令我陶醉的平溪風景，如十分瀑布、平溪鐵路等等。

　　就在那個時候，哪一年去過平溪？從哪一條路，到了平溪？隨著時間的淡化，我已記不清楚？不過我還記得平溪鐵路的火車而穿梭在蜿蜒於青山綠水中，隨著火車快速的移動，兩旁的風景則在我的眼睛裡快速的移動，這時我看見窗外的碧綠和濃蔭，心情也隨著快活起來；火車到了平溪的菁桐車站即停靠在月台旁，然後遊客及民眾一個一個走下火車，走過鐵軌，我也隨著他們的腳步，去欣賞沿路美麗而優雅的風景。

　　那一天，我爬上了人工築成的階梯，此時此刻是時而上坡時而下坡的山路，讓我可以擁抱這片翠綠的山頭，也暫時忘了自己的勞累！走著走著，我走到了十分瀑布前，此時此景空氣瀰漫著豐富的小水滴，而小水滴與空氣互相碰撞產生了負離子，這時我忍不住多吸幾口瀑布的清新舒暢的空氣，來去除了我久住城市的塵埃及積年累月呼吸那不乾淨的空氣。

　　在十分瀑布前，呈現在我的眼前，即是水流從上往下傾瀉而下，有如萬馬奔騰般不斷不停地奔流的浪濤，如此壯觀的瀑布，堪稱臺灣最大的簾幕式瀑布，因而根據網路的《維

基百科》對尼加拉瓜大瀑布的介紹，而我選擇其重點來呈現：「尼加拉瓜大瀑布（英語：Niagara Falls，源自印第安語，意為「雷神之水」。加拿大的華人稱之為「拉格科瀑布」）是由三座位於北美洲五大湖區尼加拉河上瀑布的總稱，平均流量為 2407 立方公尺/秒，與伊瓜蘇瀑布、維多利亞瀑布並稱為世界三大跨國瀑布。尼加拉瓜大瀑布以美麗的景色，巨大的水力發電和極具挑戰性的環境保護工程而聞名於世，是非常受遊客歡迎的旅遊景點。」因此，與臺灣的十分瀑布相比之下，故十分瀑布，有：「小尼加拉瓜瀑布」的美稱。除了平溪鐵路、十分瀑布之外，我去過的平溪的旅遊景點，也隨著時間的淡忘，難以恢復當時旅遊的風貌。

　　臺灣聞名的節慶「平溪元宵燈節放天燈」，可惜我因工作忙碌沒有空親自前往去看放天燈，即使在我的記憶裡，我也不曾去過平溪欣賞天燈？但我在家裡看電視的時候，從電視的畫面看見眾多的人點著天燈，而在此時此刻天燈由地上緩緩飄向暗黑的天空並越飄越遠，然後天燈把天空點亮了，彷彿天空中閃爍的星星。

2.野柳之旅

在我的記憶裡，即使隨著記憶的足音，多年前我也有去過野柳風景區旅遊有多少次？我也隨著時間的淡化，我已忘了，不過印象比較鮮明的一次，我是參加「臺北市公館的救國團」，所舉辦的男女未婚聯誼，也因為有這樣的機會，所以我再次選擇去野柳風景區旅遊。

我清晨起床後，我便騎著摩托車沿著臺北縣新莊市明志路三段轉入臺麗街，再沿著輔仁大學旁的 514 巷轉入中正路，接著沿著中正路往臺北市的方向騎去，這時沿途一家接一家的商店與我擦身而過，也隨著車速的前進，微風拂面，讓我感覺滿清爽的。

這時我把摩托車騎入了臺北市羅斯福路的街道，但我把機車停放在臺北市公館救國團附近的機車停車位格，我也步行前往臺北市公館救國團到了此處後，我也就向這次的舉辦單位報到，報到完畢，我便去搭停在臺北市公館救國團附近路旁的遊覽車，我們接著一個一個步上了遊覽車，等人數到齊，再經由導遊清點人數確認無誤後，司機便開車前往野柳風景區。

這時候，沿途導遊請我們互換坐位，自我介紹來增進彼此的認識，促進彼此的友誼，由於這次是舉辦單位所按排的男女未婚聯誼「野柳之旅」；沿途我們雖然在彼此自我介紹認識的過程，但我們在車上唱卡拉 OK，唱得不亦樂乎！我也忘了觀賞沿途的風景，過了許久，遊覽車就到了野柳風景

區。

　　這時遊覽車駛進了野柳風景區，司機將遊覽車停妥，下車後，我們便隨著導遊的腳步步行往前面離我們不遠的一棟建築物「野柳海洋館」走去，走著走著，我們走進了野柳海洋館。

　　我雖然沒有在野柳海洋館裡面觀賞展覽的物品，只是隨著展覽的物品，隨興看看而已，於是我走進裡面就往此館的洗手間去上廁所，但此時此刻使我聯想起一句旅遊的俏皮話：「上車睡覺，下車尿尿；上山拜廟，入店買藥。」

　　這時我們步出了野柳海洋館，然後由導遊帶領我們往地質受海水侵蝕與岩石風化的海岸走去，走著走著，我們的視線隨著海岸的空曠而開闊起來，此時此景一波一波的海浪拍打著海岸激起了浪花的聲音，我的心也隨著浪花而快活起來！

　　就在那個時候，導遊帶領我們邊觀賞野柳海岸的風景，他也邊講解野柳鬼斧神工大自然的奇景，他說：「野柳是屬於地質公園，而海岸岩石上的坑坑洞洞，由於地質受海水侵蝕與岩石風化的影響，因而經過千萬年的時間才形成了特殊的景觀，如女王頭、仙女鞋、情人石、海龜石、風蝕溝……。從漁澳路可通至野柳風景區，全長約三公里的海岸公路，因而各種不規則的石灰質，經海水侵蝕形成了各種嶙峋的奇岩林立。」我們邊聆聽導遊講解野柳風景區，我也邊觀賞女王頭，和被海水侵蝕與岩石風化的海岸，我們也在此與女王頭拍照留念。

觀賞完了野柳風景區的海岸，我們步行前往餐廳用午餐，用餐完畢後，導遊帶我們去野柳名產店去選購野柳的名產，而我們選購完野柳的名產後，導遊便集合我們一起玩著男女未婚聯誼的遊戲，而此遊戲的名稱，稱之為「大風吹」，就這樣，大風吹，吹什麼？遊戲結束後，我們去搭遊覽車，於是我們坐上了遊覽車，等導遊確認人數無誤後，司機便沿著道路逐漸轉入高速公路將遊覽車駛回臺北市，結束了此次的野柳之旅。

3.日月潭國家風景區之旅

　　有一位以畫樹著稱的法國畫家——保羅‧塞尚（Paul Cezanne, 1839-1906年），而在他的畫作中，他畫的樹木連樹根也畫出來，為什麼？他在畫樹之前，他整整觀察了樹木一年的時間——春、夏、秋、冬四季的變化。雖然他以心靈的創作及長期觀察樹的成長過程才呈現樹的不同的風貌，但曾榮獲諾貝爾文學獎的美國作家梭羅（H.D.Thoreau, 1817-1862），他在一八四五年七月四日開始隱居在康考特的華爾登湖（Walden Pond）的湖畔，他前後歷時二年二個月才寫下了文學的經典著作《湖濱散記》，亦即經典文學作品都要經過作者對大自然的景觀，以及人類的社會的歷史、事物、人物等長期的觀察，然後作者在自己的心靈長期的醞釀作品才能寫出經典的文學作品；我雖然無法寫出經典文學水準的作品，但我幾乎也無法完成這項不可能的任務，不過我也至少要求自己不寫迎合世俗，討好現代人口味的作品。

　　記得多年前至幾年前，我去過日月潭有好幾次；日月潭雖然也是座落在南投縣，但日月潭距離我的故鄉草屯鎮畢竟有幾十公里之遠，所以我無法長期去觀察日月潭的景物，我也只能憑著過去的記憶去回憶日月潭；記得當時我大部分是參加旅行社跟團到日月潭旅遊，或省立臺中高級工業職業學校（幾年前已更名為臺中市立高級工業職業學校）在日月潭青年活動中心舉辦了二天一夜的研習營，或我跟認識的人去日月潭觀賞美麗的風景。

日月潭環潭自行車道雖然榮獲列入二〇一二年全世界十大最美單車道，也包括有：「湖濱鐵馬行」，也就是三十公里日月潭環湖公路、月潭自行車道、頭社自行車道、水社向山自行車道等，即使如此，舉例來說，臺灣的土地面積雖然比荷蘭稍大，但荷蘭的人口有一千六百多萬人，他們卻擁有多達一千九百多萬輛的腳踏車，而每個荷蘭人包括了嬰兒在內都有一到兩輛的自行車，他們也擁有三萬五千公里的腳踏車專用道，可以環繞臺灣二十多圈，也堪稱為全世界第一的腳踏車專用道，也因此全臺灣卻僅有幾百公里的腳踏車專用道？也因此臺灣的腳踏車專用道與荷蘭相較之下，臺灣的腳踏車專用道實在少得可憐！

　　我努力地找尋記憶的繩索，記得小時候我是居住在南投縣草屯鎮土城里，直到我國中畢業前，即便因當時的政府在規劃並執行臺中至日月潭的快速道路拓寬計畫，但父親在當時的南投縣草屯鎮的李氏宗族的後面——草屯鎮建興五街買了一棟三層樓的透天厝，然後我們全家便搬到草屯去住，而正在拓寬的中潭快速道路，原本日式建築簡陋木造的土角厝，父親便僱用工人在原地重建一棟二層樓的透天厝。

　　從多年前至幾年前我去過日月潭有多少次？我已無法確認？不過我已好幾年沒有再次去造訪日月潭，即便幾年前我與我的老婆到距離日月潭還有一段路程的「禾題民宿」去住民宿，但我們搭計程車僅從外圍的道路經過日月潭，也沒有進去日月潭。

　　記得多年前我與一位認識的人一起去日月潭的水社碼頭去租用手划船，這時我們在水社碼頭買了船票，我們就坐上

了雙人的手划船，即便我們慢慢地搖著木製的手划的搖櫓，也漸漸地駛離了水社碼頭向著潭面划去，划著划著，也因為我不會游泳也不暗水性，所以我對潭面的水深產生了恐懼感，這時我的心裡想著：「萬一手划船翻覆，我掉入潭內，我又不會游泳那我該怎麼辦呢？」

　　這時陽光照在潭面上，而整個日月潭的潭面呈現閃閃發亮的景色，這時雖然陽光照在潭面讓我感覺有些熱，但我被潭面的風景吸引著，我也忘了陽光的熱度，我也忘水深的恐懼感，於是我們繼續努力地划著手划的搖櫓，往拉魯島（又稱為光華島）划去，划著划著，我們終於到達了拉魯島，然後靠岸我們把手划船停靠在岸邊，我們便走上了拉魯島，這時我發現島上有一個月下老人，於是我在此許願：「願天下友情人，終成眷屬。」然而，已故國際名歌星鄧麗君所主唱的〈何日君再來〉：「好花不常開，好景不常在……。」根據網路的《維基百科》對日月潭拉魯島的介紹：「拉魯島位於日月潭中，以拉魯島為界，日月潭分為日潭和月潭。國民政府來台後，將之改名為光華島，921 地震後復名拉魯島，是臺灣原住民邵族傳說中祖先靈魂安息之處。因九二一大地震，島上建築多有損壞，全島也部分沉入水中；2007 年開始修復工程。目前全面禁止登島，只許路過。」

　　多年前我參加旅行社跟團到日月潭旅遊，但當時我在哪裡搭遊覽車？在我的記憶裡我已模糊得無法分辨？不過我還記得遊覽車行駛在中潭快速公路時，我望著車窗外而外面的風景，與我的眼睛在快速的流動，風也吹得我暫時忘卻了心中的煩惱和心痛。

當遊覽車的司機將遊覽車駛入日月潭環湖公路，等司機將遊覽車停妥，下車後，於是我們隨著導遊的腳步而他帶我們去吃午餐，吃完午餐後，導遊帶我們走到日月潭的水社碼頭，這時導遊到水社碼頭的售票去購買團體的船票，於是我們去搭遊艇，坐好位置後，遊艇便慢慢地駛離了水社碼頭，這時我放眼望去四周群巒疊翠、綠蔭濃密、湖光山色、微風徐徐，就這樣，我在和煦的微風輕拂下，讓我隨著微風輕柔地蕩漾著，讓我暫時恢復了工作所帶來的身心的勞累，也暫時淡忘我心靈的創傷。

　　遊完日月潭的湖光山色後，我們步上了遊覽車，坐好坐位，這時導遊便開始清點及確認人數無誤後，司機又將遊覽車開往下一個日月潭旅遊的風景點「文武廟」，等司機將遊覽車停妥，下車後，於是我們隨著導遊的腳步進入文武廟，我們也隨著導遊在此解說文武廟，他說：「文武廟建於一九三二年，位於日月潭北面山腰上，主祀關帝，另供奉孔子、岳飛等；殿前有雙龍弄珠石雕；登上文武廟後殿山坡，可以遠眺日月潭的風景。」我們聽了導遊解說文武廟的由來後，我便在此處走上走下隨意看看並拍照留念。

　　隔了約三十分鐘，我們步上了遊覽車，坐好座位後，這時導遊便開始清點及確認人數無誤後，司機又將遊覽車開往下一個日月潭旅遊的風景點「孔雀園」，等司機將遊覽車停妥，下車後，於是我們隨著導遊的腳步進入孔雀園，我們也隨著導遊在此解說孔雀園，他說：「孔雀園位於環湖公路旁的一座專門飼養孔雀的迷你型動物園而設立於一九六八年十月；孔雀園內約有二百多隻的孔雀，主要是藍孔雀，亦有

白、綠孔雀，還有其牠名貴禽鳥，例如，產地在大陸的金雞、銀雞、藍雀及白鷳等。」我們聽了導遊解說孔雀園的由來後，這時我剛好看見一隻孔雀正在「孔雀開屏」，而我在瞬間頗有驚喜的感受，我就趕快按下相機並拍照留念。

　　觀賞完此處的孔雀園，我們又步上了遊覽車，坐好座位，這時導遊便開始清點及確認人數無誤後，司機又將遊覽車開往下一個日月潭旅遊的風景點「玄奘寺」，等司機將遊覽車停妥，下車後，於是我們隨著導遊的腳步進入玄奘寺，我們也隨著導遊在此解說玄奘寺，他說：「玄奘寺建於一九六五年，而玄奘寺是為了奉厝從日本迎回的玄奘大師頂骨舍利所興建；此處清幽雅靜，是眺望日月潭及拉魯島最佳的位置之一。」我們聽了導遊解說玄奘寺的由來後，這時我在此俯瞰日月潭清新脫俗的風光，以及深深的吸幾口新鮮的空氣將久住城市的骯髒廢氣吐出來，來恢復工作所帶來身心的勞累，也暫時淡忘我的煩惱和心痛。

　　觀賞完玄奘寺，我們又步上了遊覽車，坐好座位，這時導遊便開始清點及確認人數無誤後，司機又將遊覽車開往下一個日月潭旅遊的風景點「慈恩塔」，等司機將遊覽車停在距離慈恩塔山下的停車場，下車後，於是我們隨著導遊的腳步一步又一步爬著階梯往慈恩塔爬去，我也有些氣喘和腳酸而步上了慈恩塔，這時我們也隨著導遊在此解說慈恩塔，他說：「慈恩塔是前總統蔣中正為了紀念母親王太夫人所興建，而此處是海拔九百五十四公尺，塔鼎正好是海拔一千公尺。」我們聽了導遊解說慈恩塔的由來後，我們便往山下一步又一步往山下走去，於是我們又步上了遊覽車，坐好座

位，這時導遊便開始清點及確認人數無誤後，司機又將遊覽車開往下一個日月潭旅遊的風景點「德化社」，等司機將遊覽車停妥，下車後，於是我們隨著導遊的腳步到德化社去吃晚餐，吃晚餐後，司機便開著遊覽車載我們去日月潭的某家旅館去入住。

多年前至幾年前我雖然去過日月潭有好幾次，但後來由民間企業興建臺灣第一個 BOT 空中纜車於二〇〇九年十二月二十八日正式啟用，而此空中纜車全長一八七七公尺，也從日月潭的青年活動中心搭乘空中纜車至九族文化村須約有七分鐘；我經過好幾年後，我都未曾再次造訪日月潭，因而此日月潭 BOT 的空中纜車至今我都不曾搭乘過。

在我的記憶裡，記得多年前我因就讀省立臺中高級職業工業學校塗裝技術科，而該校在日月潭青年活動中心舉辦了二天一夜的研習營，我們也從臺中搭遊覽車前往日月潭青年活動中心去研習；記得多年前我參加某個旅行社的國內旅遊前往日月潭，而遊覽車從臺中經由中潭快速公路便駛進了日月潭，等遊覽車停妥，下車後，於是導遊帶我們去日月潭的某家餐館用餐，用完午餐後，我們步上了遊覽車，坐好座位，這時導遊便開始清點及確認人數無誤後，而遊覽車的司機便沿著日月潭的環湖公路，前往文武廟、玄奘寺、慈恩塔、臺灣山地文化中心、日月潭青年活動中心、孔雀園等等的旅遊景點參觀，而如今我已好幾年沒有再去造訪日月潭，亦即日月潭的湖光山色和環潭風光變得如何，我就不得而知了？但根據網路的《維基百科》對日月潭的環潭風光的介紹：「孔雀園目前已歇業。」

4.油桐花步道

　　步道雖然是提供人類親近自然的小徑，但步道可分成以下幾種類型的步道：水泥步道、廢輪胎步道、自然步道、木階步道、碎石步道、百年步道、手作步道，還有從2006年起引進美國阿帕契山徑步道，即便過去我並不知道還有油桐花步道，但後來我瀏覽網路的報導和資訊，我也才發現的確有油桐花步道。

　　在臺灣想要看雪景是難得一見的，亦即除了非常酷寒的寒流之外，不然就須自己往臺灣高海拔的山上跑，譬如，合歡山、大霸尖山、雪山、玉山等等，但安排行程必須是大費周章，也讓人必須考慮的因素太多，不敢輕易前往。

　　有一種雪景是不必出國旅遊，也更不必穿著厚重的冬衣而忍受著寒冷的天氣，亦即每年在臺灣四、五月開始，正當春夏交替的時候，從嘉義以北到東部的花蓮、臺東，也只要你有心想往山區去觀賞油桐花，也就可以看到原本綠油油的景色，慢慢的漸漸的被染成雪白，也就這樣「油桐花」的盛開，把整座山妝點的潔白又漂亮；尤其是北部，越是走進桃園、新竹、苗栗一帶的客家莊，白雪紛飛的油桐花更吸引著遊客來此觀賞油桐花的盛開，也成為臺灣獨特的風景。

　　在我的記憶裡，我已忘了過去是否有看過油桐花？或過去把其它的花誤認為油桐花？後來我從網路搜尋油桐花的報導和資訊，才知道什麼是油桐花，即便近幾年來政府大力在推廣觀光，但在每年客家委員會以不同主題舉辦「客家油桐

花祭」，也已成為年度的盛事，但他們不僅規劃油桐花專屬的園地，也提供即時的觀賞油桐花的資訊，來讓遊客來觀賞油桐花。

然而，除了自己開車前往國道一號和三號上的路面，由此經過山區的時候，可以看到油桐花盛開的景色，而客家委員會在全台13縣市有規劃觀賞油桐花的花區則高達141處，即便每一處觀賞油桐花的民眾都有對油桐花不同的感受，但相同的是油桐花都好像張開笑容，來歡迎遊客的造訪。

以下接著藉由網路的報導與介紹，歡迎有心的你前往觀賞油桐花，諸如「土城承天禪寺，油桐花與禪的對話。」「新竹大山背觀賞油桐花步道——白天觀賞油桐花、晚上觀賞螢火蟲。」「苗栗夢幻油桐花步道——油桐花的邂逅。」「彰化福田觀賞油桐花的生態園區——油桐花與蝴蝶齊飛舞。」「南投生態油桐花步道，在油桐花樹下享受芬多精」……。

從網路的報導與介紹油桐花來看，我到目前為止還沒有親自看過油桐花，但從這樣的網路的報導，也吸引著我想去觀賞油桐花的真面目，我也希望在不久的將來，我能親自目睹油桐花的風采，也能夠去感受白雪紛飛飄落的油桐花。

5.田園樂，焢窯

　　在我的記憶裡，記得多年前由南投縣草屯鎮圖書館所成立的「九九讀書會」；由南投縣省政府中興圖書館所成立的「中興讀書會」，而兩個讀書會合辦了「田園樂，焢窯」的踏青活動。

　　那一天，記得我們是在南投縣草屯鎮的「手工藝研究所」的廣場集合。早晨八點我們集合完畢後，我便搭書友的廂型車前往草屯鎮近郊的田地，田地則由一位書友所提供自家的田地，讓書友們「田園樂，焢窯。」我們雖然除了有固定的時間聚會讀書之外，但我們還能到郊外來親近泥土、玩玩土塊，也是多麼令人愉快的事情啊！

　　當廂型車抵達草屯鎮近郊的田地，他就把廂型車停妥在路旁，下車後，我們先在田地上分組，分組分好後，有幾位書友把番薯、玉蜀黍、雞塊、錫箔紙等等分給各小組，然後各組就開始挖掘泥土，大塊的土塊奠底，小塊的土塊往上疊；我先在田地上撿拾枯枝當作燃料，再去幫我的那一組疊土窯。

　　這時候，有的組別疊了一半倒塌了，有的組別疊好了；倒塌的重新再疊，疊好的就開始點火燒枯枝；猛烈的火把原本冷的土塊，漸漸燒到通紅。書友們評估、確認可以把土窯並推倒土窯的時候，書友們便把土窯的上面留下一個洞，就把番薯、玉蜀黍、雞塊丟入土窯中，然後書友們就把土窯逐層的塌陷，最後把燒得通紅的土塊，全部把土塊打散覆蓋在

上面。

　　約過了一個小時後，書友們把土窯挖開，再把原本用錫箔紙包好的番薯、玉蜀黍、雞塊挖出來，就在這時書友們品嘗著番薯、玉蜀黍、雞塊的美味，也彼此閒話家常的聊天；書友們除了聚會讀書之外，還能到郊外去焢窯，不但可以增加彼此書友們的感情，並把讀書與自然、生活結合在一起，也增添了生活的樂趣和讀書的雅興。

6.那一年，臺北元宵燈會

　　中國人有三大節慶，端午節、中秋節、春節，尤其以農曆春節則代表：「一元復始，萬象更新」，因而表示過去的一年的結束，新的一年又來臨，欣欣向榮，歡喜迎新年；中國人過春節，從除夕大家圍著吃團圓飯，長輩們發給自己子女的紅包；從初一至初十五的元宵燈節，才結束了春節；在現代化的社會，而如今是網路資訊的後現代化社會，即便知識和資訊都已氾濫並媒體的報導使人眼花撩亂，春節也隨著時代的變遷，春節的假期也縮短為農曆初五開工。

　　然而，從中國人的十二生肖，如鼠、牛、虎、兔、龍、蛇、馬、羊、猴、雞、狗、豬，表示每年的元宵燈節就是以中國人的十二生肖，來循環的慶祝元宵燈節。

　　打開記憶的燈籠，記得多年以後的那一年，就在那個時候，我觀賞臺北元宵燈會的場景，就在臺北市中正紀念堂周圍的柏油路上；密密如織的人群，萬頭鑽動地從中正紀念堂的廣場擠到國家圖書館前的柏油路上，就在這個時候，來此觀賞臺北元宵燈會的人潮，真的把車道擠得水洩不通。

　　記得我當時從臺北縣新莊市輔仁大學旁的輔大神學院後面的「星寶商業城」，我便騎著摩托車來到臺北市中山南路附近的道路，就在那個時候，我放眼望去，人潮眾多，警察就在此段的路面實施交通管制，而此時此刻雖然我只好將摩托車停放在路旁，但我把機車停妥後，我也從中山南路一路走過去，沿路的行道樹上也纏繞著閃爍的彩燈，此時此景好

35

像一夜之間被春風吹開的千樹繁花，又有如滿天星斗被風吹落的雨珠灑落在夜空中。

這時我抬頭望去，旋轉，旋轉巨型的彩燈，彩燈是由竹子編織而成的燈籠，燈籠裡面點亮五彩繽紛LED的燈光，象徵著那年是雞年的開始。

這時候，雞的彩燈噴射出雷射的光線，一時光影閃閃，把夜點綴著燦爛奪目；光線，隨著輕快的音樂，舞動那絢麗的色彩，匯聚成一幅美麗動人的圖畫，吸引著人來此觀賞臺北元宵燈會。

夜，涼涼的，像貓的毛，那麼的柔軟，那麼的貼心，那麼的令人陶醉，即使就這樣增添了我觀賞臺北元宵燈會的雅興，也就這樣一盞盞各式各樣的燈籠，如詩如夢般點著燈光，燈光隨風搖曳，像月光般流瀉著，像鑲嵌在夜空中的星光，像閃爍耀眼的霓虹燈。

那一天，記得我繞著中正紀念堂周圍的道路，觀賞路旁展示的一盞盞各式各樣造型的燈籠，譬如，燈籠裡面是由竹子削成的，因而來做為燈籠的骨架，於是由竹子彎成各式各樣的形狀，外表再黏上紙張，如雞、豬、老鼠、狗等等動物的造型；燈籠都是由參賽的作者巧思巧手做成的，燈籠則是做的維妙維肖，令人賞心悅目；有的展示的是「現代科技的產品」，例如，一個水龍頭沒有接水管架在半空中，像是變魔術似的！可以不斷地流出水來，令觀賞的人嘖嘖稱奇；有的展示的是「花車」，花車上綴滿了不同種類的花朵，點著閃爍的花燈，襯托出另一種美感；有的展示的是含有宗教信仰的氣氛，如佛教的輪迴觀，而在此處就設置了一個一個的

轉輪，一遍又一遍播放著「南無阿彌陀佛」梵唱的音樂，使人走過去可暫時靜下心來；有的所展示的，是人在台上表演舞台劇、唱歌，看起來頗為熱鬧。

有些成人怕自己的小孩子走失了，就把小孩子放在自己的肩膀上。中正紀念堂的大門口設有小孩子失蹤領取的地點，即便主辦單位的工作人員，他們不斷的播放著小孩子走失的訊息，也請焦急如焚的家長來此領取，但此時此刻熙熙攘攘，人來人往，有那麼多人聚集在中正紀念堂周圍的道路上，他們來此觀賞臺北元宵燈會，真的是為了觀賞臺北元宵燈會嗎？還是他們為了排解心靈的空虛和寂寞需要人群的慰藉呢？

我走累了，便走進了中正紀念堂的國家音樂廳，我就坐在國家音樂廳的階梯上，這時我抬頭望著月光瀉滿一地，也使我聯想起宋代歐陽修的一首詩作：「去年元宵時，花市燈如晝。月上柳梢頭，人約黃昏後。今年元夜時，月與燈依舊。不見去年人，淚濕春衫袖。」

就在那個時候，記得我從國家音樂廳的階梯站了起來，而我抬頭望去，月光已被烏雲遮住，眼前絢麗耀眼的臺北元宵燈會的人潮漸漸離開，我也隨著人潮離開了中正紀念堂。雖然現代人要聽到雞的啼叫聲已很不容易，也取而代之即是：「電子雞」，也就同樣是雞的啼叫聲，但卻已失去了原本真的雞的啼叫的聲音，那種鄉土的風味和趣味。

37

7.我心中的香港

　　我不曾到過香港旅遊，而我只到過中國大陸旅遊，譬如，東北三省、廣西桂林、廣西南寧等，即使當飛機降落在香港的赤鱲角國際機場時，我在此等待轉機飛往哈爾濱，我也隨著旅行團體在機場內逛免稅商店，但此時此刻離開赤鱲角國際機場而外面的香港，我完全不知道香港的建築物、香港的街道、香港的旅遊景點、香港的港口……。

　　有一句旅遊的俏皮話：「上車睡覺，下車尿尿；上山拜廟，入店買藥。」順著此一思路和情境，假設我有機會到香港旅遊，我也跟著旅遊團走馬看花而難以去感受香港的旅遊風景、民情風俗、香港人生活的習慣等，這時我打開網路資訊瀏覽了香港的旅遊景點，而根據網路的報導：「風景優美的太平山頂，層層疊疊的摩天大樓，享譽全球的維多利亞海港，可享受清新宜人的翠綠山巒。香港的觀光資源豐富，熱門景點遍布境內，如香港島、九龍、新界、離島，有很多景觀，讓您看個夠！玩個夠！您可搭乘渡輪，探索離島的樂趣。」

　　這時候，我瀏覽了網路對香港的報導而香港變成了「我心中的香港」；我在夢裡，夢想著香港的太平山頂、享譽全球的維多利亞海港……。

8.以文學類的散文來探索——阿里山國家風景區

　　多年的記憶深埋在記憶的深處，這時我雖然開始尋找記憶的線索，但當我找到了記憶的線索時，我也從記憶的線索努力地去回憶——多年前我參加臺灣南部的旅遊，其中的旅遊景點，就是阿里山國家風景區。

　　然而，探索頻道（Discovery Channel）是由探索傳播於1985年在美國成立的；探索頻道主要探索科學、科技、考古及自然的記錄；探索頻道傳播全球超過160個國家，4億54萬個家庭；探索頻道在多個國家配上當地語言的字幕、配音，亦即我以文學類的散文來縮小範圍探索——阿里山國家風景區。

　　先從阿里山五奇之「日出」開始探索，而當清晨的曙光乍現，朝陽就偷偷地從東方耀初阿里山的山頭，而耀眼的光芒照亮了阿里山的天空，也為新的阿里山的一天揭開了序幕。小笠原山觀景台是觀賞阿里山日出的最佳地點，而你可以到阿里山火車站或沼平站搭乘祝山觀日火車，也可以從沼平公園觀日步道拾階而上阿里山。

　　阿里山五奇之「雲海」，亦即最佳觀賞阿里山雲海的地點，就是：「阿里山博物館旁的觀景台、阿里山賓館、阿里山火車站、沼平公園、小笠原山觀景台及入口轉運站附近。」；阿里山五奇之「晚霞」，而最佳觀賞阿里山晚霞的地點，就是：「阿里山賓館、阿里山火車站、沼平公園、小笠

原山觀景台及入口轉運站附近。」阿里山五奇之「森林」，而原本是日治時期，阿里山、太平山、八仙山並稱為臺灣的三大林場，又與玉山並為「新高阿里山國立公園」的預定地，後來開發為阿里山森林遊樂區。

在古木參天的林蔭小徑上可吸取芬多精、聆聽鳥叫聲，而每年一到花開時節阿里山滿是繽紛的花海；阿里山的森林資源涵蓋了不同的氣候帶，也就是從平地的龍眼、檳榔、相思樹、桂竹等熱帶植物開始，順著山勢攀升，景緻變換成暖帶的孟宗竹、高山茶園、愛玉子等；再往上，到了溫帶則可見到柳杉、台灣扁柏、華山松、台灣杉、紅檜等。阿里山五奇之「高山鐵路」，原本就是昔日為轉運木材而建，如今蛻變成森林旅遊列車。

阿里山森林遊樂區裡面，有三條支線，就是：祝山線是臺灣人自建的第一條高山鐵路；眠月線，目前則因 921 大地震及莫拉克颱風的風災而毀損，尚在維修中暫不開放（目前是否已開放，我就不得而知了）；神木線，穿越了阿里山森林遊樂區至巨木參天的神木區，而早年所遺留下來的 25、26、31 號蒸汽火車，經由師傅的妙手回春的修復已恢復運轉，並以動態保存的方式讓遊客搭乘和觀賞，由此可知日出、雲海、晚霞、森林、高山鐵路，合稱為阿里山五奇。

然而，有人說：「春天賞花、夏天避暑、秋天攬楓、冬天觀雪。」目前雖然阿里山森林遊樂區內，有種植吉野櫻、山櫻花、八重櫻等數千株，但滿山遍野的櫻花在阿里山區也形成了壯觀的花海；阿里山春天的櫻花季成為一年一度不可錯過的觀賞櫻花的盛事，也吸引著滿多的遊客去阿里山觀賞

櫻花的盛開，也把阿里山妝點成繽紛燦爛的花花世界。

　　翻開地圖來看，沒有一座山叫做阿里山，正確的說法是阿里山是由十八座大山組成，因此涵蓋了阿里山山脈主要山系；以地形來看，阿里山山脈屬於玉山山脈的支脈，因此在塔塔加鞍部以楠梓仙溪、沙里仙溪和玉山群峰區隔。

　　我進一步探索「阿里山國家風景區的地理位置」，也就是阿里山國家風景區位於臺灣嘉義縣的東部，是由交通部觀光局的規劃和管理，而在 2001 年所設立的一座國家級風景特定區。在日治時期，阿里山森林鐵路林場支線延伸至目前的塔塔加一帶；1991 年新中橫公路通車後，阿里山森林遊樂區就與玉山國家公園串連而成。2001 年 7 月阿里山國家森林遊樂區納入阿里山國家風景特定區，亦即阿里山國家風景區是屬於臺灣第八座國家風景區。1927 年阿里山經由臺灣日日新報評定為臺灣八景（另有十二勝，二別格）。1953 年臺灣省文獻會選定阿里山雲海為臺灣八景。1996 年臺灣省旅遊局辦理新版的臺灣十二名勝，阿里山則勇奪了第二名而全民票選為第一名，由此可知阿里山的的地位早已深植人心。

　　經過阿里山閣大飯店，穿過柳杉林後，左側出現了一個翠綠的小水潭，這就是姊妹潭的妹潭，而姊妹潭是兩個大小不一的高山湖泊，妹潭略呈圓形，佔地 20 坪，姊潭較大，呈長方形，佔地 160 坪，潭中則以兩座檜木為基座建蓋而成的相思亭，因而有木橋連接岸邊；兩潭相距不到 50 公尺，看起來潭水讓人有清靜幽雅的感受，也循著環潭步道可遍覽全景。1914 年阿里山森林鐵路全線通車，其中以高聳的阿里山神木與行駛經過的森林小火車，幾乎是阿里山的精神象

徵，並成為聞名中外的臺灣地標，即使如此，在 1997 年 7 月 1 日阿里山神木的樹身的下半部傾倒後，但新的阿里山紅檜神木於 2006 年經由選票出來的新地標即是「阿里山香林神木」，舊名為「光武檜」屬於紅檜。

位於阿里山森林遊樂區內的阿里山火車站，原為中國宮殿式建築，也因為受到 921 大地震的重創而毀損，所以在原地重建並於 2007 年 9 月 13 日啟用，也成為全國最大的木構車站。天長地久橋橫跨八掌溪上游的溪谷，在青山綠水的襯映下更顯得耀眼；天長和地久兩座吊橋建於日治時期昭和十二年（1937 年），落成時已紀念天長節（日本天皇生日）和地久節（皇太妃生日）來命名。

多年下來，因我的記憶已隨著時間的一點一滴，把以前的一切沖淡，而我僅能循著記憶的線索努力地去回憶——多年前我第一次去造訪阿里山國家風景區；多年以後我的記憶已記不清楚，我是參加哪個旅行社到阿里山？或者我是參加公司的國內旅遊？或者參加由北部的青年救國團到阿里山？亦即我們是在哪裡集合搭遊覽車？遊覽車是由哪一條路南下到阿里山？遊覽車沿途停靠了多少站？我幾乎已記不清楚。

記得遊覽車沿途經過一家家林立的商店，再從街道轉入哪個道路南下到阿里山？記得沿途在遊覽車的車上，我與同車旅遊的夥伴隨著伴唱的卡拉OK，唱得不亦樂乎！然而這種哼哼唱唱的感覺，可以讓我紓解過去我的心靈的創傷及工作帶來的壓力。

在我的記憶裡，雖然我都已相當的模糊並記不清楚當時的人、時、地、物，但我還記得遊覽車到了阿里山，遊覽車

也在阿里山的某個停車場停車，下車後，我們便隨著導遊腳步步行前往阿里山的火車站，然後去搭乘觀日祝山的火車。

這時觀日祝山的火車到了阿里山的山頭，下車後，由導遊帶我們去阿里山某家旅館，即便我們在此入住一個晚上，但隔天起床，洗臉、刷牙後，我便步出了阿里山某家旅館，這時外面的冷風吹來，也讓我的嘴巴一口又一口吐著像霧般的氣體，也讓我感覺手腳冰冷。

這時候，我們在清晨天還沒有亮時，我們就隨著導遊的腳步步行前往阿里山的觀景台去觀日出，走著走著，我們來到了阿里山觀日出的山頭，於是我們在此興奮地等待，過了不久，當東方的曙光乍現，晨曦就偷偷地爬上了阿里山的山頭，這時晨霧瀰漫了整個阿里山的山谷，而在此時一陣一陣的山風吹過了阿里山的山崖，我也看見有眾多的鳥在阿里山的天空翱翔；破曉時分，我看見曉日把阿里山的群峰披上了金色的光彩；阿里山的天空的白雲，看起來好像羊的毛，綿綿地緩緩地散開；阿里山莊好像一隻船，漂浮在阿里山天空的燦爛雲海；我們在此仰望晨曦乍現，低頭俯瞰阿里山的山谷小徑；我們在阿里山的山巔熱情的歡呼！即使不管曉寒冷得讓我們不斷的從嘴巴吐出霧氣，但我們卻擁有晨光來溫暖我們的胸懷，也吸引著滿多的遊客在此觀賞阿里山的日出，我們也在此與阿里山的日出一起拍照留念。

觀賞完了阿里山的日出，我們又隨著導遊的腳步步行走回去，阿里山某家旅館，於是我們各自去拿個人的行理去搭遊覽車，等同車旅遊的夥伴到齊，再經由導遊清點人數確認無誤後，司機便由阿里山區經由山路而駛回臺北市，結束了

二天一夜的臺灣南部的旅遊。經過多年下來，我不曾再重遊阿里山，而現在阿里山的風貌，變成怎樣，我就不得而知了？

註：本篇的創作〈以文學類的散文來探索──阿里山國家風景區〉，參考手機網路的「阿里山國家風景區」所提供的資料，以及參考手機網路的《維基百科》，所提供的探索頻道（Discovery Channel）的資料；阿里山並沒有阿里山莊，而本文使用的阿里山莊這個名稱，所指的阿里山的旅館、阿里山大飯店等的統稱，以此作個說明。

9.從鵝鑾鼻燈塔來探索──屏東的風光

　　從鵝鑾鼻燈塔來探索「屏東的風光」來看，為什麼？鵝鑾鼻燈塔在夜裡照著黑暗的海面、鵝鑾鼻燈塔在夜裡照著迷航的船隻、鵝鑾鼻燈塔照著人生前進的方向；鵝鑾鼻燈塔在夜裡具備照明黑暗的海面，也可以衍生出來指引人生前進的方向。

　　首先，從位於臺灣最南端的鵝鑾鼻公園開始探索，而鵝鑾鼻公園成立於民國71年12月25日，佔地59公頃，為臺灣的八景之一；「鵝鑾」二字，乃是臺灣的原住民的排灣族的土語，有「帆船」之意；鵝鑾鼻公園裡面是由珊瑚礁、石灰岩及怪石嶙峋而形成的地形；鵝鑾鼻公園內的步道縱橫交錯，可通往好漢石、滄海亭、又一村、幽谷、迎賓亭等風景區，因而富於遊客欣賞自然的風情和人文的情趣。

　　鵝鑾鼻燈塔是鵝鑾鼻公園的標誌，有「東亞之光」的美譽，是全世界少有的武裝燈塔，早已列為史蹟的保存；鵝鑾鼻公園內有眾多種的植物，如象牙樹、黃槿、海檬果、林投等等熱帶海岸樹；裳黃鳳蝶、黑點大白斑是常見的賓客，而每年9月都有大批的紅尾伯勞鳥過境此地，這樣的景象值得你來守候觀賞；鵝鑾鼻燈塔的西北側發現了有史前的遺址，是屬於石器時代晚期持續型的文化，由此可知本地的歷史之悠久。

　　在我的記憶裡，多年以後，記得我曾參加某個旅行社？或者參加北部的青年救國團？或者參加公司舉辦的國內旅

遊？或者其他的團體？但我已在我的腦（心）海裡無法確定是參加以上哪一個團體到過鵝鑾鼻？即便搭遊覽車南下到臺灣的最南端，也去造訪鵝鑾鼻公園內的鵝鑾鼻燈塔，但多年下來，隨著時間一點一滴的沖淡；我曾去過鵝鑾鼻公園和鵝鑾鼻燈塔的景象在我的記憶裡已變得非常的模糊，但模糊得的記憶中只能勉強自去回憶——多年以前的鵝鑾鼻公園和鵝鑾鼻燈塔。

從鵝鑾鼻燈塔來探索「墾丁國家公園」來看，即是墾丁森林遊樂區，而墾丁國家公園位於恆春半島的墾丁里，佔地435公頃，於民國56年由林務局在學術與研究兼顧下，而整建為具有南國風味的風景區，為臺灣第一座熱帶植物林，也是世界上八大實驗林場之一。墾丁國家公園遍佈隆起的珊瑚礁岩；珊瑚原本由海生的動物珊瑚蟲的骨骼，以及貝類遺骸、海藻等沉積而成，由此可以發現墾丁國家公園在千萬年前應屬於在海底？而墾丁國家公園內的植物，有：椰子、油脂、橡膠、藥用、熱帶果樹等區，因而佳景處處，可讓遊客逐一的來欣賞優美的風景。

墾丁國家公園可以分成三區。第一區共有融合植物的景觀和人工設施的十大景觀，其中以茄苳巨木、天然的珊瑚礁石穴、鐘乳石及特殊的銀葉板是最受矚目的；你如果能登上第一區的最後一景，而你在七層樓的觀海樓，可眺望墾丁國家公園的景緻、鵝鑾鼻、太平洋、臺灣海峽、巴士海峽等。第二區以特有的地形配合植物的景觀，而較特殊的有珊瑚礁山谷所形成的銀龍洞和垂榕谷，以及因地殼而裂開的一線天。第三區為珊瑚礁雨林帶，而陰森的雨林帶是屬於原始森

林，並不對外開放，因而特殊的景觀，乃是墾丁國家公園最可貴的自然寶藏。

在我的記憶裡，多年前我曾去過墾丁國家公園有幾次？而我當時是參加哪個旅行社？或者參加公司舉辦的國內旅遊？或者參加北部的青年救國團？或者其他的團體？但在我的記憶裡已忘了，也就是我記得當時搭遊覽車南下到臺灣的南端，我也去造訪墾丁國家公園，但多年下來，隨著時間一點一滴的沖淡；我曾去過的墾丁國家公園，但在我的記憶裡已變得非常的模糊，也模糊得僅以記憶勉強來回憶——多年以前的墾丁國家公園。

從鵝鑾鼻燈塔來探索「恆春古城」來看，恆春鎮位於恆春半島南端西側的小盆，舊名為「瑯橋」，自古以來即是恆春平原上的重要城鎮；恆春古城，對全臺灣省而言是保存比較為完整的古城，早已列入國家的二級古蹟；恆春古城為清光緒元年（西元 1875 年），由當時的欽差大人沈葆楨所建，而原有的城牆有 880 丈，後來因環境的變遷，還有人為的破壞，但依舊保有東南西北的四個城門。恆春古城最具特色的四座城門，全都為磚拱形式，其中以東城門是最具有古意的一座，然而厚實的城牆、寬長的濠溝，即便城牆上斑駁處處，也依舊可看見昔日保衛鄉土的痕跡，但在恆春古城的東門外，有「出火」的奇特景觀，也因為是由地下的天然氣從地縫中冒出來，所以造成地面終年火燄燃燒的特殊景觀，也值得遊客一探究竟。

在我的記憶裡，多年下來，記得我曾去過恆春的古城，但我是參加某個旅行社？或者參加公司舉辦的國內旅遊？或

47

者參加北部的青年救國團？或者其他的團體？但在我的記憶裡已忘了，我也僅記得搭遊覽車南下到臺灣的南端，也去造訪恆春的古城，但多年下來，隨著時間一點一滴的沖淡；我曾去過的恆春古城，但在我的記憶裡已變得非常的模糊，也模糊得僅以記憶勉強來回憶——多年以前的恆春古城。

從鵝鑾鼻燈塔來探索「三地門」來看，三地門位於屏東縣的三地鄉，又稱之為「水門」、「山豬門」，而且有水門村、三地村、北葉村等三個村落的連結；三個村落都是由排灣族的聚居，也就是排灣族的民風淳樸，而此地的風光讓遊客感覺是多麼迷人的景色；熱帶風味的椰子林，把地上覆蓋成蔭椰林，可以在此讓遊客感受一地的蔭涼，和欣賞椰子樹的美，還有排灣族特有的石屋、石椅、山地服飾，讓遊客來欣賞此地優美的風景。

三地門有藝品專賣店來售排灣族的文物，也有山地的傳統服飾來出租給遊客，讓遊客可拍照留念，而且三地門排灣族的原住民熱情好客，讓遊客有賓至如歸的感受。三地門的大橋是連接山地與平地的交通，這時遊客從橋上往下看去，潺潺的溪水也在壘壘的礫石上激起了水花，也讓久居水泥森林的城市的後現代人，也可以暫時離開喧囂和汙染的城市來回歸大自然的懷抱。

在我的記憶裡，我不曾參加任何旅行社、團體到屏東的三地門去旅遊，但我記得三十幾年前，我在臺灣南部某個基地連下基地的時候，也因為軍事的訓練和演習（師對抗），所以我們是陸軍野戰部隊；我們的連隊以行軍的方式步行爬上了山地門，我們的連隊的軍士官兵也手中握著槍枝、背著

軍事裝備，以及扛著沉重的機關槍和砲，穿梭在山地門的山林中，如此讓我的感受是既辛苦又有趣的山地行軍。

註：本文的創作〈從鵝鑾鼻燈塔來探索——屏東的風光〉，因此我參考《台灣熱門休閒導遊》（大輿出版社出版）一書，而本書在 1993 年 11 月初版至再版日期為 1998 年 1 月，因此與現在屏東的風光可能有一些出入？但多年下來，我並沒有重遊屏東的風光，我也沒有再去參考手機的網路旅遊的資訊，亦即《台灣熱門休閒導遊》這些旅遊的資訊經由我重新的運思，來呈現屏東自然的風情和人文的情趣。

10.探索飲食文化與臺南的美食

　　有一句著名的拉丁格言說：「先吃飯，再談哲學。」從這句拉丁的格言來看，舉例來說，有一位臨床心理醫師馬斯洛（A.H.Maslow），他在整理執業多年的客戶，訪談的資料發現，人有五種層次的需求：第一層次的需求，生理需求；第二層次的需求，安全需求；第三層次的需求，愛與歸屬的需求；第四層次的需求，自尊與被尊重的需求；第五層次的需求，自我實現的需求；人最基本層次的需求就是「生理需求」，簡單來說，就是「飲食文化」。

　　然而，什麼是「文化」？因此有些研究人類學、歷史學、社會學的專家說：「文化就是人類生活的全部。」同理，從食、衣、住、行、育、樂，即使這些都是我們生活所需要的，也都是屬於文化的一環，也是人類從生食到熟食而發明了餐具，再進一步到精緻的菜餚與餐桌上禮儀，這正是人特有的本事。人為了生存在世界上，吃飯當然是必要的；人不吃飯就會餓死，譬如，貓、狗等等動物，同樣與人類有相同的生理需求，但人類與其牠的動物，同樣屬於同類的動物，但人類為什麼稱之為「人類」？因此根據西方哲學家亞里斯多德（Aristotle, 384-322 B.C.）的見解：「人類與其牠的動物有種差的差別」，也誠如希臘有一位哲學家說：「人是理性的動物。」

　　多年下來，記得我曾參加某個旅行社的國內旅遊，這時我們這一團隨著導遊在遊覽車上，他便開始介紹臺南的觀光

景點，下車後，他帶我們到臺南的觀光景點和解說臺南的風景點，譬如，赤崁樓、億載金城、安平古堡、臺南市孔廟等等，於是他帶我們去安平古堡品嚐安平的美食，如安平蝦餅、阿財牛肉湯、東興蚵嗲、啞巴麵線等；到了晚上，導遊帶我們去臺南的某個夜市去逛夜市，走著走著，就在此時兩旁林立著一個接一個臺南夜市的攤位，而我依觀察所見，臺南擔子麵聞名全臺灣，還有蝦捲、碗糕、肉圓等等，即便我選擇坐下來品嚐臺南夜市的美食，但我去比較全臺灣夜市的美食有何不同？我也在網路資訊後現代化的今日社會，而如今臺南的美食與過去臺南的美食已有所不同？如櫻桃鴨、韓湘辣年糕……。

合而觀之，從比較臺南夜市的美食與全臺灣的夜市的美食有何不同來看，從一碗幾十塊的陽春麵至一客幾千元的套餐至幾萬元的滿漢全席；吃在臺灣的社會，從夜市的攤販至便利商店至餐廳至國際級的大飯店，即便有飢腸轆轆的人看見，應有盡有、琳瑯滿目的菜色，但他們的感覺口水簡直要流出來，他們必須先將自己肚子填飽，才能去工作賺錢，也就這樣根據幾年前的一項調查：「臺灣的社會，每年吃掉好幾條高速公路的錢。」即使如此，吃的文化仍在臺灣的社會歷久不衰、蓬勃發展來滿足臺灣人愛吃的文化。

輯二　雜篇

1. 詩聖與詩剩──詩剩學習吟唱中國古代的詩詞及詩歌

在《珍惜情緣》，而本詩集的副標題是：「閒來無事且讀詩」（天下文化出版），而本詩集第 60 頁、61 頁作者對中國唐朝詩聖杜甫以簡明扼要的小介來介紹杜甫，他說：

杜甫，字子美，唐襄州襄陽（湖北襄陽縣）人。玄宗先天元年生，代宗大曆五年卒（西元七一二～七七〇年），年五十九。

杜甫早歲考進士，不第，但生活尚稱曠達。中年後，其父病逝，加上仕宦之路又蹇滯難通，杜甫生活日益窮愁潦倒。安史之亂後，杜甫舉家一路逃難至成都依附嚴威，在城外萬里橋溪澗草堂而居。其後，川蜀陷入混亂局面，杜甫又轉徙流離至湖南，而在丰陽謝世。

杜甫一生有意從事詩歌創作，不僅僅精於練字鍛句，且融其學識於詩作中，加以杜甫身逢唐朝鉅變的年代，大唐帝國的繁榮與衰敗，生民哀哀無告的血淚斑斑，都在杜甫中得到充分的反映，故有「詩史」之稱。而其詩深刻悲壯，沈鬱雄偉，氣勢磅礴，具有悲天憫人的胸懷，故亦有「詩聖」之譽。

在本詩集的第二輯：感懷人生──江湖夜雨十年燈，而作者選擇以中國的詩聖杜甫〈曲江〉這首詩作：

朝回日日典春衣，每向江頭盡醉歸，
酒債尋常行處有，人生七十古來稀。
穿花峽蝶深深見，點水蜻蜓款款飛，
傳語風光共流轉，暫時相賞莫相違。

作者接著將這首詩作以〈白話〉來翻譯：

　　曲江位於今天的陝西省西安市的東南郊外，先因水流彎曲而得名，後因唐玄宗與楊貴妃遊幸於此而知名。杜甫於玄宗天寶十五年（西元七五六年），於亂離中到了長安，在境遇困頓的情況下，寫了一些作品。

　　暮春時節，天氣漸暖。詩人每日起床之後，找出一兩件春衣去當鋪典押；手上有了幾文銀子，他總會走向江邊的館子喝酒，不到酒醉不願回家。杜甫當時是孤身在長安，無奈地等待安史之亂的結果。

　　這樣的日子不知還要熬多久。喝酒欠債是習以為常的事，走到任何地方都會發生；不過人生要想活到七十歲，則是自古以來很少見的。既然如此，何不及時買醉行樂呢？杜甫寫這句詩時，年紀也不過四十五歲（他總計享年五十九），由此可知他對未來的一切並不樂觀。國事如此，人壽亦然。

　　目光轉向大自然時，不覺精神一振。江邊沙渚的繁花綠葉間，只見蝴蝶飛來飛去，忽高忽低；近岸水流舒緩的江面上，則有蜻蜓且行且止，姿態輕巧靈妙。詩人這時只想傳話給這一片美景，希望其中洋溢的生機可以持續運作。就算只

有短短的幾刻鐘，也讓我們彼此珍惜、互相欣賞，而不要另起其他念頭吧！

這首詩前半段寫人間，後半段寫自然。人間縱有各種不如意的困境，也不必覺得失望，因為還有自然美景可供品味。以自然美景而言，不限於江南江北，也不拘於春夏秋冬，只要詩人有合適的心緒，則它隨處皆可呈現出來。「傳語風光共流轉」，原本是想留住眼前的「暫時」；如果真要說「共流轉」，則不妨與時推移，隨物而遷，體驗宇宙的無窮美感。

西方哲學家羅素（B.Russell）說：「心靈的領域，無遠弗屆。」從這句西方哲學家羅素的思維來看，我因罹患精神疾病所造成我的心靈變成了「超能量」，但我像舉世聞名的科學家愛因斯坦（A.Einstein, 1879-1955）所構想的「倒轉時空的機器」，我也像是進入了時空的通道而倒轉時空回到一千多年前，與李白被世人尊稱為「詩仙」、杜甫又被世人尊稱為「詩聖」，我則自稱為「詩剩」，因此我與他們兩位中國的名詩人「與杯邀明月，對影成三人。」

這時我彷彿不受時空的限制可以尚友古人，如孔子、孟子、荀子、李白、杜甫、王維、陳子昂、李商隱、文天祥、蘇軾、黃庭堅……，我與他們暢談甚歡，與他們交心，與他們吟唱詩歌，因而我選擇本詩集的第二輯：感懷人生——江湖夜雨十年燈，而作者選擇以中國的詩聖杜甫〈除夜〉這首詩作：

乾坤空落落，歲月去堂堂，
末路驚風雨，窮邊飽雪霜。
命隨年欲盡，身與世俱忘，
無復屠蘇夢，挑燈夜未央。

作者接著對這首詩作的〈白話〉翻譯：

本詩作餘元祖至元十八年（西元一二八一年）除夕。文
天祥當時已經兵敗被俘，因處牢獄之中。他拒絕元人招降，
於翌年十月在燕京柴市從容就義。因此，這是他一生四十七
年中的最後一個除夕夜。

乾坤之大，無邊無際；歲月如流，不可挽回。人在整個
宇宙中，無法脫離特定的時空座標。既然生於宋朝末世，考
中狀元，也當過承相，只好順著命運的線索，走到眼前這一
步。此詩開頭兩句極有氣魄，可見詩人並未因為戰敗而意志
消沉。

說到戰敗，那是整個國家的氣數已盡。詩人在劣勢的戰
鬥中，猶如幾經風雨的驚嚇與折磨。等到淪為階下囚，還要
被押送到燕京這個極遠的邊地，忍受寒冷霜雪的侵襲。對習
慣於南方生活的詩人而言，燕京（現在的北京市）算是窮
邊，並且會把除夕時節的天氣當成酷寒。

不過，轉念一想，自己的生命即將隨著一年的結束而走
向終點，對個人的遭遇與世事的演變，也就一併遺忘算了，
再也沒有什麼可以留戀了。

古代風俗要在元旦全家團聚，共飲屠蘇酒。詩人在除夕夜告訴自己不必作這種夢了。囚房中只有一盞孤燈相伴，還是挑挑燈蕊，使它繼續照明，畢竟夜已深沈而尚未天明啊。

　　面對絕境時，文天祥的信念與氣節得以充分彰顯，寫下感人的作品。他的〈正氣歌〉固然家喻戶曉。另外還有許多佳言名句，如「讀聖賢書，所學何事？」「人生自古誰無死，留取丹心照汗青。」可謂千載之下，餘震未已。

　　這時我的心靈在過去、現在之間轉換時空，而在多年以前，記得我騎著摩托車由臺北縣新莊市的輔仁大學後面的星寶商業城往 514 巷往臺北市的方向騎到臺北市耕莘寫作班，而我去上有關於文學寫作的課程，如散文、小說、現代詩、報導文學、編採、編輯等，或者騎到洪建全教育文化基金會、好好好家庭教育文教基金會去上台×哲學系傅×榮教授在臺灣的社會所開一系列哲學課程或他在臺灣的社會上的演講，即便我騎著摩托車穿梭在吵鬧不休的街道，但我看見紅燈時就停下來等亮綠燈時才通行，我也從臺北縣新莊市至臺北市的這一段路程，沿途的商店、街景，一盞盞的燈光因夜點亮夜空，閃爍耀眼的燈光也隨著我騎摩托車的速度而快速的流動。

　　這時候，我回到我的住宿的地方，就是臺北縣新莊市的輔仁大學後面的星寶商業城的倉庫的四樓，而我攬鏡自照時，但我卻發現自己的臉部和鼻孔都有些黑黑的，這時我也趕緊轉開水龍頭用雙手捧著自來水把臉上和鼻孔的骯髒洗去；我也自我解嘲：「我不曾親自看見黃河，也不曾親自看

見長江，但我親自看見臺北大都會區的黑河。」即使如此，李白被世人尊稱為「詩仙」，杜甫又被世人尊稱為「詩聖」，我則自稱為「詩剩」，由此可知孔子是至聖先師，孟子是私淑孔子第五代的弟子，他則被世人尊稱為「亞聖」，因此經過漫長的歲月二千五百多年後，進入「知識爆炸、資訊氾濫、智慧貧乏、價值混淆」的現代化的社會，而如今是網路資訊後現代化的社會，但我們所面對的二十一世紀已經是知識和資訊都已氾濫，也因此孔子又多了一位弟子（學生），他的姓名是李淵洲，他稱為「我不是聖人，我是剩下來的人」。

孔子、孟子、李白、杜甫……，假如他們活在現代化的社會，而如今是網路資訊後現代化的社會，他們不但對這個時代知識和資訊都已氾濫感到不可思議，也因此從大自然的生態的污染日趨嚴重，他們更感受到面對進入現代化的社會，而如今是網路資訊後現代化的社會不知如何所措？例如，水污染、空氣汙染、垃圾污染、有些不肖工廠業者和養豬業者排放有毒的廢水、汽機車排放有毒的廢氣、家庭所使用化學有毒的清潔劑嚴重污染河川、海洋……，也因此造成了臭氧層的破洞、地球的溫室效應等等後遺症；目前全世界的人口約有七十五億，但現代人及後現代人的心靈受到電視媒體、報章雜誌、網際網路……的漂白和污染已相當的嚴重，也因為這個時代知識和資訊都已氾濫，所以造成「人文的生態」也受嚴重的漂白和污染，舉例來說，臺灣的八卦新聞，而在《拓展生命的深度與寬度》（天下文化出版）一書中，而本篇〈肯定人生的意義〉1. 現代人的考驗：作者有

舉一位美國記者訪問臺灣之後，他說：

一位美國記者訪問台灣之後，回美國寫了一篇報導，描述台灣社會現象。台灣社會的趣事，在他們眼中當然是一籮筐了；那麼，結論呢？這位記者用兩句話來形容，有如對聯。上聯是美國人常用來勸小朋友的話：每天吃一顆蘋果，就不必看醫生了（An apple a day, keeps doctor away.）這是因為蘋果有益於健康。下聯是講我們台灣的人：每天發生一件八卦醜聞，就不會罹患憂鬱症了（A scandal a day, keeps the bule away.）

然而，在現代化的社會，而如今是網路資訊後現代化的社會，亦即假先知假道學的人充斥在二十一世紀時代的社會上，譬如，自稱葉教授的「心×羅盤」、利用新興宗教而創立了法×功的教主、沒有思想只好寫迎和世俗、標新立異，甚至描寫色情來誘惑兒童、青少年、青年人等臺灣的暢銷書作家、自稱大師的清×無上師、新興宗教的教主，如宋×力、妙×禪師、密宗的盧×彥、韓國統×教的教主、韓國攝×教的教主……，甚至有人利用佛教的「福慧雙修」來騙×騙×，其實這是性侵女信徒。

在《向莊子請益》（立緒版）一書，而本書第一輯：人生的真實與無奈，其中第 60 頁作者寫了一篇〈蝸角之爭的序曲〉，他說：

美國作家梭羅（H.D.Thoreau）以《湖濱散記》（Walden）而為世所知。他為了體驗「能否從容不迫、依最低需求來生活」，一個人在華爾登胡建屋獨居二年二個月。附近農夫或商家常問他會不會覺得寂寞。他寫下這段省思來回應：「我們居住的地球全部，在宇宙中不過是個黑點……你想像它上面兩個相隔最遠的人，距離又能有多遠呢？為什麼我會覺得寂寞？」

　　把地球看成宇宙中的一個黑點，在現代人已經屬於常識了。但是，兩千多年前的莊子居然也能像太空人一樣，看出「中國存在於四海之內，不是像小米粒存在於大穀倉嗎？」（《莊子·秋水》）這就是令人讚嘆的洞見了。更重要的是，這種開闊無比的見解將會形成何種人生態度呢？《莊子·則陽》有一段故事，顯示了往上層層提升的探討，從要不要戰爭轉化到心平氣和的結局。……。

　　合而觀之，所謂「詩聖」是指，杜甫身逢唐朝鉅變的時代，也是大唐繁榮與衰敗，而民生窮苦潦倒哀哀無告都在杜甫詩作中充分的顯現；杜甫的詩深刻悲壯、沈鬱雄偉、氣勢磅礡，也是具有悲天憫人的胸懷，也是能流傳千年的好詩；所謂「詩剩」是指，由於中國歷代的詩人已經寫了不少傳誦千年的好詩，所以詩剩就選擇古代的詩人的好詩而用心的朗讀古代的詩作，而且把詩中的抑仰頓挫與句尾的押韻朗讀出來，我（詩剩）也在 2020 年 6 月出版《詩的種子》——現代詩與古典詩之間的鴻溝（白象文化事業有限公司出版），因而我好像可以倒轉時空，與中西歷代的聖賢、哲學家、詩

人……，彼此交心、彼此吟唱詩歌、彼此相談甚歡；我在手機的 YouTube 搜尋宋朝女詞人李清照的詩詞之作〈聲聲慢〉，但這首古代的詩詞之作曲是由：別致純（高中生），作詩詞：宋朝李清照，我也聆聽著美妙的音符、旋律、詩詞等，我也沉醉在這首古代的詩詞之作的裡面並學著吟唱，於是我開口吟唱：

尋尋覓覓，冷冷清清，淒淒慘慘淒淒。
乍暖還寒時候，最難將息。
三杯兩盞淡酒，怎敵他、晚來風急？
雁過也，正傷心，卻是舊時相識。

滿地黃花堆積。憔悴損，如今有誰堪摘？
守著窗兒，獨自怎生得黑？
梧桐更兼細雨，到黃昏、點點滴滴。
這次第，怎一個愁了得！（唱二次）

這首宋朝女詞人李清照的詩詞之作的〈白話翻譯〉：

整天都在尋覓一切清冷慘淡，我不由感到極度的哀傷淒涼。乍暖還寒的秋季最難以調養。飲三杯兩盞淡酒怎能抵禦它、傍晚之時來的冷風吹的緊急。向南避寒的大雁已飛過去了，傷心的是卻是原來的舊日相識。
家中的後花園中已開滿了菊花，我引憂傷憔悴無心賞花惜花，如今花兒將敗還有誰能採摘？靜坐窗前獨自熬到天色

昏黑？梧桐淒淒細雨淋瀝黃昏時分、那雨聲還點點滴滴。此
情此景，用一個愁字又怎麼能說的夠？

接著，對這首宋朝女詞人李清照詩詞之作〈聲聲慢〉的
介紹與說明：

〈聲聲慢‧尋尋覓覓〉是宋代女詞人李清照的作品。作
品通過描寫殘秋所見、所聞、所感，抒發自己因國破家亡、
天涯淪落而產生的孤寂落寞、悲涼愁苦的心緒，具有濃厚的
時代色彩。此詞在結構上打破了上下片的局限，一氣貫註，
著意渲染愁情，如泣如訴，感人至深。開頭連下十四個疊
字，形象地抒寫了作者心情；下文「點點滴滴」又前後照
應，表現了作者孤獨寂寞的憂鬱情緒和動盪不安的心境。全
詞一字一淚，風格深沈凝重，哀婉淒苦，極富藝術感染力。
（以上參考資料來源來自網路的《百度百科》）

我又在手機的 YouTube 搜尋由曹雪芹的詩作〈紅豆
詞〉，但這首古代的詩詞之作的作曲：劉雪庵，作詩詞：曹
雪芹（1943 年創作），演唱者：童麗，我也聆聽著美妙的音
符、旋律、詩詞等，我也沉醉在這首詩詞之作的裡面並學著
吟唱，於是我開口吟唱：

滴不盡相思血淚拋紅豆
開不完春柳春花滿畫樓
睡不穩紗窗風雨黃昏後

63

忘不了新愁與舊愁

咽不下玉粒金蓴噎滿喉

瞧不見鏡裏花容瘦

展不開眉頭

捱不明更漏

啊……啊……

恰便似遮不住的青山隱隱

流不斷的綠水悠悠（唱二次）

接著，對這首詩詞之作〈紅豆詞〉：曹雪芹，作曲：劉雪庵，而這首詩詞之作的來源與作曲劉雪庵的生平的介紹與說明：

歌詞取自《紅樓夢》第二十八回，是賈寶玉所唱小曲的歌詞。『紅豆』即相思豆，唐代王維《紅豆》詩有『願君多采擷，此物最相思』之句，詩歌中常用以代指相思，此處借指血淚。首句「滴不盡相思血淚拋紅豆」點出全曲的愛情主題。以下用一連串排比句表現熱戀中的青年人為愛情而苦惱的情景。『開不完』『睡不穩』二句以春秋景色的代換寫痛苦的年復一年「忘不了」等五句詳寫因愛而引起新仇舊恨，食不下咽，鏡容消瘦。結句又用青山隱隱、綠水悠悠比喻愛情之難以割捨……。

劉雪庵作品：《長城謠》《何日君在來》《飄零的落花》（詞作《踏雪尋梅》）

出生於四川銅梁的劉雪庵，自幼父母雙亡。他在一位兄長開設私塾中，接受中國傳統文化的教育，並學習崑曲。1930 年劉雪庵考入上海國立音專，師從黃自和蕭友梅，當時被稱為黃自四大弟子之一。劉雪庵十分的用功，對自己身為中國的作曲家，該如何對中國音樂做出貢獻，也有強烈的使命感。她學習琵琶、學習指揮、學習中國詩詞；希望自己也能如同老師黃自一樣，創作出屬於華夏民族，讓所有中國人都感動的音樂。我們就先來欣賞這曲以《紅樓夢》中的主人公賈寶玉的詩作譜寫成的作品——〈紅豆詞〉。（以上參考網路資料）

　　我又在手機的 YouTube 搜尋由中國唐朝的詩仙的詩詞之作〈清平調〉，但這首古代的詩詞之作的作曲：曹俊鴻，作詩詞；李白，原唱：鄧麗君、王菲，演唱者：童麗，我也聆聽著美妙的音符、旋律、詩詞等，我也沉醉在這首古代的詩詞之作的裡面並學著吟唱，於是我開口吟唱：

　　雲想衣裳花想容春風拂檻露華濃
　　若非群玉山頭見會向瑤臺月下逢
　　一枝紅艷露凝香雲雨巫山枉斷腸
　　借問漢宮誰得似可憐飛燕倚新妝
　　名花傾國兩相歡長得君王帶笑看
　　解釋春風無限恨沉香亭北倚欄杆（唱二次）

對這首詩詞之作〈清平調〉，作詩詞：李白，而他作這首詩詞的來源的介紹與說明：

〈清平調〉是唐代大曲名。李白在長安供奉翰林時，有一天唐玄宗與楊貴妃在興慶宮沉香亭前賞牡丹花，命李白寫新樂章，李白奉命寫了這三首詩。詩的內容是歌詠名花與美人。

第一首讚頌貴妃如仙女。

第二首寫貴妃勝過巫山神女和趙飛燕。

第三首說名花與美人為君帶來了愉悅。

全詩構思精巧，寫得清麗自然，詠花詠人，難分難辨，表現出詩人極高的描繪能力（以上參考網路資料）。

我又在手機的 YouTube 搜尋由中國五代十國時期南唐後主李煜的詩詞之作〈幾多愁/虞美人〉，但這首古代的詩詞之作的作曲：譚健常，作詩詞：李煜，原唱：鄧麗君，演唱者：童麗，我也聆聽著美妙的音符、旋律、詩詞等，我也沉醉在這首古代的詩詞之作的裡面並學著吟唱，於是我開口吟唱：

春花秋月何時了往事知多少
小樓昨夜又東風故國不堪回首月明中
雕欄玉砌應猶在只是朱顏改
問君能有幾多愁恰似一江春水向東流（唱二次）

這首〈幾多愁/虞美人〉是由五代十國時期南唐後主李煜的詩詞之作的〈白話翻譯〉：

　　這年的時光什麼時候才能了結，往事知道有多少！昨夜小樓上又吹來了春風，在這皓月當空的夜晚，怎承受得了回憶故國的傷痛。

　　精雕細刻的欄杆，玉石砌成的臺階應該還在，只是所懷念的人已衰老。要問我心中有多少哀愁，就像這不盡的滔滔春水滾滾東流。

　　對這首古代的詩詞之作〈幾多愁/虞美人〉，作詩詞：李煜，而他創作這首古代的詩詞之作的來源與背景：

　　〈虞美人‧春花秋月何時了〉是五代十國時期南唐後主李煜在被毒死前夕所作的詞，堪稱絕命詞。此詞是一曲生命的哀歌，作者通過對自然永恒與人生無常的尖銳矛盾的對比，抒發了亡國後頓感生命落空的悲哀。全詞語言明淨、凝練、優美、清新，以問起，以答結，由問天、問人而到自問，通過淒楚中不無激越的音調和曲折回旋、流走自如的藝術結構，使作者沛然莫禦的愁思貫穿始終，形成沁人心脾的美感效應。

　　此詞與〈浪淘沙‧簾外雨潺潺〉均作於李煜被毒死之前，為北宋太宗太平興國三年（978 年），是時李煜歸宋已近

三年。宋太祖開寶八年（975年），宋軍攻破南唐都成金陵，李煜奉表投降，南唐滅亡。三年後，即太平興國三年，徐鉉奉宋太宗之命探視李煜，李煜對徐鉉嘆日：「當初我錯殺潘佑、李平，悔之不已！」大概是在這種心境下，李煜寫下了這首〈虞美人〉詞。（以上參考資料來源來自網路的《百度百科》）

　　我又在手機的 YouTube 搜尋由中國唐朝詩仙李白的詩作〈黃鶴樓送孟浩然之廣陵〉，但這首〈煙花三月〉的詞曲：陳小奇，詩作：李白，演唱者：童麗，我也聆聽著美妙的音符、旋律、詩詞等，我也沉醉在這首古代的詩作裡面並學著吟唱，於是我開口吟唱：

　　故人西辭黃鶴樓，煙花三月下揚州。
　　孤帆遠影碧空盡，惟見長江天際流。

　　這首〈黃鶴樓送孟浩然之廣陵〉的〈白話〉翻譯：

　　舊友告別了黃鶴樓向東而去，在煙花如織的三月漂向揚州。
　　帆影漸消失於水天相連之處，只見滾滾長江水在天邊奔流。

〈煙花三月〉演唱者：童麗，詞曲：陳小奇

牽住你的手相別在黃鶴樓
波濤萬裏長江水送你下揚州
真情伴你走春色為你留
二十四橋明月夜牽掛在揚州

揚州城有沒有我這樣的好朋友
揚州城有沒有人為你分擔憂和愁
揚州城有沒有我這樣的知心人那
揚州城有沒有人和你風雨同舟

煙花三月是折不斷的柳
夢裏江南是喝不完的酒
等到那孤帆遠影碧空盡
才知道思念總比那西湖瘦（唱二次，以上參考網路資料）

2.寫書雖然有錯誤，但我勇敢更正自己的錯誤及其他書中的錯誤

　　首先，舉台×哲學系傅×榮教授的著作來說，譬如，他總策畫的二十冊「愛智叢刊」，其中編為十九冊的《創意人生》一書（業強版），因此本書共分三輯，第一輯：激發潛力；第二輯：突破困境；第三輯：迎向新生，而在第一輯的〈激發潛力〉，開頭的第一篇〈創意的來源〉，作者引用了幽默大師蕭伯納來說明，人生的不完美，於是他這樣寫著：

　　幽默大師蕭伯（G.B.Shaw）以生動的方式表達他對「完美」的憂慮。完美之物必來自永恆界，人間無福消受。於是，越完美的越脆弱，以致隨時可能幻化無蹤。他在聆聽小提家海菲茲（Heifitz）的演奏之後，一回到家就寫了下面這封信：

　　海菲茲先生雅鑒：

　　內子與我對閣下的演奏會讚嘆備至。如果你繼續演奏得如此美妙，將難免於早天。沒有人可以演奏得如此完美，而不致激起諸神的嫉妒。我誠心奉勸閣下，每晚臨睡前胡亂演奏一些曲子……。

　　從幽默大師蕭伯納寫給海菲茲先生的信來看，一本書從起初作者的構思、每篇文章的思想鋪成及運思的過程，直到作者把整本書以文字來完稿，再經由作者的修稿、潤稿、校

稿，以及出版社負責的校對的文字工作者校稿後才印刷出版，即使如此，但事實上，一本書要完全校稿到百分之百沒有任何錯誤；事實上，是一件不容易的事情，譬如，在《人生雖然有點廢，就讓哲學扭轉它》（九歌出版社出版·第二部）一書，其中在本書的第 40 頁第 1 段的第 1、2 行作者這樣寫著，我則順著文字朗讀下來，他說：

　　哥白尼在臨死之前，出版了《天體運行論》將流行千餘年的日動說改為地動說……。

　　我雖然並沒有購買這一本書，我也只到臺北市中山區地下街的誠品書店，或者到位於臺北市南京西路誠品生活南西樓上的誠品的書店去閱讀書籍，但這本書有關於作者提及「將流行千餘年的日動說」，後來我到臺北市立天文科學教育館觀賞館內正在展示的「觀象授十古天文與計時儀器特展」，於是我進入裡面參觀，我邊觀賞裡面天文的神話故事及天文的知識，這時剛好有一位天文學的專家或者教授在這裡，於是興起了我對天文的知識的好奇和好學，我立即問他說：「哥白尼所謂的『地動說』，是否已是地球繞著太陽轉？」他則回答我說：「是的。地動說又稱為日心說」，我接著問他說：「有一本書寫著在哥白尼之前，流行千餘年的日動說。」他又回答我說：「錯的，不能說日動說，而是天動說，即是以地球為中心而宇宙的星體繞著地球在運行，他還對我說，把這本書拿給他看。」但是，我當時並沒有回應他所說的，就回家之後，我在自己的手機以 Google 搜尋哥白

尼時我發現在網路的《維基百科》，我將整理重點來呈現：

哥白尼的地動說又稱為日心說，他提倡地動說模型，提到太陽為宇宙的中心，他並指出地球不是宇宙的中心，而是同五大行星一樣為繞太陽這個不變的中心運行的普通行星，其自身又以地軸為中心自轉。他在一五四三年發表了《天體運行論》。在當時，被普遍接受的天文體系是托勒密體系。其基本思想是地球處於宇宙中心，其他所有天體沿圓形軌道繞地球運轉。天動說又稱為地心說。

由此延伸，在《哲學入門》（正中書局出版）一書，即使本書的第 73 頁有一篇〈康德哲學〉，作者也在本篇的第 74 頁引用了哥白尼「地動說」來取代「日動說」，但作者也再一次犯了同樣的錯誤，他說：

換言之，笛卡兒起導的理性主義（Rationalism），傾向於獨斷的學說，如主張天生觀念。相對於此，洛克（J. Locke, 1632-1704）啟導的經驗主義（Empiricism）就走向懷疑的困境了。處在獨斷與懷疑之間，康德嘗試另闢坦途。他認為自己的任務是從事哲學上的「哥白尼的革命」。哥白尼以地動說取代日動說；康德則指出：向來哲學家都預設人有認識能力，卻不曾反省這個能力是什麼，現在他要旋轉乾坤，把探討的方向轉到人自身的理性能力。他的第一部代表作名為：《純粹理性批判》

然而，在《人生雖然有點廢，就讓哲學翻轉它》》共有二部，而第一部封面文字的設計：「跟著 37 位哲學家解開生命的大哉問」；第二部，而第二部封面文字的設計：「51 位哲學家讓生命轉彎的思考練習」，第一部即是以「翻轉」來呈現，但第二部卻以「扭轉」（本書的封面文字的設計屬於小的標題仍以「翻轉」來呈現），在我看來，這是九歌出版社的編輯和主編為了凸顯第一部與第二部有所不同呢？還是九歌出版社的編輯和主編在設計時所出現的錯誤？由此可知不論是為了凸顯第一部與第二部有所不同，或者設計所出現的錯誤？基本上，一般情況讀者都是可以接受。

　　在《人性向善論發微》（立緒版）一書中，作者的〈序〉的第 7 頁第 1 段，第 6 行，就是：

　　這是因為任何一位大家的思……。

　　事實上，是遺漏二個字「哲學」。本書的第 231 頁第 2 段最後 1 行，就是：

　　古人還相信某些具備特殊身份的人。

　　事實上，「身份」的「份」是錯別字，而正確的是「身分」的「分」字。

　　在《西方哲學之旅》（天下文化出版・上：古代＋中世紀）一書，其中第 137 頁第 2 段第 5 行，就是：

難道是一刀切嗎？

事實上，「刀」字多出來的，而正確是「難道是一切嗎？」或者把這句話稍微潤飾修改成「難道這就是一切嗎？」

在《西方哲學之旅》（天下文化出版・中：近代）一書，其中 75 頁第 2 段第 1 行，就是：

蘇格拉底一再強調「知」與「德」的關係，他甚至說：「無知是一切罪惡中最大的。」因為你根本不知道自己做的事情對別人造成多大傷害。事實上，「無知是一切罪惡中最大的。」

事實上，「無知是一切罪惡中最大的。」這句思維不是蘇格拉底說的，而這句話思維是柏拉圖說的，在我看來，在《西方心靈的品味》的一冊《心靈的曙光》第 44 頁第 3 段第 1 行，就是：「最後的結論是什麼？蘇格拉底說：『現在我才知道，神為什麼認為沒有人比我更聰明，沒有人比我更有智慧，因為我至少知道一件事情，那就是我知道自己無知，別人連『無知』都不知道。」蘇格拉底知道『自己無知』，就比其他人多知道那麼一點點——『我是無知的——這一句話，千古下來，還頗值得玩味。」在《西方心靈的品味》的二冊《境界的嚮往》第 261 頁第 2 段第 1 行，就是：「什麼叫做無知呢？無知有兩種，第一種是像小孩子一樣天真，因為他沒有念過書，所以無知；第二種是完全不懂得道理，而胡作非

為。第一種無知是可以原諒的，因為小孩子的智慧尚未開啟，但第二種無知在成人社會中常常出現，因為一個人無知，所以常常做一些傷害別人的事，做一些自己不知道是錯誤的事，造成這個社會充滿各種離奇顛倒、光怪陸離的現象，所以柏拉圖認為：『無知是最大的罪惡。』幾乎一切的行為都是由無知而來的。

在 2018 年 5 月我出版的《散散步，欣賞啊！》──尋找過去的記憶一書，其中作者的〈序〉第 4 頁開頭我就寫著：

希臘哲學家柏拉圖（Plato）說：「哲學起源於驚奇！」

後來我閱讀《西方心靈的品味》的第三冊《愛智的趣味》（洪建全基金會出版）一書，這時我發現本書的作者第42 頁，他說：「亞里斯多德進而指出，智慧乃是起源於驚奇，就是始於面對變化萬千的宇宙時所產生的驚訝與好奇的態度，不但對森羅萬象的世界感到驚訝，同時也想追問，造成這個世界的原因是什麼？這種因好奇心而產生的知識，並不具有外在的功利考量，而純粹是為了想知道而去求知；這才是屬於智慧的層次；同時，這種好奇心最後會指向對於宇宙之第一原因或第一原理的探求，而關於第一原因或第一原理的學問，即是亞氏所謂的形上學。由此看來，形上學就是智慧之學，愛智者就是為追求宇宙萬物的最終原因而去求知的人，在層次上比經驗家或技術家要高多了。」從作者所說的一段思維來看，原本我寫的希臘哲學家柏拉圖（Plato）說：「哲學起源於驚奇！」事實上，是錯的，而正確的是希

臘哲學家亞里斯多德（Aristotle, 384-321 B.C.）說：「哲學起源於驚奇！」，或者翻譯成為「哲學起源於驚訝。」其末尾使用驚嘆號或句號可省略，但使用驚嘆號或句號也可以，意思有加強語氣的作用。

由此延伸，黑格爾說：「談起希臘文化，轉頭必見柏拉圖。」美國哲學家愛默生（R.W.Emerson, 1803-1882）說：「柏拉圖是哲學，哲學是柏拉圖。」（參考《西方哲學之旅》·天下文化出版）英國哲學家懷德海（A.N.Whitehead, 1861-1947）說：「西方兩千多年來的哲學，不過是柏拉圖思想哲學的註腳而已。」（參考《哲學入門》·中正書局出版）由此可知，我為什麼會在我出版的《散散步，欣賞啊！》──尋找過去的記憶一書，其中作者的〈序〉第 4 頁開頭我就寫著：希臘哲學家柏拉圖（Plato）說：「哲學起源於驚奇！」事實上，也是有以上的原因才造成我的錯誤。

本書的第 23 頁 4 行，我有引用到希臘哲學家柏拉圖（Plato）的思想，就是：

「哲學是死亡的練習。」

後來我閱讀書籍時，我發現須更正為「哲學是對死亡的練習」，或者翻譯成為「哲學就是死亡的練習」、「哲學即是死亡的練習」。

在本書的第 40 頁第 8、9 行，就是：

天主教的創始者馬丁路德，……。

後來我閱讀《宗教哲學十四講 Philosophy Religion・立緒版》一書，其中本書的第 40 頁，就是：

　　第二次分裂是宗教改革運動，西元一五一七年馬丁路德揭示九十五個問題批判天主教，正式出現宗教改革運動。中文把馬丁路德宗教改革以後的「新教」（Protestant），原意為抗議派或更正派，翻譯成「基督教」。

　　由此可知，馬丁路德原本是天主教的神父，即便他帶領十字軍東征與當時天主教的當權派抗議「贖罪券的腐化」，也因此他創立了路德教派成立了基督新教，但我在本書第 40 頁所寫的「天主教的創始者馬丁路德」，是錯的，而正確的是「天主教的神父馬丁路德」，由此延伸為「馬丁路德原本是天主教的神父，而他創立了路德教派成立了基督新教。」
　　我在 2020 年 6 月出版《詩的種子》──現代詩與古典詩之間的鴻溝（白象文化事業有限公司出版）的詩集，而本詩集的第 195 頁第 1 段第 11 行，我當時出版時是以

　　如天主教的教主馬丁路德的十字軍東征，……。

　　是錯的，後來我閱讀書籍時才發現須更正為「如天主教的神父馬丁路德的十字軍東征」，由此延伸為「馬丁路德原本是天主教的神父，而他創立了路德教派成立了基督新教。」

本詩集第 249 頁第 1 段第 1 行，就是：

每年政府與民間的有心人，都發了不少錢，……。

「發」字是錯別字，而正確的是「花」字。

　　總之，記得多年前我在洪建全教育文化基金會的敏隆講堂上台×哲學系傅×榮教授，他在臺灣的社會所開的一系哲學課程，而我當時在課堂上有提問一個問題後，他則這樣回答說：「他寫的書，至少有人幫他校稿。」我寫作和寫書雖然有錯誤，但我勇敢更正自己的錯誤及其他書中的錯誤。

3.玩物喪志與玩字時代

　　古人說：「玩物喪志」，意思是：「沈迷在玩物上會喪失了自己的志向」，因此什麼是志向？簡單說來，就是：「人的心所立的志向，以及配合個人的性格、性向、志向、興趣等所立的志向。」譬如，中國的經典著作《論語・先進篇・立緒版》，而其中〈先進篇〉第十一，就是這篇有二十六章，在最後一章，我選擇孔子與曾皙的對話，原文是：

　　子曰：「何傷乎？亦各言其志也。」曰：「莫春者，春服既成，冠者五六人，童子六七人，浴乎沂，風乎舞雩，詠而歸。」夫子喟然嘆曰：「吾與點也！」作者的〈白話〉翻譯：孔子說：「有什麼妨礙呢？各人說出自己的志向罷了。」曾皙：「暮春三月時，春天的衣服早就穿上了，我陪同五、六個成年人，六、七個小孩子，到沂水邊洗洗澡，在舞雩台上吹吹風，然後一路唱著歌回家。」孔子聽了讚嘆一聲，說：「我欣賞點的志向啊！」（譯文參考立緒版《論語》）。

　　從孔子與弟子們談志向的對話及作者對孔子與弟子們談志向的對話的〈白話〉翻譯來看，進入現代化的社會，其特色是：「知識爆炸、資訊氾濫、智慧貧乏、價值混淆」的時代，而如今是網路資訊後現代化的社會，事實上，知識和資訊都已氾濫成災，即使如此，古人所謂「玩物喪志」已變成

了電影所演的《玩命關頭》，也從玩命關頭這部電影的第一集演到目前有九集。換個角度來看，在現代化和後現代化、專業化、證照化、商業化、科技化、電腦化、功能化等等，即便現代人及後現代人的生活形態與農業時代比較簡樸的生活型態，早也不一樣了，也因此可證明現代人及後現代人承受來自社會上不同的壓力，工作的壓力、經濟的壓力、人際關係的壓力……，也因此有越來越多的現代人及後現代人選擇刺激的視覺影片、刺激的科技娛樂設施、刺激的野外活動……來放鬆自己緊繃的心情和壓力。

然而，在《宗教哲學十四講》（Philosophy of Religion・立緒版），而本書的第八講第 192 頁作者有引用到中國古代《世說新語》的故事，他說：

《世說新語》收集很多品評魏晉時人作風的故事。祖約與阮孚兩人的名聲差不多，祖約收藏很多錢幣，他的樂趣就是賞玩這些錢幣。有一個朋友冒失造訪，他來不及把錢收好，立刻用衣服把錢遮住，表情有些尷尬。阮孚專門收藏木屐。有一個朋友冒失造訪，他來不及把錢收好，立刻用衣服把錢子能夠穿幾雙木屐呢？

從作者引用了《世說新語》的故事來看，進入現代化的社會，而如今是網路資訊後現代化的社會；雖然有許多臺灣的文學家、作家及新北市政府屬於文化的公部門，他們都在提倡：「玩字時代」；西方的哲學家卡西勒（E.Cassirer, 1874-1945）說：「人是使用符號及象徵的動物。」這就是他對人

的定義獨特的見解，為什麼？傳統把人的定義為「人是理性的動物」，而他這種創舉把人定義為「人是符號的動物」，由此延伸：「卡西勒說：『人是使用符號及象徵的動物。』人類不但是一種受外在豐富印象所吸引的生物，他還能以確定的形成，加諸這些印象而控制之；而他所用的形式，分析到最後，乃是由思想的、感覺的、意願的主體自身引伸而來的。換句話說，人自己的內在心靈就有提供『形式』的潛力，可以以各種方式把符號表現承具體的文化內涵。」（參考《西方心靈的品味》第二冊的《境界的嚮往》·洪建全基金會出版）

　　然而，當我們問「人是什麼？」其實這個問題本身就問題，為什麼？我們可以問：「桌子是什麼？」由於桌子，乃至宇宙萬物的本性和本質都是「固定的」，但我們問：「人是什麼？」人類的生命，與其牠的生物不同之處是「類（genus）＋種差（difference of species）」

　　我們從希臘哲學家亞里斯多德而明白傳統對人的定義是：「人是理性的動物」，但事實上中國的亞聖孟子曰：「人之異於禽獸者幾希！庶民去之，君子存之。舜明於庶物，察於人倫，由仁義行，非行仁義也。」（《孟子·離婁下》）作者對孟子這一段思維的〈白話〉翻譯：「人與禽獸不同的地方，只有很少一點點，一般人丟棄了它，君子保存了它。舜了解事物的常態，明辨人倫的道理，因此順著仁與義的要求去行動，而不是刻意要去實踐仁與義。」（譯文參考天下文化版《人性向善》——傅×榮談孟子）

由此可知，人性的特質不是固定的本質和本性，而是可以展現的「力量」與「自由」，即便過去丟棄了人性，而如今自覺了，還是有機會重新做人。

　　合而觀之，動物有直接的意識、直接的反應，因此牠們可以直接辨認「記號」，而牠們無法辨認符號及使用符號，由此延伸：

　　人與動物都有接受其刺激和反應的能力，但動物的反應可被測知，而人的反應卻難以完全測知，可見人性內在有一種接受刺激後予以轉化的能力，這也就是人之異於禽獸的地方。」（參考《西方心靈的品味》第二冊的《境界的嚮往》・洪建全基金會出版）

　　由此可知，卡西勒對人特質有獨特的見解，不再侷限傳統對人的定義的框架中，即便寫作和寫書是作者的思想、見解、觀念等等，但怎麼把寫作和寫書變成了「玩字時代」，也誠如中國的詩人陸游說：「文章本天成，妙手偶得之。」換個角度來看，寫文學的作品，也要像美國作家梭羅，而他寫的《湖濱散記》曾榮獲諾貝爾文學獎，他說：「他想過簡樸的生活，不想讓心靈成為習慣的奴隸，而現代人正被繁華生活攪得頭昏腦脹。」即使如此，美國作家梭羅的話也驗證了玩字時代：「現代人及後現人心靈的悲哀」。

4.掃地，掃地，掃心地

　　佛教裡有一句：「掃地掃地掃心地。」的偈語，但有一位法師說：「掃地掃地掃心地，不掃心地空掃地。」意思是：如果你的內心貪、嗔、癡、慢、疑不掃乾淨的話，而外面的環境有打掃多乾淨也是多餘的。即使如此，後來我經由理性的反省，佛教的戒律「貪」，不可隨便以貪來亂批評，或把貪當作來教訓人，為什麼？理由是，中國的儒家講「仁道」，就是二人為人，即便以佛教的貪來亂判斷人是非常的不仁道，為什麼？也因為人有七情六欲，所以人有欲望是很正常的，不然人沒有欲望我們社會怎麼會進步呢？也因此一般情況幾乎不可判斷一個人去賺錢，在行為上就是貪而事實幾乎都是欲望，而比較客觀的判斷一個人有貪的行為須他本身有涉及違法的行為，譬如，前總統陳×扁貪污瀆職、貪贓枉法被三審定讞須入獄服刑。

　　首先，你必須去除內心的「無明」，點燃心中那盞明燈，擺脫生滅流轉的輪迴世界，由此密契涅槃的境界而達到生命的解脫，即使如此，但事實上，「從人類的生命，乃至宇宙萬物每一次的相遇、遭遇、發生都是唯一的次」；即使佛教創始者釋迦牟尼（佛陀），他在菩提樹下覺悟了人類的生命，乃至宇宙萬物都在生生滅滅中輪迴轉世，唯有密契涅槃的境界才能達到生命的解脫，但事實上，佛陀（自覺者）在當時的覺悟恐怕是自己一廂情願的幻想吧？或者自以為是及自我膨脹吧？為什麼？事實上，「生前死後沒有知道是什

麼世界？」人的限制很大；事實上，從古今中外的聖賢，他們也都要面對生與死是沒有例外的，人死不能復活也是沒有例外的，但西方的《聖經》的經文卻有：「耶穌死而復活」、「信耶穌得永生」的經文。同理：「信耶穌見閻×王」，也誠如台語有一句俚語：「平平都是人。」

　　從人類歷史的角度來看，古今中外歷代的人在傳承的過程把聖賢過度的美化，如耶穌、釋迦牟尼、孔子、蘇格拉底等，被世人尊稱為「聖人」，後來西方的哲學家雅士培（Karl Jaspers），他寫了一本書，而他把這本書名取為《四大聖者》意思是：「這四位聖者是人中之龍，也是人類的分水嶺，足以當作人類的模範來供眾人敬仰」，但聖人也是人，只不過他們比起一般人有系統上的思想和見解，也頂多只能當作老師來向他們學習；對佛教的教主佛陀、基督宗教的教主耶穌他們所發現的真理，但他們根本違反人類的生命，乃至宇宙萬物的常理和道理，事實上，釋迦牟尼的覺悟了人類的生命，乃至宇宙萬物都在生生滅滅中輪迴轉世、西方的《聖經》裡面的經文，有：「耶穌死而復活」的經文；事實上，是古代中西的人而他們在人類的世界所寫的「神話故事」，也是他們所建構的「烏托邦世界」。

　　合而觀之，「掃地掃地掃心地。」是佛家要教化人的方便法門，即使一般人掃地的時候，不用透過佛教的方便的法門，仍可在自己的日常生活中體悟到掃地的常理和道理。雖然佛教的教主佛陀、基督宗教的教主耶穌、伊斯蘭教的教主穆罕默德等，他們都自己宣稱覺悟和發現了真理，但真理不

可違反常理和道理，事實上「生前死後沒有知道是什麼世界？」為什麼？佛教的教主佛陀、基督宗教的教主耶穌，伊斯蘭教的教主穆罕默德等，他們都宣稱自己覺悟和發現真理呢？事實上「破除宗教的假真理及假相才可見真相」，才能讓人重新發現：從人類的生命，乃至宇宙萬物，生命要從哪裡來？要往哪裡去？有：「創造宇宙萬物完美永恆的基礎」簡單說來，就是；「沒有誕生，也沒有死亡。」「沒有開始，也沒有結束。」因此，信與不信由你？

註：本篇原本刊載在《台灣新生報》中華民國八十五年十一月二十日，但我現在經由我的重新運思並增加內容，也經由修稿、潤稿、校稿後，本篇的內容、思想及見解幾乎與原本刊載時已不一樣，以此作個說明。

5.電影《侏儸紀公園》的聯想

多年以前，我看了《侏羅紀公園》這部電影，後來我又買了《侏羅紀公園》的DVD光碟回家慢慢的觀賞；雖然在這部電影完整的劇情我難以完全描素，但其中有幾個劇情，我感受特別深刻，例如，其中有一位科技專家，手中握著在考古的時候，挖到一隻被樹脂所包圍凝結的蚊子，而這隻蚊子正好在六千五百萬年前吸過一隻恐龍的血；這位科技專家從蚊子的血液中取得恐龍的DNA，再經由繁複的過程，最後複製成為真正的恐龍；恐龍的種類繁多，如雷克斯龍、暴龍、迅猛龍、草食類的恐龍等等，但在電影劇情中，我看見「生命會找到出路。」我又看見劇中的科技專家、生物學家的研究都認為，只要控制遺傳的過程，讓雌性恐龍生存，就不會有大量繁殖的危險，但在電影劇情中，恐龍居然可以「單性繁殖」，也超出了科技專家、生物學家所能掌控的範圍。

根據二十一世紀科學家及天文學家最新的估算，即使這個神祕莫測的宇宙原本他們估算是150億年前，但多年以後他們因先端科學的儀器和望遠鏡的進步，他們重新來估算宇宙的起源是誕生於137億年前，也被他們稱為「宇宙大爆炸或大霹靂」；宇宙的大爆炸之後，經過漫長的核融合的過程逐漸的形成了行星、恆星、星系及星系團，也形成了天體的星球有秩序的運行；我們的太陽系及九大行星已存在了四十六億年，也占宇宙的大爆炸約有宇宙的三分之一的時空。

在《庇里牛斯山的城堡》（木馬文化事業股份有限公司出版）一書，而本書的作者是挪威作家喬斯坦·賈德（Jostein Gaarder），其中本書的第76頁、77頁、78頁、79頁、80頁、81頁是本書最精采的段落，我則選擇作者精采的思維來呈現，他說：

那麼我就從上次停下來的地方繼續接著講，因為我相信我們就是那些石器時代人類的苗裔——而且他們沒有吃避孕藥。我們和他們同樣都屬於「智人」這個物種，是「直立人」直系後代，而「直立人」有源自「巧人」以及更古老的「非洲南猿」。

我們是靈長類動物，蘇倫。妳還記得此事嗎？如果我們回溯到好幾百萬年以前，便可發現我們與星猩猩和大猩猩有相同的起源。但妳當然知道這一切。我們曾經就這件事情進行過討論。而「我們與黑猩猩和大猩猩有相同的起源」這項認知，產生了刺激的作用，使得我們對生命產生了強烈的感覺，覺得自己是大自然的一部分。其次，我們是哺乳類動物，與哈當厄爾高原上的野兔和馴鹿並無二致。而這種類型的脊椎動物是在二億年前，從「似哺乳爬行動物」——所謂的「獸孔目」——演化出來的。

不過為什麼要回溯呢？因為回溯過去就像是逆流而上。我們何不乾脆把自己擺在另一端，從開天闢地支出來進行一場驚心動魄的旅程？但我在這裡只簡略回顧一下就好。

依據最新的估算，這個神秘莫測的宇宙大約誕生於一百三十七億年前。當時所發生的事情，被我們稱作「大霹靂、

或「宇宙大爆炸」。如何？為何？不要問我。而且也不必問其他任何人，因為沒有人知道答案。反正在不到幾分之一秒的時間內出現了一個巨大的能量釋放，隨即凝聚成質子和中子，此外還有電子以及其他所謂的「輕子」。等到宇宙冷卻下來之後，先是出現輕物質，隨著時間的發展又形成恆星和行星、星系與星系團。太陽系和我們自己的行星已經存在四十六億年左右，也就是說，其年齡大約為宇宙的三分之一，而且我們已逐漸對地球的歷史和演進過程略有所知。

三十或四十億年前，地球上開始出現最原始的生命形式。它們或許是從無到有在這裡發展出來的（如果妳想要的話，可以稱之為「本土產生的」）；然而生命的基石（我們亦可稱之為「生命起源之前的材料」）也有可能來自遙遠的地方，是慧星或小行星撞擊的結果。但無論如何已可確定的是，當時地球的大氣層中沒有氧氣，因此我們的行星起初也完全缺乏具有保護作用的臭氧層。二者都是重要的先決條件，有助於生命大分子的形成，於是我們在此遇見了一個有趣的矛盾現象：在剛開始形成生命的時候，一定缺乏了繁衍生命所必需的條件（諸如富含氧氣的大氣層，以及具有保護作用的臭氧層）。因此最初的活細胞據推測是在海洋中進化出來的，也許是在很深的水下。自由存在的氧氣以及臭氧層都是光合作用的結果，因此它們是生命本身的產物，成為較高等生物能夠在地球生存下去的必要基礎。但從此不可能再度演變出全新的生命。在這顆行星上面，一切生命的起源因而極可能同樣久遠。

一直要等到地球歷史上的太古時期——或我們所稱的

『前寒武紀』——演化出光和生物之後，才有了適合諸如植物和動物之類較高等有機體生存的條件。接著在『寒武紀』（五億四千三百萬至五億一千萬年前）出現了第一批軟體動物和節肢動物，在「奧陶紀」（五億一千萬至四億四千萬年前）則是第一批脊椎動物。內骨骼給予生命嶄新的機會，於是脊椎動物的一個小分支在五億年以後派遣代表闖入太空，並開始研究我們的宇宙起源。

志留紀時期（四億四千萬至四億零九百萬年前）出現了第一批陸上植物，而且如今也首度形成陸上動物，其中最早的是蠍子。牠們是「蛛形綱」的節肢動物，率先在乾陸地上爬行。但是早在泥盆紀（四億零九百萬至三億五千四百萬年前）的末期，已經有兩棲類動物爬到岸邊，其中尤以「迷齒亞綱」為然——牠們源自「肉鰭魚綱」的一個分支。到了石炭紀（三億五千四百萬至二億九千萬年前），陸地脊椎動物演進得非常快速，起先出現種類繁多的兩棲動物，而後爬行動物也逐漸登場；這個發展趨勢並且在二疊紀（二億九千萬至二億四千五百萬年前）繼續進行下去。此階段最典型的現象，就是有許多爬行動物適應了較乾燥的氣候；在這個時期也開始出現第一批「獸孔目」，而這種類型的爬行動物就是一切哺乳動物之共同祖先。

在三疊紀期間（二億四千五百萬至二億零六百萬年前）出現了第一批哺乳類動物和第一批恐龍。恐龍從三疊紀末期開始主宰陸地上的生活，接著通過整個侏羅紀（二億零六百萬至一億四千四百萬年前），直到爆發一場全球性的大災難為止——據推測有一顆隕石在白堊紀（一億四千四百萬至六

千五百萬年前）末期撞擊墨西哥灣的猶加敦半島，消滅了最後的恐龍。但恐龍並未就此完全退場。所有的跡象都指出一個事實，當初妳和我試圖在哈當厄爾高原捕捉的松雞，其實就是一個特定恐龍家族的直接後裔，而且松雞的起源與其牠各種鳥類一模一樣。古生物學家們現在往往開玩笑表示：鳥類就是恐龍。

不過妳和我以及其牠所有的靈長類，則都起源自一種類似「尖鼠」的食蟲動物——牠們一等到暴虐的食肉恐龍在六千五百萬年前滅絕之後，便迫不及待地跑出來大顯身手。妳還記得我們曾經以此大開玩笑，自稱我們都是尖鼠嗎？

在整個第三紀（六千五百萬至一百八十萬年前），我們這個分支的哺乳類動物——靈長類——演化得極其快速。而我們自己的遠祖，亦即我已經提到過的「南方古猿」或「類人猿」，則在接近第四紀的時候現身（一百八十萬年前），而第四紀正是我們自己的地質時代。

這就是我所相信的事情！我相信宇宙學和天文物理學提供給我們的知識，而且我相信生物學與古生物學所能告訴我們的地球生命演進過程。我對自然科學的世界觀完全深信不疑。縱使那種世界觀不斷出現改變：相關研究往往每向前走兩步就走偏一步，或者向前走就有兩步走歪了。但我仍相信自然法則，而且追根究柢下來這就意味著相信物理學和數學的法則。

我相信實際存在的東西。我相信事實。我們固然還不明白一切，我們還無法看透所有的事情——我們的知識漏洞百出。可是我們所通曉理解的事物，已經比我們的祖先遠遠多

出許多。

　　我們光是在過去的一個世紀就洞悉了那麼多東西，難道妳不覺得此事確實令人印象深刻嗎？我們可以把一九〇五年的愛因斯坦「狹義相對論」當作我們世紀的起點。在『E＝mc²』這個公式背後所隱藏對宇宙本質的認知，深刻得幾乎不可置信，能量可以轉化為質量，而質量可以轉化為能量。哈伯在一九二〇年代發現了『宇宙紅位移』現象，並可藉此確定星系相互遠離的速度與彼此之間的距離成正比。這絕對是二十世紀最重大的突破之一，因為它讓人曉得宇宙正在膨脹中，而大霹靂就是宇宙的起源——這個理論此後已經多方面得到證實，其中的證據之一就是「宇宙背景輻射」，因為它告訴我們，宇宙自從一百三十七億年前的大爆炸以來，至今仍然是熱的。一九九〇年的時候，以哈伯命名的巨型太空望遠鏡被送入環繞地球軌道，它經過必要的修理和矯正後，已可將極為重要，來自數十億光年外的照片傳給我們，於是同時也回溯了數十億年以前的宇宙歷史。因為向外瞻望宇宙就等於是回顧時間。今天已經沒有多少東西能夠阻止我們回頭看見宇宙的起源，即便我們無法更進一步回顧到大爆炸之後三十萬年以內的情況。在這整個世紀當中，生物化學以及我們生命的認識，也以驚人速度有了長遠的進展。其里程碑之一就是克里克與華生在一九五三年測繪出DNA分子的雙螺旋結構。另一個里程碑則是為人類的基因組——亦即將近三十億個構成人類染色體的「鹼基對」——製作圖譜。這份基因圖譜已經在上世紀末製作完畢。就我們對宇宙和物質本質的認知而言，下一個里程碑將是人類有史以來最偉大的物

理實驗，由『歐洲核子研究組織』（CERN）在二〇〇八年的某個時候進行，將操作一具嶄新的粒子加速器，藉以研究在宇宙大爆炸零點零零零零零零零零零零零一秒之後，宇宙是由哪些基本粒子所構成的。我們對宇宙歷史的理解若能回溯到宇宙最初微不足道的幾分之一秒，或許從那天開始我們就可以停止對人類的認知不足做出抱怨。

從前人們往往喜歡表示，討論諸如「世界起源」或「生命內在本質」之類重大的問題，就跟爭辯月球背面的形狀一樣沒有意義，因為月球永遠只是用正面朝向我們。可是那種論調在今天已經變得既幼稚又站不住腳──自從展開探月之旅以後，我們隨便在一家書店都找得到月球背面的詳細照片。

然而，美國總統柯林頓與英國首相布萊爾在二〇〇〇年六月二十六日同時宣布，由全球的科學家一起合作的「人類基因圖譜」的草圖已經完成，即使從二〇〇〇年至二〇一七年，「人類基因圖譜」已經走過十七年的歲月，但是，就在當時有人說：「人類基因圖譜是，有史以來最重大的科學成就。」也有人說：「人類基因圖譜可以與十六世紀義大利伽利略的天體論同樣的重要。」又有人說：「此舉足以和分裂原子、登陸月球相提並論。」

合而觀之，在電影《侏羅紀公園》裡，亦即科技專家、生物學家，以及想去研究與探索恐龍的人，失敗的主要原因是：「自己人不夠團結，暗中下了手腳，造成機器失靈，以致於死傷不少。」由這一部《侏羅紀公園》的電影的聯想來

看，人類為了求生存，與大自然競爭，這是符合達爾文所謂的「物競天擇，適者生存。」的法則，舉個例子，中國的亞聖孟子談到堯舜時代，他說：「舜使益掌火，益烈山澤而焚之，禽獸逃匿。」作者的《白話》的翻譯：「舜派伯益掌管用火，伯益就用大火把山野特別沼澤的草木燒掉，使禽獸逃跑躲藏起來。」（譯文參考天下文化版《人性向善》——傅×榮談孟子）由此延伸，雖然人類早已掌控了地球成為「萬物之靈」，但人類面對高山大川、浩瀚的海洋，以及大自然的各種變化，諸如地震、海嘯、洪水等等，人類還能宣稱自己「人定勝天」嗎？雖然人類所能征服、所能勝的，也只是世界上的一小部分而已，但人類對自己潛在的破壞力就搞不清楚？連人類之間互相毀滅的危險都尚未消除，例如，北韓的核子彈試爆，以及全世界各國的核子彈，足以毀滅全人類、毀滅全地球，也因此人類又何必奢談什麼「人定勝天」？換個角度來看，人類有特殊的價值，可以發展精神上的成就，如文學、哲學、藝術、音樂等等，來提供人類的閱讀與品味，也因此提升了人類精神層次的生活；不論基因學革命、基因研究在怎麼進步，但科學家、科技專家、生物學家等等，如果忽略了人類在人文與精神的特質，則人類可能「未蒙其利，先受其害。」

6.小魚缸的聯想

　　我不喜歡養寵物，如貓、狗等，但我為何養起小魚？打開記憶瓶子，記得多年前我租的房間是套房，僅供我盥洗、睡覺、打電腦、讀書等，因而我為了增加小空間的美觀來放鬆繃緊的身心，我則去寵物店買小魚缸來養小魚。

　　起初養我小魚的時候，我不知養小魚相關的常識，但我買了不少小魚，也死了不少小魚，於是我開始觀察小魚缸的生態並藉由小魚缸讓我省思，也因為現代人使用的化學洗滌劑，在洗滌衣物時把河川、海洋幾乎給汙染了，所以造成不少的魚蝦中毒而死亡；原本海洋中豐富的魚群，但人類的不斷製造的汙染源，如水汙染、空氣汙染、垃圾汙染等等，導致全世界各國的漁船去海洋捕魚，逐年的魚獲量在減少。

　　就在那個時候，記得在八里左岸「新北市永續環境教育中心」的前面，有一尊由觀音石雕刻而成的河童，並在河童的下面有大理石的看板，這時我看見看板上以文字來呈現：「河童原名河伯，傳說來自古代中國河北，經福建傳到台灣。台語稱「河阿伯」（Gha Wah Beh），是一種可愛的擬像動物。⋯⋯。水是河童的生命所賴，更是人類的生命之源，吾人須保育河川、濕地，方能營造人類永續發展的生活環境。」

　　這時使我聯想起中國的經典著作《莊子》一書，其中在〈秋水篇〉，有一段莊子與惠子精采的對話，原文是，莊子與惠子遊於濠梁之上。莊子曰：「儵魚出游從容，是魚樂

也。」惠子曰:「子非魚,安知魚之樂?」莊子曰:「子非我,安知我不知魚之樂?」惠子曰:「我非子,固不知子矣;子固非魚也,子之不知魚之樂,全矣。」莊子曰:「請循其本。子曰『汝安知魚樂』云者,既已知吾知之而問我。我知之濠上也。」根據《莊子》(立緒版),作者的〈白話〉翻譯:莊子與惠子在濠水的橋上遊覽。莊子說:「白魚在水中,從容地游來游去,這是魚的快樂啊!」惠子說:「你不是魚,怎麼知道魚快樂呢?」莊子說:「你不是我,怎麼知道我不知道魚快樂呢?」惠子說:「我不是你,當然不知道你的情況;而你也不是魚,所以你不知道魚快樂,這樣就說完了。」莊子說:「還是回到我們開頭所談的。你說『你怎麼知道魚快樂』這句話時,你已經知道我知道魚快樂才來問我。我是在濠水的橋上知道的啊!」(譯文參考《莊子》立緒版)人與人在對話時,由於語言、文字有其限制,所以「無聲勝有聲」,以彼此的默契,才可化解人與人的誤會。

　　然而,我從去寵物店買小魚缸,然後我觀察小魚缸的生態,於是我發現了河川、海洋的污染,進而使我聯想起莊子與惠子精采的對話;從古代莊子的時代至網路資訊後現化的今日社會,但在相較之下,大自然的生態與人文的生態實在變化太大了。

7.嬰兒房的聯想

醫院是我不喜歡去的地方，即使醫院裡面的人似乎因生病臉上都沒有笑容，我卻也喜歡到醫院的嬰兒房去看看剛誕生的嬰兒，也因為他們可親的臉蛋、可愛的眼睛、小小的手、小小的腳、小小的身體，靜靜地躺在嬰兒床上，所以讓我感受到他們小小心靈的純真和可愛。

去年我因動鼻子的手術，我雖然到臺北縣新莊市的新泰綜合醫院把鼻內的鼻息肉切除，但我到了醫院掛號就直接進入耳鼻喉科的門診室，也因為我事先已有預約，所以醫師用夾子夾著白色的棉花沾著麻醉劑塞住了我兩個鼻孔，於是他便請我到門診室外面等候，過了許久，有一位護士小姐帶我到二樓的開刀房，我也隨同她走上了二樓的開刀房，也因此開刀房裡面還有人，也因此她請我在外面等候一下，這時她的話剛講完，我便轉過身意外的看見，在我的身旁有一個嬰兒房；嬰兒房內雖然有幾個嬰兒靜靜地躺在床上，但眼睛都閉起來似的！於是我睜大了眼睛，仔細瞧了瞧，我也看見生命剛誕生時，母親誕生了嬰兒的喜悅和生產的痛苦，我也看見嬰兒腳上綁著血型、姓名，出生年月日的字條，我也在透明的玻璃內擺著幾張紙片，紙片上寫著：「嬰兒的重量，喝什麼廠牌的嬰兒奶粉。」

這時我看了這些可愛可親的嬰兒，由此使我聯想起中國的至聖先師與宰我的對話，而原文我選擇其重點，子曰：「子生三年，然後免於父母之懷。」（論語・陽貨篇）作者

的〈白話〉翻譯：「一個孩子生下來，三年以後才能離開父母的懷抱。」（譯文參考立緒版《論語》）。

　　然而，美國有一位心理學家蓋林（Willard Gaylin）在他寫的《重新發現愛》的書中，他特別的指出：「人與動物的差別，除了自由與想像之外，還有一項就是『最長的幼兒依賴期』。人是萬物之靈，為什麼要比其牠的動物更需要有長期性的依賴期呢？」舉一個例子來說，在美國有一所專門收養棄嬰的醫院裡，收容了五十名棄嬰，而這五十個棄嬰反應都差不多，目光呆滯、面無表情，其中有一個小孩子例外，每天見到人就笑；這些研究人員就覺得很奇怪，同樣是棄嬰，為什麼他這麼快樂呢？於是他就在房中裝上閉路電視觀察這個小孩子；一個星期下來，觀察結果才發現，原本每天下午下班的時間，有一位負責到醫院掃地及收垃圾的老太太，經過這個小孩子時，她就陪他玩半個小時，只是每天陪他玩半小時即異於其他的小孩子，為什麼？因為人需要有一個人真正去關懷他，生命才能得到正常的發展。這項研究震驚了美國心理學界，因為在美國人的家庭裡，小孩子哭時即讓他哭，哭累了即睡著了，因此變得很有獨立性，但對人性而言即是一種傷害。

　　總之，嬰兒的誕生表示，生命是充滿喜悅的、充滿活潑的，充滿希望的，即便人愈長大而生命力愈顯得枯萎，也已不像年輕時充滿著活力與夢想，也請你到嬰兒房看看剛誕生的嬰兒，也會使自己重新發現了原始的生命力。

——《青年日報副刊》中華民國六十八年九月十一日

8.兒童是人類的老師

　　有一首法國童謠說：「當我還是個小女孩時，曾經問我媽媽：將來的我會是什麼樣子？我會很漂亮嗎？我會很有錢嗎？媽媽回答說：不管將來怎麼樣，該來的就來了，我們是看不到未來的。」問題的關鍵是，雖然「人性是趨吉避凶」，但人的限制非常大，沒有人知道下一秒鐘會發生任何事情？西諺有云：「兒童是人類的老師」，也就是兒童的純真是人類學習的對象，譬如，在泰戈爾（Tagore）的〈新月集〉（The Crescent Moon），標題是〈孩子的天使〉，於是我開口朗讀：

　　他們喧嘩爭鬥，他們懷疑失望，他們辯論而沒有結果。

　　我的孩子，讓你的生命到他們當中去，如一線鎮定而純潔的光，使他們愉悅而沉默。

　　他們的貪心和妒忌是殘忍的；他們的話，好像暗藏的刀，渴欲飲血。

　　我的孩子，去，去站在他們憤懣的心中，把你和善的眼光落在他們身上，好像那傍晚的寬宏大量的和平，覆蓋著日間的騷擾一樣。

　　我的孩子，讓他們望著你的臉，因此能夠知道一切事物的意義；讓他們愛你，因此他們能夠相愛。

　　來，坐在無垠的胸膛上，我的孩子。朝陽升起時，開放而且抬起你的心，像一朵盛開的花；夕陽落下時，低下你的

頭，默默的做完這一天的禮拜。

　　古時候有一種盒子，它的名稱叫做：「潘朵拉」，據說，這個盒子一打開全世界的災難將呈現在你的眼前；在現代化的社會，而如今是網路資訊的社會，雖然幾乎每個家庭都有潘朵拉的盒子，但這個盒子的名稱叫做：「電視」，也因為臺灣自從開放有線電視到現在，包含了娛樂節目、新聞台、宗教電視台……，也就高達有一百多台，這時只要選台器握在你的手中，選擇的機會越來越多，隨時都可以變換頻道，尋找電視台各種不同類型的節目，如新聞、旅遊、韓劇、電影、命理、股票……。

　　有人批評說：「人只有在兩種情況才完全不動，一是死了，一是看電視。」為什麼？即使習慣看電視的兒童所造成的後遺症，也就變成了近視眼的兒童越來越多，也造成電視節目來取代了兒童的遊戲，也在快速變遷的現代化社會，而如今是網路資訊後現代化的社會，也因為知識和資訊在現在都已氾濫並知識和資訊像水，所以「水能載舟，亦能覆舟」；在二十一世紀知識和資訊都已過度的氾濫，兒童也變得喜歡看電視，喜歡玩線上遊戲，久而久之，幼小的心靈也就充滿著過度氾濫的資訊和社會負面的現象，這麼一來，身為家長，和從事良心教育的工作者，如何教育兒童適當的節制電視台的節目，進一步節制過度的知識和資訊，也都在考驗著家長，和從事良心教育的工作者。

9.失去靈魂之窗的痛苦

　　人的一生中，幸運者因為他們有穩定的工作來安穩的過這一生，甚至有許多富裕家庭的孩子，他們有比一般人有寬裕的生活費用，所以他們不用為了沒有工作來煩惱和憂愁；不幸者他們不但沒有穩定的工作，還必須面對生存、生活各種艱難的考驗，甚至有許多貧窮的人淪為游民、乞丐，過著乞討、露宿街道並過著非人的生活品質。

　　舉例來說，有人要面臨失業的痛苦、有人面臨失去經濟的痛苦、有人要面臨失去老伴的痛苦，以及非洲的飢荒有滿多的難民要面臨飢餓的痛苦，以此類推男女在談戀愛的過程，也因為彼此的觀念、思想、經濟、習慣等無法去接受對方時，最後只好選擇離開，所以把男女因談戀而分手的過程稱之為「失戀」，雖然失戀的痛苦幾乎只有談過戀愛而分手的男女，他（她）們才能真正體會失戀的痛苦；同理：對視障者而言，失去靈魂之窗（眼睛）的痛苦、失去光明世界的痛苦，但視障者整日生活在看不見黑暗的世界，也更失去了以視覺來欣賞多彩多姿的世界。

　　我不是視障者，我無法完全感同身受，整日活在看不見黑暗世界的痛苦，即便偶爾以手帕蒙上眼睛，或者我在睡覺的時偶爾閉上眼睛去想像視障者完全失去視覺的痛苦，但這畢竟只是短暫的沒有看見，還是無法真正去體會失去靈魂之窗的痛苦。

　　然而，惠光導盲犬學校創立於 1991 年，是第一所在臺灣

成立的導盲犬培訓學校，亦是臺灣唯一結合盲校的導盲犬學校；惠光導盲犬學校給視障者帶來了希望，雖然他們以導盲犬來開路天使的計劃，但導盲犬從三個月至一歲期間的寄養家庭，一歲至兩歲也在惠光導盲犬學校接受訓練，直到十歲左右提供給志工、訓練人員、視障者使用；導盲犬經由惠光導盲犬學校的專業訓練人員的訓練，也成為幫助視障者路障的開路天使，並由導盲犬帶領著視障者想去地方……。

　　從視障者的路障的開路天使來看，多年前有人在提倡「飢餓感」意思是：以行動去親身感同身受非洲難民的飢餓。」同理：「可以用三角巾、手帕等來蒙上自己的雙眼，來暫時感受一下視障者失去光明的痛苦，雖然這種感受是短暫的，但會讓體驗者更能去珍惜自己的靈魂之窗，也能進一步體會視障者在完全黑暗的世界生活。」

10.友善職場與不友善職場

　　在現代化的社會，而如今是網路資訊後現代化的社會，什麼是「友善職場」？雖然在職場上班的現代人及後現代人，但他們幾乎也對什麼是友善職場的感受與看法有所不同，亦即在專業化，證照化、功能化、複雜化、網路化、科技化、電腦化的網路資訊後現代化的今日社會，也因為每個人專業的能力和條件有所不同，所以求職者去應徵工作時，他們會因每個專業的工作性質及工作條件的不同，而雇主付給每個專業受僱者的薪水也有不同。

　　從每個專業的工作性質及工作條件來看，我心目中的友善職場是什麼呢？簡單說來，一般人雖然對肢障者比較有同情心，也比較友善，也因此肢障者在求職上比較能順利應徵上工作，但對精神障礙者來說，不但雇主對精神障礙者在求職上非常的不友善，也在歧視精神障礙者的就業，也導致許多精神障礙者在求職上到處碰壁；雖然同樣領有「身心障礙證明」的障礙者，為什麼？在肢體上的障礙與精神上的障礙，但在求職上有如此大的差別呢？

　　舉我個人的例子來說，對我是一個精×障礙者而言，事實上，雖然已沒有所謂的「友善職場」四個字，為什麼？但過去我有太多去應徵工作的經驗，亦即只要我老實說，我是領有「身心障礙證明」的精神障礙者，雇主就不願意僱用我，後來我為了生存，我也鼓起勇氣向臺北市政府身心障礙福利中心去申請屬於「身×障礙者的隱×性身分」後，我才

順利的應徵上了工作，我也因此在財團法人的伊×基金會大×養護中心做照顧服務員的工作，但我勉勉強強在該中心做了四年後，也主因在人為的壓力之下被迫無奈離職。

然而，我因精神疾病導致面對人及工作時的壓力非常大，雖然從過去我時常換工作至幾個月前，我也經常去找退路，但我沒有找到工作，後來我才發現，例如，既可怕又可惡的手機網路拆分盤的公司的負責人，以及每一家經營網路拆分盤的團隊最前面幾位老鼠會的老鼠頭，如S×Y公司、N×I公司……，即使如此，這些網路拆分盤的公司的負責人，以及每一家經營網路拆分盤的團隊最前面幾位老鼠會的老鼠頭，但他們都在利用變質的多層次傳銷（俗稱老鼠會）、利用「假投資，真詐錢」、利用手機網路拆分盤的交易平台、利用人性喜歡賺錢而不喜歡繳稅、利用大型的說明會場來吸金、詐欺、詐騙受害者的金錢、利用基督教或其他宗教，亦即S×Y公司在手機line的群組，而此群組的名稱，就是：「大×豪神的恩典團隊」，也因此我卻被S×Y公司負責人（詐騙犯），以及S×Y公司在臺灣最前面幾位領導人（詐騙犯），詐騙高達新臺幣十七萬八千五百元，而我只是純粹的投資者，但我的老婆陳×顏卻是在經營S×Y公司的網路拆分盤，她也同樣被S×Y公司的詐騙犯，以及S×Y公司在臺灣最前面幾位詐騙犯詐騙高達新臺幣十幾萬元。

然而，S×Y公司的詐騙犯，以及S×Y公司在臺灣最前面幾位詐騙犯除了「假投資，真詐錢」之外，他們還利用弱勢的聾啞的人士，舉例來說，S×Y公司在107年2月有在臺中新×地的餐廳，有舉辦大型的春酒會且人數超過一千人，雖然

S×Y公司在臺灣團隊的第一位領導人（詐騙犯），但在當時我的老婆陳×顏對我說：「站在台上的那一位Kevin賺了新臺幣二億元，後來我才發現，不是他賺了新臺幣二億元，而是他吸金、詐欺、詐騙新臺幣二億元；雖然連弱勢的聾啞人士也在利用，也讓投資S×Y公司的人誤以為他們有愛心在招待聾啞人士，但事實上，他們都在利用聾啞人士，來吸引更多的人來投資S×Y公司的網路拆分盤。

從S×Y公司利用弱勢的聾啞人士來看，我是一個精神障礙者，雖然我對網路拆分盤我連下載「手機的網路交易平台」，但我都不會下載，而我的老婆陳×顏她也從我的手機教我怎麼操作「手機的網路交易平台」，也事實我都有這方面的障礙，也事實沒有我的老婆陳×顏在106年3月就加入S×Y公司的手機的網路拆分盤，也事實我是不可能加入S×Y公司網路拆分盤的投資，也因為我當時太信任、太依賴我的老婆陳×顏，所以才造成我損失高達五千一百美元（新臺幣十七萬八千五百元），而這筆投資對我而言，是一筆相當高額的金錢，也是我通過玉×銀行的貸款——新臺幣二十萬元貸款的錢。

S×Y公司網路拆分盤在107年3月在手機line的群組，而S×Y公司網路拆分盤大×豪神的恩典團隊有這樣的公告：「S×Y公司網路拆分盤公司的詐騙犯把手機的網路交易平臺的系統全部歸零，意思是：原本投資者及受害者投資在S×Y網路拆分盤公司投資的錢，以及投資的利潤已經完全血本無歸，如果投資者要把自己投資的錢拿回來，這時S×Y網路拆分盤公司仿照比特幣，而比特幣就是虛擬貨幣稱之為

『SWC虛擬貨幣』。」從S×Y公司網路拆分盤大×豪神的恩典團隊的公告來看，我投資新臺幣十七萬八千五百元，居然還要以同等的錢，才能在S×Y公司手機的網路交易平台繼續掛賣，事實上，再一次對投資者吸金、詐欺、詐騙，真是既可怕且可惡S×Y公司的手機網路拆分盤，於是幾個月前我的老婆陳×顏對我說：「她想在大陸貸款把我投資S×Y公司新臺幣十七萬八千五百元拿回來」，我則回答她說：「千萬不要再去貸款，萬一拿不回來我投資的錢那怎麼辦呢？」

後來，我在手機的臉書發現這樣的訊息：「比特幣是史上最大的詐騙案」，雖然連比特幣是目前官方唯一承認合法的虛擬貨幣，但同樣是在吸金、詐欺、詐騙；手機的網路拆分盤、虛擬貨幣、互助會等等，也事實都比詐騙集團更可怕更可惡，他們也都在利用變質違法的多層次傳銷（俗稱老鼠會），他們的詐騙手段也滲透到最親近的人，而我的老婆陳×顏也因為在經營S×Y公司手機的網路拆分盤，所以我的精神疾病而導致我工作壓力非常大，也因此我到處去找退路，但我卻掉進了S×Y公司的網路拆分盤的詐騙犯，以及S×Y公司的網路拆分盤在臺灣的團隊最前面幾位的詐騙犯的吸金、詐欺、詐騙的陷阱。

再舉我個人一個例子來說，譬如，幾個月前，我向行×院長信箱投訴，內容如下：首先，我想說明的是，第一，一個月前我在自己的手機下載「政府職缺快找」、「行政院徵才通知」，以便我知道政府機關徵才的訊息，雖然我有看見「新北市永和頂×國民小學」，有徵「臨時人員」，但我在（一）本職缺所應徵的條件的第5項：優先晉用能勝任業務

身心障礙人士（身心障礙手冊有效期間內，或衛生署公告身心障礙鑑定醫療機構診斷證明書），我也因此看了頗為高興，我就在107年1月3日早上打電給新北市永和頂×國民小學的巫主任（電話：29212058轉6309），我也在電話中坦誠跟她說，我是領有「身心障礙證明」，罹患「中度躁×症」的精神障礙者，她則回答我說：「其中有一項規定，精神疾病（含躁×症）者不錄用。」我聽了她這麼說，我不但讓覺得頗為失望，還覺得這樣的規定是否涉及「就業歧視」？另一方面我又在新北市永和頂×國民小學，徵才「臨時人員」的訊息，比較詳細看了（三）：凡有以下一項者不得參加甄選，若已錄取經查證屬實，將取消資格並負法律上之責任；第7項，經合格醫師證明精神疾病（含躁×症）者。第二，過去，我好幾次有去應徵政府機關身心障礙的徵才，但是，雖然我的電腦能力未達錄取的標準，至少也沒有像新北市永和頂×國民小學，這樣對我是一個領有「身×障礙證明」，罹患「中度躁×症」的精神障礙者，亦即（三）第7項，經合格醫師證明精神疾病（含躁《症）者不錄用的規定，這麼一來，新北市永和頂×國民小學的徵才訊息是否涉及對我是領有「身×障礙證明」，罹患「中度躁×症」的精神障礙者，有就業歧視呢？

　　隔了不久，我又透過行×院長信箱，進一步說明，內容如下：首先，我想說明的是，第一，本件新北市教育局承辦人已答覆我的問題，不過針對這樣的答覆，我事後想想，我還是有需要說明和表達的地方，即便我對於新北市教育局承辦人可以接受的部分是新北市永和頂×國民小學的徵才，但

考量到與家長互動的壓力，也就規定第7項，經合格醫師證明精神疾病（含躁×症）者，不得參加甄選，也就不構成所謂「就業歧視」，另一方面我對新北市永和頂×國民小學，徵才「臨時人員」的訊息，我無法接受的是（三）：凡有以下一項者不得參加甄選，「若已錄取經查證屬實，將取消資格並負法律上之責任」；第7項，經合格醫師證明精神疾病（含躁×症）者。從這樣的規定來看，一年前，我為什麼跟臺北市政府身心障礙福利中心申請「身×障礙的隱×性身分」，就是我過去求職的經驗，我越老實說我是領有「身×障礙證明」，罹患「中度躁×症」的精神障礙者，我更沒有機會找到工作，另一方面我的精神疾病所承受的壓力已經異於一般人，所以我有時會去找公家機關的工作，而且大部分屬於符合身心障礙方面徵才的機關和工作；雖然幾年前我有向臺北市政府身心障礙福利中心申請「身×障礙的隱×性身分」，但我在保障自己一個精神障礙者基本的工作權，也事實在一般情況對肢體殘障者比較有同情心，對肢體殘障者也比較能夠獲得來自社會的同情心和工作權，

假設我沒有老實告知新北市永和頂×國民小學的承辦人，即便我也沒有任何違法，我也不需要負任何法律的責任，而新北市教育局承辦人答覆我說，會對語詞方面去潤飾改進，不過以後還是「經合格醫師證明精神疾病（含躁×症）者，不得參加甄選為理由；即便如此，我也不會去參加甄試。第二，依據中華民國憲法規定：「人民有請願、訴願及訴訟之權。」從這條中華民國憲法的規定來看，事實上，我的陳請和表達沒有任何違法，也不需要負任何法律上的責

任。再舉個例子來說，多年前我在臺北榮民總醫院看見掛著一個看板，而看板上刻有「嚴禁推銷 依法究辦」八個字，問題的關鍵是，中華民國憲法的規定：「保障人民有自由選擇的工作權」；雖然在法律多如牛毛的現代化社會，而如今是網路資訊後現代化的社會，但事實上，法律已經比牛毛還要多，也因為有許多現代人及後現代人在利用法律的權威來嚇嚇人！所以須回歸憲法的規定，也對行銷有違反規定者法律應另行規定，也不可因此全部「嚴禁推銷 依法究辦」，也因此這樣是違反憲法的規定：「保障人民有自由選擇的工作權」。

再舉我個人的例子來說，即使對於公家機關的徵才，屬於「約僱人員」、「臨時人員」，但後來我有比較詳細看了這樣的條款「約僱時間期限到期，不得以任何理由續聘」，也就是對這樣的規定我都可以接受；即使我在二十幾年前臺北榮民總醫院傷殘重建中心（多年前已更名為身障重建中心），受訓為期一年傷殘的輔具器材，如義肢、背架、肢架等，但當時該中心的人事主任在83年1月以「精簡人員」把我裁掉，也就是直到106年5月3日我收到臺北榮民總醫院的回函，內容重點如下：「傷殘重建中心於92年2月組織整併為本院一級單位後，員工人員減少。」由此可知，臺北榮民總醫院傷殘重建中心對我精簡人員的時間居然高達接近十年，我也無法接受，我也將本案以民事訴訟經由臺灣士林地方法院提出民事訴賠償，但當時臺灣士林地方法院的法官，他並沒有派人去調查臺北榮民總醫院傷殘重建中心精簡人員的時間且他直接判我敗訴，我不服就再上訴臺灣高等法院，

但臺灣高等法院的法官仍沒有派人去調查臺北榮民總醫院傷殘重建中心精簡人員的時間，我也在當時且在無力無奈之下，由臺灣高等法院的法官退我三分二的訴訟費，我就沒有再上訴臺灣最高法院，本案除了訴訟之外，二十幾年前我曾寫信給當時的臺北市長陳×扁，經過十幾年後，我曾寫信給當時的陳×扁總統，後來又寫信行政院長陳請和表達本案，再轉入經由行政院國×外交法務處的陳請和表達，然後我還向國軍退除役官兵委員會、法務部、司法院、監察院等的陳請和表達，但最後我的陳請和表達都沒有用，事實上，他們都是在「官×相護」。

總之，在現代化的社會，而如今是網路資訊後現代化的社會，對我是一個精神障礙者來說，事實上，已沒有所謂「友善職場」；事實上，從多年前至現在不論從求職的經驗，或者從對我心痛的經驗，譬如，S×Y網路拆分盤公司的詐騙犯，以及S×Y網路拆分盤公司在臺灣團隊最前面幾位老鼠會的老鼠頭，如Kevin、小樽等等吸金、詐欺、詐騙，我辛辛苦苦賺來的錢，我也必須記取如此慘痛的經驗和讓我心痛的事件，也因此對我是個位精神障礙者來說，「當下欠缺辨認能力」，或者是「欠缺辨識能力」，也因此我這一生完全拒絕任何投資，也完全拒絕與任何投資的人來往，也拒絕任何直銷、經銷、行銷來保護我是一個精神障礙者。

109

11.掃地、拖地、整理內務與穩定情緒、心情、心靈

　　多年以後，我記得在洪建全教育文化基金會，而該基金會以紙張打成的教育文化的課程的簡章裡，有一位陳×安講師，他講的課程題目是「穩、實、安、命」四個字，並課程的費用學習者須繳新臺幣一萬多元。雖然後來我才發現，但事實上，所謂「穩、實、安、命」簡單說來，就是自己找一份穩定的工作，在穩定中求發展，亦即可以達到穩、實、安、命的效果，但這位講師卻以這樣的課程來勾引學習者的求知欲望，也誠如希臘哲學家亞里斯多德（Aristotle, 384-321 B.C.）說：「人類天性渴望求知」，進一步來探討有人說：「現代的老師根本無法『因材施教』，而是『因財施教』。」甚至有人說：「因為發財而施教」，譬如，補習班的名師、老師年賺千萬、百萬；大學的教授、教師的月薪幾十萬、十幾萬、好幾萬元等；事實上，進入現代化的社會，而如今是網路資訊後現代化的社會，現代的老師及後現代的老師，與二千五百多年前的中國至聖先師孔子能夠為弟子們「因材施教」的老師，早就不一樣了，其實現代的老師及後現代的老師，不論在學校或在社會上開班授課，就是「因財施教」，或是「因為發財而施教」；事實上，學生及學習者就是消費者，而現代的老師及後現代的老師，只不過以他們個人專業的知識和技能來賺錢。

　　多年前我因受到人為及宗教的誤導和傷害，所以我一直

處在失業的恐懼感，即便我的心靈不但受到嚴重的撞擊和傷害，也造成我的精神疾病的病發主要原因之一，也因此在工作上我無法尋求穩定，我只好尋求心靈穩定的途徑和方法，如唱歌、聽音樂、讀書、寫文章、看電影、掃地、拖地、整理家務、散步等來調適自己過度失去平衡的精神疾病所造成的精神壓力和痛苦，其中以掃地、拖地、整理家務等，對我調適精神的過度壓力，也是一種很好的方法；每當我的情緒不穩定時，我喜歡把自己的住處或周遭的環境，藉由掃地、拖地、擦拭物品等，把自己的住處或周遭的環境打掃得乾乾淨淨。

這時候，在打掃的過程中，我隨著掃地、拖地、擦桌子、擦椅子、擦日常生活用品、洗廁所等，雖然我的內心的陰霾和創傷，也隨著掃地、拖地、擦桌子、擦椅子、擦日常生活用品、洗廁所等，我的情緒也漸漸的平穩而能夠撥雲見日，但在習慣上要養成掃地、拖地、整理家務而持之以恆，事實上也一件不容易的事情，偶爾也只能當作日常生活中調適自己的方法而已。

總之，現代的《心理學》把人的心裡大致上可區分為三種，第一，IQ（心智智商）；EQ（情緒智商）；AQ（逆境智商），其中以人的情緒智商最難以捉摸不定，為什麼？由於人的情緒千變萬化，就好像天空的雲，雲來雲去變化無窮，即使如此，罹患精神疾病的精神病患，他們在發病時的情緒，但有許多精神病患因受不了精神疾病的影響而失去控制，他們也就直接訴之於行為，也造成了人群許多嚴重的傷害，也因此有人就把罹患精神疾病的人稱之為「不定時炸

彈」，不過懂得調適的精神病患，雖然他們過得很辛苦且須承受精神疾病過度的壓力和痛苦，但仍可自己勉勉強強的過生活。

12.論現代化專業軍人

　　軍人主要的職責是:「保國衛民」,亦即以前的軍人與現代化的軍有何不同?以前的軍人是採取徵兵制,依據中華民國憲法二十條規定:「人民有依法律服兵役之義務。」人民所指的即是「限縮解釋」:只有男人滿二十歲有服兵役之義務,但女人不用服兵役;臺灣目前為了符合現代化的精兵部隊,也逐漸將徵兵制改由募兵制來取代,也募集了志願當兵的人,男女皆都可以選擇志願役當兵、士官、軍官等,也依軍中升的遷制度來升遷官階。

　　由於現代化的高科技已取代了傳統戰爭,所以現代化的專業軍人,必須要有足夠的專業知識和戰鬥技能,諸如步兵、砲兵、通訊兵、戰車旅、空降部隊、陸戰隊、海巡兵、陸軍、海軍、空軍等等,亦即形成了陸、海、空作戰部隊,而每一種兵種負責操作保養先端科技的軍事武器,如戰機、戰車、軍艦、飛彈……。

　　所謂「沒有國防就等於沒有國家」,也就是世界各國都有最基本的國防經費和陸海空部隊,來保護和防禦免於被侵犯的自由。現代化的軍人,除了服從軍中的軍紀和命令之外,他們須站在自己的崗位上負起該負的責任且須學習專業的知識,如電腦、通訊、武器等等相關的知識。

　　希臘哲學家亞里斯多德(Aristotle, 384-321 B.C.)說:「教育是廉價的國防」,意即近代西方以提倡「新教育」來重振民族信心的德國哲學家菲希特(Fichte),其意亦近於

此。譬如，在拿破崙的鐵蹄之下，普法戰爭一開始，普魯士民族信心已經喪失，文化意識也沒落殆盡，幾乎到了一敗塗地的情境。自一八〇七年冬季起，菲希特眼見亡國亡種的危機，在法軍監視之下的柏林大學前址，舉行了前後十四次公開演講，這就是著名的「告德意志國民書」。

現代化的軍人即是以教育為最重要，其教育的功能可以用「活學活用」四個字來形容。懷德海（Nlfred North Whitehead, 1861-1947）說：「非至課本遺失，筆記焚毀，為應付考試而記憶於心的細目全忘，否則您知所學必仍對您為無用。」美國詩人愛默生（Emerson）說得更富有內涵，他說：「我們是字彙的學生；我們被關在學校被誦十幾年。結果只是裝滿了一袋空話與單子，不知實際人生為何物。我們成為不會利用雙手雙腳雙眼雙耳的人。」

愛默生又說：「教育的秘密，在於尊重學生。」「家長不要照顧得無微不至，更不要侵犯學生的獨立生活。」由此延伸：「身教重於言教」、「啟發重於灌輸」等等教育的指導原則。即使如此，但愛默生又說：「將來有朝一日，我們要學習運用教育的力量來替代政治。我們對奴隸制度、戰爭、賭博、酗酒的根本改革，在於開始提高教育水準。」從愛默生的這一段思維來看，與希臘哲學家亞里斯多德說：「教育是廉價的國防」，有異曲同工之妙。

有人說：「國家興亡，匹夫有責。」現代化專業軍人雖然須學習專業知識，但他們須肯定自己的民族文化及培養克盡職責的使命感，也才符合現代化專業軍人的基本的素養和

條件。孫子兵法說：「不恃敵之不來，持吾有以待之。」孫子兵法雖然是古代人的思維，但仍適用於現代化專業的軍人，也不必擔心外在的環境快速的變遷及金融風暴所造成的失業率越來越高，也須自己培養內在的條件和現代化專業的知識，也因此才能反敗為勝，來結出幸福的果實。

由蔣夢麟先生所寫的《西潮》（明田出版社出版）一書，而本書中有幾句思維，也值得現代化專業的軍人去研讀的，他說：「一個中國學生如果要了解西方文明，也只能根據他對本國文化的了解。他對本國的文化了解愈深，對西方文化的了解愈易。」「武力革命難，政治革命更難，思想革命尤難，這是我所受的教訓。」「中國社會風氣的敗壞，導源於腐朽的財政制度，而非缺乏責任感。」

現代化的專業軍人，除了學習專業的知識、戰術、武器之外，還須研讀中國哲學和西洋哲學，如《論語》、《孟子》、《老子》、《莊子》、《中庸》……；西方的哲學家，如蘇格拉底、柏拉圖、亞里斯多德……，這麼一來，才能應付現代化高科技的戰爭，而且對自己的人生也有助益。羅馬文豪西賽羅說：「哲學！人生之導師、至善之良友、罪惡之勁敵，假使沒有你，人生又值得什麼？」從羅馬文豪西賽羅這一段思維來看，哲學與人生、生活、生命都是息息相關的，也是現代化專業的軍人值得研讀與學習的目標。希臘哲學家蘇格拉底（Socrates, 469-399 B.C.）說：「沒有經過反省檢討的人生，是不值得活的。」從這句希臘哲學家蘇格拉底的思維來看，可以作為現代專業軍人去學習的；雖然一般人很少去反省自己，自己的人生也缺乏主體的自覺，久而久之，也就

欠缺反省而讓自己的人生與生活顯得無規律，但懂得反省自己來調整生活的步調，也是現代化專業軍人須去學習的。

　　總之，現代化專業軍人須學習中國的老子說：「禍兮，福之所倚；福兮，禍之所伏。」（老子下篇・第五十八章）禍福相倚的態度，如此的態度才能面對嚴格的軍事訓練且來面對逆來順受的各種考驗。例如，以「塞翁失馬」的故事為例，有位老人掉了一匹馬，鄰居去跟他說：「很不幸啊！您掉了一匹馬。」老人說：「我掉了一匹馬，這不是一件好事嗎？」結果是件好事，這一匹馬帶了許多的野馬回來了，老人發財了。鄰居就向他道歉說：「恭喜啊！您賺了許多馬。」老人則回答他說：「賺了許多馬，怎麼知道不是件壞事呢？」鄰居看了一臉沒趣，他掉頭就走了；結果是件壞事，他的兒子騎野馬而摔斷了一條腿，也變成了跛腳；鄰居再跟他說：「很不幸啊！您的兒子變成跛腳。」老人又說：「我兒子變成跛腳，怎麼又知道不是件好事呢？」後來結果變成了好事，也因為發生戰爭，所有身體健全的人都去當兵了，只有剩下他的兒子因跛腳能與老人安享天年。愛好智慧的人雖然與一般人的看法和處事態度幾乎都是不一樣的，但對人生的吉、兇、禍、福的看法和態度都比較能夠超越，也不會身陷禍中且能轉禍為福，如此的態度也是面對人生各種挑戰的好方法，如此的態度也是是現代化專業軍人須學習的態度。

註：李淵洲同學，參加本會辦理九十八年度 2009 年第八屆全國聯合徵文比賽，經評審結果，列為國軍組入選，足堪嘉許，特頒獎狀鼓勵。財團法人白陽大道教育基金會　董事長施政南

13.還好事情沒有變得更糟！

　　對失業者而言，人生之路感覺是灰色的，也因失業後失去經濟的能力，所以會影響生存和生活。雖然對失業者而言，亦即抵抗逆境的意志，如挫折、失敗及面對現實的考驗的能力減弱，但誠如中國古代的孫子兵法說：「不持敵之不來，持吾有以待之。」從中國古代的孫子兵法的思維來看，在失業期間，選擇自己有興趣和適合的職業訓練或準備考公務員，來培養自己內在的條件才能反敗為勝。

　　舉我個人的例子來說，我目前是一位失業者，我也是一位身心障礙者，我也是本身罹患「輕度躁×症」，並領有「身心障礙手冊」，因而與一般肢體殘障的人有所不同，再加上大部分的人無法感同身受罹患精神疾病的精神障礙者內心所承受的痛苦！然而，我在98年4月30日被迫無奈的選擇依照勞基法的規定：以「非自願離職」，離職我做了13年又10個月的三東儀器股份有限公司的倉儲的工作，但事實上，也因為在「商場有如戰場」的現代化的工作環境，所以職場上我的倉儲的經理在管理和管教都是講權威的，也因此我在他的權威不當的管教之下，也因此我是一位精神障障者「當下欠缺辨識能力」，或者是「欠缺辨識能力」，也因此後來發現我是「被迫無奈依勞基法的非自願離職領取遣散費」，也因此我再次面對失業嚴酷的考驗和命運，但我仍抱持著荷蘭人有一句諺語：「還好事情沒有變得更糟！」同理：西方有英文有一句話：「Give me a break!」翻譯成中文的意思接

近：「讓自己喘一口氣。」因此，這兩句話有異曲同工之妙；離職後，我考公務員，另一方面考證照，並接受職業訓練，亦即讓自己保持樂觀的態度來面對各種逆境的考驗，再從失業中找尋自己興趣和適和的工作，如此可以迎向自己的人生。

　　總之，根據統計，二十世紀最傑出的四百人之中，有三百人是因在幼時遭遇不幸，如家庭破碎、身心障礙、求學失敗、飽受折磨等等，但他們為什麼能在逆境中愈挫愈勇？主要的原因是，我發現他們先承受和接受屬於自己的逆境，也偶爾與政府及民間的心理協談中心訴苦或者找朋友訴苦，也像是可以找到生命的出口，以此紓發心靈的創傷，以及自己讀書、寫文章、唱歌、吟唱詩歌、彈吉他、吹口琴等等，也培養自己內在的條件，也堅持青年守則：「有恆為成功之本。」的原則，這麼一來，可以愈挫愈勇，微笑的面對自己逆境的人生。

註：李淵洲君參加行政院勞工委員會職業訓練局北基宜花金馬區就業服務中心所舉辦『2009幸福抱抱徵文活動』，作品經評定為銅牌獎，特頒獎狀以資鼓勵。

輯二　雜篇

14.請空大面授老師嚴謹、合理為作業評分

有一位空大的同學曾對我訴苦，她說：某學科的老師批改作業時，是以學生抄得越多成績越高來評分，譬如，寫在作業紙上的答案，寫一張十分，寫了十張才是一百分，因此有同學為了作業成績，居然抄了十張作業紙。我聽了之後，覺得簡直不可思議，因為這樣抄書中的答案，學生只知道照抄，思想也隨之僵化。

八十六學年度下學期我選修《台灣社會文化史》，授課的老師就在上課時，他說：「幾位學生為了獲得高分的作業成績，就用毛筆書寫，或一次抄了好幾張的作業紙，這樣真令他感動，所以在批改作業時就給他們一百分。八十七學年度下學期我選修《教育概論》，授課的老師卻說：「大學生寫作業時要多方面參考課外書籍。」我聽了就舉手發言：「老師說得好，不過空大每一門學科的老師所規定的不一樣，有些是抄得越多成績越高，有些則需要參考課外書籍。八十八學年度上學期我選修《現代文學》，授課的老師說了同樣類似的話，同時她也念了空大作業成績的相關規定。」

我認為某些老師以作業抄得越多成績越高來評分，顯然是錯誤的教學引導，也讓空大學生難以負荷這麼沈重的壓力。我認為任何問答皆應針對題目本身來作答，然後除了參考空大的教科書，應該多方面參考課外書籍，消化與理解之後，以精簡的思想來作答，這樣才能達到學習的效果。盼望

空大教務處能重視這個問題。

註：本篇原本的標題是〈請面授老師嚴謹、合理爲作業評分〉，而如今出版須更正爲〈請空大面授老師嚴謹、合理爲作業評分〉：本篇刊載在《空大學訊》，我當時是臺北二中心的選修生

15.請關心空大的教學品質

　　我讀了空大學訊二三九期「教授乎！『叫獸』乎？」在某方面來說頗有同感。因此，身為空大人我要呼籲：請關心空大教學品質的問題，也為了提升大學教育的水準，也避免影響學生學習的樂趣，也造成教育與學習方面的後遺症，因而我建議應該淘汰劣質的教授，來表揚優良的教授。

　　教育是一種良心的事業，所謂「良心」是什麼？當代有一位哲學家明白的指出：「良心是人性中分辨是非善惡的『要求』與『能力』，也就是那股對於『應該不應該』這樣的問題具有的原始要求。」然而，有些從事教育的工作者並不知道良心是什麼？以致於淪為知識的販賣機，甚至誤人子弟，忽略教育是一種神聖的工作。

　　以空大人文學系來說，我自八十六學年度下學期開始選修《中國哲學史》、《宗教哲學》、《西洋哲學史》……，從這些科目中我才逐漸的發現：「空大所聘請的教授，似乎只是在幫學生複習教科書的內容，以便讓學生應付考試，或者照本宣科而不是參考許多的資料及知識，亦即他們用清晰的架構和觀念來陳述教學的內容。雖然空大的教務處對教授的教學品質在期末會做問卷調查，但實際上的作用並不大。

　　總之，我的建議是空大應該淘汰劣質的教授，來表揚優良的教授，這樣「賞罰分明」之後，才能使空大的教學品質走上正軌且鼓勵教授們認真用心的教學；如果身為一個教育工作者，連教學都做不好而自己不覺得慚愧，還要學生這樣

百般無奈的建議，那麼顯然已不配為人師，應該早日退休或
轉業，以免誤人誤己。

——刊載在《空大學訊》，我當時是空大臺北二中心的選修生

16.請關心空大的教科書

身為空大人我們必須好好關心「空大的教科書」，為什麼？

首先，我想請問空大的選修生和全修生幾個問題：「讀了空大的教科書是否可以啟發自己讀書的興趣？進而在畢業後，還願意去找許多有見解、有思想、有內容的好書來仔細研究？近來我發現在臺大附近有兩家舊書店，書架上擺了不少空大的教科書；為何空大的同學畢業後就把書賣掉，這是我們還在就讀空大的學生需要關心的事情。」

然而，據我所了解，雖然有許多空大的學生跟我有感同身受，但空大的學生誰會在考完試後，再去重讀幾遍自己考試科目的教科書？亦即學生只是死背硬記許多教科書裡的知識來應付考試，考完試後也忘了差不多了。換個角度來看，讀了這些死板板、理論化的教科書，把人的理解力、想像力、創造力等等都磨損光了，而只剩下記憶力。

如果要嚴格地來評論空大的教科書，必須寫書評來評述其內容。不過，以空大人文學系的教科書，如《中國哲學史》、《西洋哲學史》、《隋唐史》、《宗教哲學》、《電影藝術》、《現代生活哲學》……，都寫得太理論化了，所謂「理論化」，就是空大所聘請寫書的學者、教授都忽略了書是要啟發人學習的樂趣並在學習之後，可以將課本的知識運用在自己的生活上，但請問讀了空大的教科書能讓學生感到讀書的快樂嗎？

心靈之旅
——寫作和寫書的勇氣

總之，如果空大是人生的跳板，應該勇敢的抉擇——開放古今中外有見解、有思想的好書作為空大的教科書來讓學生研讀，而不能礙於許多學者、教授的人情和面子，這樣才對得起空大的學生，也對得起自己從事教育的「良心」。

──刊載在《空大學訊》，我當時是臺北第二中心選修生

17.直式書寫與橫式書寫

　　我想空大學生對於寫作業或考試時，因為批改作業或命題的老師的喜好和規定，所以須按照規定「直式書寫」或「橫式書寫」已經困擾許久。

　　記得八十六學年度下學期，我剛到空大選修《美學》，考試時我並不知道命題的老師有這樣的規定，於是我以直式書寫，答了一半，才發現規定必須橫式書寫，不然就會被扣十分。雖然我趕緊舉手向監考人員索取一張空白答案紙再重頭繼續答題，但由於時間所剩不多，也造成我考得不理想成績也不及格；八十七學年度上學期，我選修《現代文學》，考試時試卷上規定橫式書寫，再往下看說明卻要求直式書寫；在一頭霧水下不知如何是好的學生們，也由監考人員趕緊向教務處問明白到底是直式書寫或橫式書寫後，才開始答題；同學期的《宗教哲學》，考試時命題老師在試卷上規定：五題答四題，五題全答以零分計算；以直式書寫，橫式書寫扣十分，沒有依標題書寫扣十分。

　　從空大聘請的教師、教授對直式書寫與橫式書寫的規定來看，事實上，這樣的規定合理嗎？難道考試只是為了直式書寫與橫式書寫嗎？更離譜的是，五題答四題，五題全答以零分計算。因此，我希望空大的教務處來注重這個問題。

　　——刊載在《空大學訊》，我當時是空大的選修生

18.搶救想自殺的人——談如何預防自殺？

　　在網路的《維基百科》有介紹《搶救雷恩大兵》的簡介及劇情的概述：「《搶救雷恩大兵》（英語：Saving Private Ryan），中國大陸譯《拯救大兵》，香港譯《雷霆救兵》是一部於1998年上映的美國戰爭片，由史蒂芬‧史匹柏執導，羅勃‧羅達特（英語：Robert Rodat）編劇。主演湯姆‧漢克、湯姆‧賽斯摩、愛德華‧賓斯及巴里‧配珀，劇情描述諾曼第登陸後，搶救二等兵雷恩的故事。

　　該片最為人津津樂道的是開頭的奧瑪哈海灘搶灘場面，相當程度重現了當年的殘酷與慘烈。該片榮獲1998年奧斯卡最佳導演獎在內的5項大獎，票房收入也稱冠一時。

　　在獲獎名單揭曉前，《搶救雷恩大兵》被普遍公認最有希望奪得奧斯卡最佳影片獎，但最終敗給了《莎翁情史》。

　　描述諾曼第登陸後，雷恩家4名於前線參戰的兒子中，3個兒子皆已於兩週內於海外各戰區陸續陣亡，其母親將在一天內接到三個兒子的死訊。而隸屬101空降師二等兵的小兒子詹姆斯‧法蘭西斯‧雷恩則在參與諾曼地的空降行動後下落不明，美國陸軍參某長馬歇爾上將得知此事後出於人道考量，特令在法國前線作戰的美國陸軍遊騎兵組織一支8人小隊深入敵後，只為在人海茫茫、槍林彈雨中找出生未卜的二等兵雷恩，並將其平安送回後方。」

從網路的《維基百科》有介紹《搶救雷恩大兵》這部電影的簡介及劇情的概述來看，美國動用不少的軍事武器與部隊，

而只為了搶救一位雷恩大兵，以此類推有人主張：「搶救貧窮」；記得多年前，臺北市耕莘寫作班當時的會長陸×誠神父寄給我一篇文章，標題是：「搶救文學」，即使如此，我覺得應該立即「搶救想自殺的人」，為什麼？根據世界衛生組織/聯合國國際勞工組織/美國醫學會/行政院衛生署/臺中健康管理學院的資料來源：「全球自殺危機，每四十秒就有一位自殺離世，一年有一百萬以上的人自殺離世，三分之二重憂鬱症患者有自殺企圖，其中百分之十至百分之十五自殺離世。全球死於自殺者，多於謀殺案和戰爭死亡人數。」再根據世界衛生組織（WHO）的研究顯示：「自殺即將成為全世界的第三大死因。」在我看來，在現代化的社會，而如今是網路資訊後現代化的社會，現代人及後現代人如何預防自殺？也成為一門重要的學習課程。

　　換個角度來看，再根據現代的理學家的分析，二十世紀是苦於焦慮的時代，而二十一世紀是屬於憂鬱的時代，也誠如有人說：「最大的敵人是自己」，但我覺得以「外在的敵人」來抵抗「內在的敵人」，就是在觀念上堅持「自己可以被關進監獄，但自己一定不可選擇自殺」、「自己可以被他殺，但自己一定不可選擇自殺」，也就以這樣的底線來形成內心的抵抗點來預防自殺，其次，選擇自己適合的興趣和運動，譬如，唱歌、聽音樂、看電影、讀書、寫文章、看電影、散步、運動等等，來調適自己不良的情緒和壓力，也對如何預防自殺是有幫助的。

　　總之，從宇宙萬物，乃至人類的生命，亦即生命要從哪裡來？要往哪裡去？有：「創造宇宙萬物完美永恆的基礎」

簡單來說，就是：「沒有誕生，也沒有死亡。」「沒有開始，也沒有結束。」永恆存在，即使不論你相信「有神論」，或相信「無神論」，但都須相信，有：「創造宇宙萬物完美永恆的基礎」，也因此人的生命不可選擇自殺來解決自己寶貴的生命，也因此自殺者想自殺是一件非常荒謬的事情，為什麼？因為一切的價值都須經由人的主體才可呈現，如果自己選擇自殺即是把自己的主體給毀滅掉，所以自殺是非常荒謬的，也誠如一九五七年諾貝爾文學獎得主及法國存在主義文學家卡謬（Albert Camus, 1913-1960），而他寫的《西齊弗斯的神話》一書，而在全書的開頭他就這樣寫著：「真正嚴肅的哲學問題只有一個，那就是自殺。」卡謬指出，有些人活著，但不知不覺就走向了自殺這條路。他舉一個例子：有一個大廈管理員自殺了，因為五年前他的女兒過世，給這老人帶來了很大的震撼。他經常想到死去的女兒，開始想就開始被「侵蝕」。卡謬使用「侵蝕」這個字眼，用意相當特別，我們常常想什麼東西，就會被什麼東西所侵蝕。……。（參考《西方心靈的品味》的第六冊《自我的意義》‧洪建全基金會出版）。

——刊載在社團法人臺北市心生活協會的投稿網站平台

19.藝術與心——探索動物與人之間幾希的差別？

幾年前，記得有一次從書架中，我開始找尋林語堂所寫的書，找了許久終於我找到了林語堂的著作《生活的藝術》（風雲時代出版）一書，而本書的〈自序〉，他開頭這樣寫著：「本書是一種私人的供狀，供認我自己的思想和生活的經驗。」我雖然把這本書的〈自序〉閱讀完後，也使我想起了錢穆的著作中，但他對什麼是藝術（Art）？他也有這樣的見解：「大自然的素材＋心，就是藝術。」

從錢穆對藝術的見解來看，在如毛飲血的太古時代，人類就在石壁、洞穴中，他們開始繪畫、雕刻，所遺留下來生活的點點滴滴便形成了藝術和文化；希臘有一位哲學家說：「人是理性的動物」，也就是符合希臘哲學家亞里斯多德（Aristotle, 384-321 B.C.）的這一項規則：「類」加上「種差」，事實上與中國的亞聖孟子也有類似的看法，孟子曰：「人之異於禽獸者幾希！庶民去之，君子存之。舜明於庶物，察於人倫，由仁義行，非行仁義也」（《孟子·離婁下》）作者的〈白話〉翻譯：孟子說：「人與禽獸不同的地方，只有很少一點點，一般人丟棄了它，君子保存了它。舜了解事物的常態，明辨人倫的道理，因此順著仁與義的要求去行動，而不是刻意要去實踐仁與義。」（譯文參考天下文化出版《人性向善——傅×榮談孟子》）。

總之，動物有大腦，但牠的大腦僅是一個器官，與其他

的器官並沒有任何差別；人類已從有形可見的大腦而進化並自覺成為無形的心，亦即心是人類一種自覺的能力，進而由心發展到靈的層次，譬如，黑猩猩、猴子、獅子、豹……，牠們只有生存的問題，牠們則沒有能力從事藝術和文化，為什麼？動物只有餓了就吃，累了就睡的生理需求，進一步來探索動物有直接意識的反應而沒有反省的意識，例如，一隻狗踢牠，牠則有直接意識的反應，而人類已跨過反省的門檻他有反省的意識，可以在人類的社會中，從事藝術、文化、教育、審美等等，以及在人類的社會建構價值，即便除非有外星人的存在才有可能出現「有理智的人」，但外星人是否與人類一樣也可以從事藝術創作，我就不得而知了？

註：本篇原本刊載在社團法人臺北市心生活協會的投稿網站平台時，是沒有副標題，而如今出版選擇加上副標題，以此作個說明。

20.作家、做家、坐家

　　西方有一位哲學家把哲學論為一切學問之母，因此哲學第一步驟先澄清概念？什麼是作家？簡單來說，作家，就是從事文字的工作者，但有許多作者也有從事業餘的寫作，相較之下，我發現要成為作家不但在臺灣的報章雜誌、部落格、網路等等曾發表自己寫的文章，即便要成為一位作家，但進一步來探討現代的作家，而如今是網路資訊後現代化的社會，亦即現代的作家及後現代的作家，他們要成為作家的條件，就是：「自己有獲得臺灣的文學獎、國家藝術基金會（簡稱國藝會）的文學創作，或文學出版的文學獎助金，還有個人的文學創作的作品有出版多少本？」如此有這樣的條件才堪稱為文學家或作家。

　　換個角度來看，名作家、專欄作家等雖然不用自己投稿，因此與報章雜誌約稿就可刊登他們寫的文章，但與許多從事業於寫作的人，他們不但要自己投稿，亦即他們要經由報章雜的編輯的審稿後，自己寫的文章是否能刊登？不是由自己來決定而是由報章雜誌的編輯在做決定，以此類推臺灣暢銷書的作家，譬如，吳×如、苦×、李×等等，他（她）們為了個人的名利卻寫迎合世俗，討好現代人及後現代人口味的書籍，甚至他（她）們描寫色情來污染兒童、青少年的心靈，由此可知他（她）們昧著自己的良心來勾引人的性慾望及污染兒童、青少年的心靈。

什麼是做家？簡單來說，做家，就是自己心中有夢想、想法、理想，但他並不一定要像作家須藉由文字來展現自己的思想，即使如此，做家只是把心中的夢想、想法、理想以行動來實踐；什麼是坐家？簡單來說，坐家，就是坐下來讀書、坐下來看電影、坐下來看戲劇、坐下來看電視、坐下來寫文章、坐下來以電腦在鍵盤上打字等等。

　　總之，作家、做家、坐家，經由我這樣的名詞概念以哲學來澄清概念，我雖然不是作家，也不是做家，但我卻變成了坐家。

──刊載在臺北市心生活協會的投稿網站平台

輯三　小品文篇

1.欣賞也是一種創作

　　一年前，巴黎羅浮宮的名畫曾在臺北市外雙溪故宮博物院參展；我利用星期假日，騎著摩托車去參觀；沿路車擠車、人擠人，好不容易我才到故宮博物院；參觀的人潮大排長龍，我依序購票進去，大家擠得像沙丁魚似的！雖然我想在一幅畫面前多停留幾分鐘，但後面的人又向前推擠過來，也就這樣我無法欣賞到什麼？

　　那一次，參展的名畫有一百多幅，想要仔細的欣賞，一整天待在裡頭也看不完；如果參展的名畫只有一幅畫雖然實在顯得太少，但卻可以用心的欣賞和品味這一幅畫，也把欣賞當成是一種創作。

　　在這個知識爆炸、資訊氾濫的時代，任何的選都應該「以質取量」，而不是「以量取質」，寧可少而不求多，這樣才能真正品味藝術之美。

──刊載在《國語日報》中華民國八十六年四月十五日

2.多口袋背心

　　我喜歡穿一件多口袋背心，不是為了美觀，不是為了與眾不同，只是為了放東西比較方便而已。

　　我喜歡在多口袋背心裡，裝入一本筆記簿、一本書及幾隻原子筆，於是當我靈思乍現的時候，就記下靈感，或利用空閒的時間隨手翻閱書本，從中擷取快樂。

　　曾榮獲諾貝爾文學獎的佛克納（Faulkner）說：「我天生是個流浪漢。當我一無所有時最快樂。我的一件舊外套有兩個大口袋，我在裡面裝著一雙襪子、一本莎士比亞摘要，加上一瓶威士忌。這時候，我快樂得很，什麼責任都沒有。」

　　人生之路，苦多於樂，如果你能夠學習佛克納的精神，掙脫物質的綑綁，拋開物欲，快樂也就隨時圍繞在你的身旁。

──刊載在《國語日報》民國八十八年九月十六日

3.看雲

雲，飄去如飛的雲。

我躺在軟軟的綠草上，仰望一朵朵的白雲。

我看著稍縱即逝的白雲，在蔚藍的天空裡，幻化著各種的形狀；我想捕捉那難以捉摸的雲朵，去填補內心的空虛。

不同季節的雲有不同的色彩和變化。春天的雲，像田野間一叢叢盛開的白色杜鵑花；夏天的雲，像花園裡盛開的牡丹花；秋天的雲，像飄零的楓葉，讓人有秋風秋雨愁煞人的感受；冬天的雲，像冰雪覆蓋一般，使人有陰冷的感覺！

人生就像雲來雲去一般，變化莫測，稍縱即逝，必須掌握住當下的機會，選擇正確的目標，勇往直前。

——刊載在《國語日報》

4.持續力

持續力是一切力量的轉化站。

青年守則第十二條:「有恆為成功之本。」

國父說:「一件事情從頭到做到尾便是成功。」佛教也有:「發心容易,恆心難。」的話。臺北縣新莊市的恆毅中學是台×哲學系傅×榮教授的母校,因而他喜歡把自己母校深具啟發性的校名「恆為成功之本,毅乃失敗之敵。」奉為座右銘,並與人分享。

日本大阪瓦斯的大西正文社長說:「繼續力是一般不容忽視的力量比意志力還要驚人。」任何看似辛苦的工作,看似無法達成的目標,因習慣成自然變得不辛苦了;如果你肯持續的做下去,任何的事情並沒有你想像的那麼困難。

人有潛在的各種能力,譬如,觀察的能力、自覺的能力、洞察的能力、詮釋的能力、分析的能力、覺悟的能力、創造的能力等等,因而各種的能力皆需要「持續力」,潛能才能夠逐漸釋放出來,這時有如源頭活水般的湧現。

選擇自己適合、能夠、樂意的目標,全力以赴,堅持到底,目標的達成是可預期的;縱使沒辦法達成預定的目標,也對得起自己了。

——刊載在《青年日報副刊》中華民國八十五年十二月十六日

5.跟自己賽跑

　　人總喜歡跟別人比，可是「人比人氣死人。」其實，我們要比的是自己比以前，在生活上有沒有培養良好習慣，如讀書、寫文章、唱歌、聽音樂、運動等等的良好習慣；去除不良的習慣，如酗酒、抽菸、沈迷在電玩的遊戲，甚至以吸毒來麻痺自己來獲得短暫的解脫，進而我們問自己每天有沒有學到新的東西和新的觀念。

　　有賽跑經驗的人都知道而起跑時，有些人總是加緊腳步，想要超越別人，可惜往往事與願違。

　　人生是一場長程的賽跑，最重要的是要建立目標，確定方向，踏踏實實的往前跑；千萬不要自己開頭猛衝刺，最後卻半途而廢。

　　跟自己賽跑，不要跟別人比；只要確立自己的目標，勇往直前的跨越障礙，這樣才能成功。

——《國語日報》中華民國八十六年一月二十日

6.深夜美術館

　　偶然，再次翻閱以前所剪下來的報紙，上面刊載著：
「位在日本香川縣阪書市的鬧區共有二十三家商店，在晚上
結束營業以後就把鐵門拉下來，面對著馬路的鐵門上呈現著
世界名畫『拾穗』和『蒙娜麗莎的微笑』，以及日本的『浮
世繪』，雖都是仿製品，但均畫得為妙為肖。」深夜走在街
道上，彷彿置身於深夜的美術館。

　　我看了以後內心有幾許的羨慕和感嘆，因為臺灣在各種
建築產品的設計上，總缺少「人性的空間」，所謂「人性的
空間」，就是人的生活和生存的空間需要以藝術來美化，譬
如，日本都市景觀中就有親水空間，讓長期住在都市裡的人
也可以親近水，以消除煩囂的都市生活。

　　深夜美術館讓我感受到，那種戶外藝術之美，和心靈與
人性空間的交流與互動，即便我真想到日本香川縣走訪看
看，以品味深夜美術館之美，但如今我仍無法實踐這個夢
想。

——刊載在《青年日報副刊》中華民國八十六年二月二日

7.悲觀者與樂觀者

悲觀者哀聲嘆氣地說：「完了，我只剩下一塊錢！」

樂觀者以樂觀的語氣說：「好啊！我還有一塊錢！」同樣是人，有些人可以活得多采多姿，有些人卻活得暗淡淒涼。

十大傑出青年得主，警察廣播電台「愛的路上你和我」的節目主持人——劉×，是臺灣知名度極高的廣播殘障者。

他是一位雙腳嚴重萎縮，痀僂上身，只能坐在輪椅上行動的人；輪椅的旁邊還放了一個尿袋，一切的生活起居必須藉由輪椅來行動。雖然他是個重度的殘障者，但他已終生無法自己站立起來，也因他的身體是如此的殘障，他的心靈卻也可以突破身體的障礙，以樂觀的態度來面對自己的人生遭遇，而他給我的啟示是，也使我聯想起一些好手好腳的人——他們身體雖然都很健康，但心裡卻有深度的自卑感，也嚴重的缺乏自我的信心，甚至不敢面對現實的挑戰，相較之下，請問他們哪一個比較殘障呢？

一九九五年十二月三日「國際殘障日」，劉×與他相戀十年的情人陳×華結婚了；他自我解嘲的說：「嫁給我不會錯的，至少我不會跑掉。」即便如此，他還時常鼓勵一些殘障朋友「愛就要勇敢地去追。」我也曾經到士林親自去拜訪他，與他坐下來談，但我從他的口中流露出來的幽默、信心的話語，同時我也看見他對生命的熱愛、服務殘障朋友，以及與人互動絲毫沒有感到任何自卑感並充滿著自信心。

這時我常想著：「樂觀者與悲觀者最大的差別在於自己的人生觀、面對問題的態度，以及對自己的信心吧！」

——刊載在《青年日報副刊》中華民國八十六年十一月六日

8.平凡中的不平凡

　　有人說：「太陽底下沒有什麼新鮮事。」
　　我覺得：「太陽底下沒有一件事不新鮮。」
　　十七世紀的科學家牛頓坐在蘋果樹下，他被熟落的蘋果擊中腦袋，他立刻像小孩子一般好奇的問：「蘋果為什麼往下掉，不往上飛呢？」從這個問題出發，他終於發現了萬有引力定律；兩百多年前，瓦特從沸騰的水獲得靈感發明了蒸汽機，從此展開了新能源開發的時代；曾獲得諾貝爾化學獎的李遠哲博士他從觀看棒球賽中，他悟出了分子束撞擊的關係，這就是「平凡中的不平凡」最好的例子。

　　至於我自己，從掃地悟到了「外在的骯髒，就是內心的骯髒。」所以必須先把自己周遭的環境打掃乾淨，內心才能逐漸快樂起來。以上所舉的例子，都是從平凡的事物中發現不平凡的道裡，可惜一般人常常習以為常，沒有什麼好奇心，才會被慣性的思考模式抹殺了豐富的潛能。

　　——刊載在《國語日報》中華民國八十七年十月十八日

9.心中的雜草

　　菜園裡長滿了雜草需要拔除，以免影響菜的生長；心中的雜草需要拔除，以免心靈的蔓草叢生影響自我的成長。

　　我家後面有一塊空地，地主無心耕種而長滿了雜草，附近的人利用空閒的時間把這塊空地的雜草拔除，種上了自己喜歡吃的蔬菜和水果。

　　近來心情一直陷入苦悶之中，提不起也放不下；為了紓解心中的苦悶，我便帶著斗笠扛著鋤頭拿著鐮刀，有模有樣的像農夫學著鋤草掘土去了。

　　這塊空地一邊已經被附近的人開墾出一片菜園，另一邊卻依然雜草叢生。原本以為自己頗有興致的，想來紓解一下情緒，如今一眼望去，那麼多的雜草心已冷了三分，雖然我拿起鋤頭鋤了幾下，心想算了吧！那麼多的雜草怎麼鋤得完呢？但我又想想，既然鋤頭、鐮刀都拿來了，為何半途而廢呢？我也再次拿起鋤頭使勁的鋤，也拿起鐮刀狠狠的割，也用汗水來宣洩自己心中的苦悶；經過幾天辛勤的努力，終於鋤出一塊幾坪大可以種菜的地方；我把鋤好的雜草堆在一起，讓陽光曝曬了好幾天，等雜草比較乾燥以後便放了一把火給燒了。

　　熊熊的烈火把雜草逐漸化為灰燼，同時也把我久日的鬱結，隨著烈火燃燒殆盡，心中逐漸恢復了平靜。

　　人習慣了自己的生活模式以後，生活過於安逸，久而久之便愈來愈懶散起來，精神也愈來愈無精打采，心中彷彿長

滿了雜草一般，而心靈的「清淨之地」亦逐漸被雜草重重包圍，難以打起精神向自己的人生邁進，所以必須拿出決心、耐心、毅力，把心中的雜草拔除，才能去除心中的陰霾，讓自己的心靈重獲自由，擁抱快樂。

——刊載在《青年日報副刊》中華民國八十五年十月十六日

心靈之旅
　　——寫作和寫書的勇氣

10.勞心與勞力

　　我在三東儀器股份有限公司負責倉庫管理，而且須調藥水、搬運藥水及負責進出貨的管理，這是屬於勞力的工作。

　　有些從事勞力工作的人，總是羨慕坐在辦公室吹著冷氣的人，其實坐在辦公室裡，冷氣吹久了反而對身體不好。

　　我覺得任何的工作都沒有貴賤之分，不論勞力或勞心、不論你是清潔工或重要的政治人物，我們都是為人群服務的，但唯一不同的是人格修養有高低之差罷了！

註：原本刊載在《國語日報》中華民國八十七年十一月十日，但如今出版我將原本「某家醫療儀器公司」，更正為「三東儀器股份有限公司」。

11.單純的目標

　　單純的目標可以使生命變得單純，讓自己朝著目標勇往直前；單純的目標使人集中意志來減少外在的干擾，來面對自己生活的瑣事及人生的逆境。

　　記得我在念小學的時候，有一次聽老師談到放大鏡的作用，於是下課後，我便帶著放大鏡到網球場的水泥地做實驗，結果真的把紙燒著了。

　　為什麼柔和的陽光會發出這麼強烈的熱量？由於放大鏡的焦點產生了聚光的效果。雖然每一個人的天賦條件差不了多少，但為什麼少數人會有如此傑出的表現呢？也因為他們心中有個放大鏡把自己的能力和精神的力量集中在焦點上，也發出了強烈的光與熱，也產生了驚人的能量，結果自然就是耀眼了。

　　——刊載在《國語日報》民國八十八年四月五日

12. 身殘與心殘

　　身體的殘障，只要自己能夠接納，其實並不可怕，可怕的是心靈的殘障。

　　以前，我曾在臺北榮總醫院傷殘重建中心訓練輔具器材方面的工作，因而有這一段經歷，讓我比較能深刻感受到殘障人士的不便。

　　不過我覺得有些人，身體雖然殘障了，但他們的心靈卻很健康，譬如，創辦伊甸殘障基金會的劉俠女士，她本身罹患嚴重的類風溼關節炎，身體全部的關節、骨頭，痛入心肺，但她還能夠時常的自我解嘲：「也許是病得太久了，別人一提到我的名字就會聯想到我的病，彷彿我是個天生的病人。其實我一向足不出戶安心在家生病，絕少在外招搖，反而有時間可以在家做自己喜歡的寫作。」從劉俠女士自己親身的見證來看，更使我覺得身體的殘障並不可怕，可怕的是心靈的殘障。

　　根據近年來一項統計，臺灣地區青少年以上的人口中，每四人就有一人患有某種程度的「精神官能症」；這種輕則飲食失調、失眠、身心不寧，重則人格分裂，甚至厭世自殺，即是另一種心靈的殘障吧？

心靈的殘障，乃是對自己嚴重缺乏信心，甚至否定自己，當我們碰到這種情況，何妨想想那些力爭上游，殘而不廢的人呢？

　　——刊載在《聯合晚報》中華民國八十五年十一月四日

13.把握機會

　　棒球界有一句術語:「兩人出局,兩好三壞以後,比賽才開始。」的確,人生的旅程就像是打棒球一般,面臨關鍵的一球,自己彷彿走入死巷,沒有希望了,即使只要你及時的掌握機會,全力以赴,也可以擊出人生漂亮的一球。

　　記得小學的時候,我經常半夜起床,觀看中華小將在國際的競賽場上而他們為國爭光。我雖然總是高興為他們鼓掌!也為他們加油!也在觀看球賽的過程中,但中華小將有時會陷入苦戰,他們卻能夠以冷靜的心,運用戰術化險為夷。

　　人生的旅程好像參加一場球賽一般,要及時的掌握每一個機會,才能擊出人生漂亮的安打,安全上壘,贏得人生戰場的勝利。

——刊載在《國語日報》民國八十六年三月七日

14.老店的感受

老店座落在南投鄉下路旁的角落裡。

老店的外表是一間很不起眼的平房，裡面的裝潢更是平淡無奇，斑駁的牆壁、腐蝕的門窗、老舊的桌椅……更勾勒出老店樸實無華的特徵。

過去，我是一位推銷員時常在外面走動；有一天中午時分，肚子餓得發慌，急忙地走進一家麵店；一進門，我便跟老闆說：來一碗陽春麵，再切兩個滷蛋和十塊錢海帶。

老闆以親切的口吻回答我說：稍等一下，馬上來！

我安靜地坐下來，讓自己匆忙的腳步稍事休息，而我放鬆下來，感受老店安詳的氣氛。

老店的老闆是一位中年婦女，她從少女時期（日據時代），她就開始經營這家麵店，已經有三十幾年的歲月了；她邊煮邊切著滷蛋，我便和她聊起來。

我問她說：這家店已經開了多久？

她回答我說：已經三十幾年了。

我再問她說：那麼，妳很年輕就開始開始做了喔！

她再回答我說：從少女時期，因為家裡窮，必須出來外面找工作；當時的工作又不好找，所以就跟人家學做菜，以便學得一項手藝，使自己有安身之所。

我繼續和她聊：不像我，年記輕輕卻換了幾十種工作，如果跟你比起來，真覺得慚愧。

她繼續切著海帶，我起身又問她說：你切菜的木板墊，

怎麼凹下去還破了一個洞？

　　她說：我這一切，切三十幾年，切到破了洞。

　　這時我的手摸著厚厚的木板，彷彿撫摸到歲月所留下的藝術品，和她三十幾年來在老店所付出的心血。

——刊載在《臺灣時報》中華民國八十六年一月十四日

15.標新立異與創新

　　新新人類很喜歡說一些標新立異，與眾不同的話，來突顯出自己在某方面也有高人一等的地方。例如，好酷呵！酷斃了！只要我喜歡，有什麼不可以？

　　標新立異與創新是截然不同的，譬如，我自己描述早晨起來的那一刻：「當鮮紅的旭日睜開眼睛，晨星的光芒隱息，我掀開夢的棉被，把今天的朝陽納入胸懷。走入盥洗室，雙手捧著清涼的水，潑醒惺忪的睡眼，再將毛巾揉泡在水槽裡，雙手將毛巾用力旋轉、扭乾，這時雖然我用毛巾洗去憂鬱的心情，但當我拿起牙刷，也蘸著涼爽的牙膏，猛刷了滿口的癈氣。」

　　英國的哲學家羅素（B.Russell）說：「我沒有見過年輕人。年輕人並不存在，因為他們沒有自己的想法。」然而，許多新新人類除了讀書、考試、升學以外，沒有受過苦，只喜歡在行為、穿著、語言上與別人不一樣，他們卻缺少思考、反省的能力。

　　總之，標新立異的語言是不斷的說一些追逐時代潮流的話；創新的語言必須透過自己的創造力，培養思考的能力，才能夠經營出創意、優美的文學語言。

——刊載在《國語日報》中華民國八十八年一月二日

16.超越生命的試煉

　　我無意之間翻閱《陽光福利雜誌》，裡面有一篇採訪的主題是〈超越生命的試煉〉，我閱讀完這篇文章後，讓我深深的受到感動：「原本都越生是一位意氣風發大有可為的年輕人，而他在當兵休假時，因煮開水不慎瓦斯漏氣、爆炸，不僅燒傷了飛揚的神采，還燒亂了規劃好的人生藍圖，但他並沒有因此就自暴自棄覺得人生沒有希望了，反而他憑著對人的熱心與關心，在成功率不高，難度最大的保險業嶄露頭角。」

　　美國強森（S.Johnson）說得好：「只要養成凡事都看好的一面的習慣，其代價勝過年薪一千萬英鎊的收入。」人只要凡事都看好的一面即是最富有的人，因為生命是無價的。

　　的確，人生的幸與不幸，禍福或成敗不能當下去判斷，只要能夠接納自己，凡事往好處想，就能超越人生的各種試煉，可見都越生就是「超越生命的試煉」最好的見證。

——《青年日報副刊》中華民國八十五年十一月六日

17.癮君子的話

　　癮君子說：「飯前一根煙，飯後一根煙，快樂如神仙。」可是，哪一尊神仙抽過煙；我覺得應該改成：「飯前背一首詩，飯後唱一首歌，快樂如神仙。」從這句思維來看，飯前背一首詩可以來助興，促使飯吃得更有滋味；飯後唱一首歌可以幫助消化，促進胃腸的蠕動。雖然抽菸對癮君子而言，是一件很快樂的事，但當他們沒有抽菸時卻變得非常的痛苦。

　　有時候，我看著抽煙的人，口裡叼著一支煙，於是他們拿起打火機卡擦卡擦幾聲便把煙頭點著了，即使我看見煙頭在白灰之下露出微微的紅光，白色的煙霧也隨著一吸一吐之間的情緒一圈一圈的向上了繚繞，彷彿暫時讓自己擺脫了現實的世界，也進入了迷幻的世界來求得短暫的解脫。

　　換個角度來看，現代人由於生活在忙碌不堪的工商社會，有許多現代人藉由抽煙來紓解心裡的寂寞、無聊感及壓力；抽煙不僅不能緩和情緒，反而更影響其他人身體的健康及影響空氣的品質，甚至也造成自己身體的不健康。

　　如果你能夠飯前背一首詩，不僅可以發思古之幽情，進而使飯吃得比較甜；如果你能夠飯後唱一首歌，不但可以幫助消化，藉此增添生活的樂趣。有一首詩說得好：「每日讀一詩，字字發幽思，願君多吟詠，生活添采姿。」當自己親自悟到這首詩的內涵後，你就可以生活添采姿了。

這是我生活的小錦囊，我因此提供了生活的樂趣，與大家分享我生活的快樂，請你不妨也可以嘗試看看。

──刊載在《青年日報副刊》民國八十六年五月六日

18.檸檬樹葉

檸檬樹葉的香有一種奇特的香，但將檸檬樹葉放在手中柔一柔，再放在口鼻之間，那種清香使人感到無比的舒暢！

幾年前，我曾拜訪臺灣電腦3D第一位創作者——張錚教授；張錚教授的住家四樓有座空中花園是他自己精心設計的，亦即他每天休息，和邀約朋友品茗、聊天的地方；屋內收藏著各式各樣的石頭、書籍、字畫；屋外種了許多不知名的植物和花，其中以檸檬樹葉令我印象最深刻。

那一天，我和張錚教授從宇宙的爆炸說、佛教的一切由因緣和合而成、業障、禪學、大自然等，一直談到晚上十一點多，才依依不捨的回家。

離別的時候，我摘了幾片檸檬樹葉，然後把它揉一揉，聞著那甜柔的香味，這時使我感受到紛紜擾攘的臺北大都會區，只要你多用點心去經營居家的環境仍可活得自在愉快。

——刊載在《國語日報》

19.讀書會

　　去年我參加了臺中地區舉辦的讀書會；中部地區來自各縣、市、鄉、鎮，包括企業團體的代表共聚一堂，討論有關於讀書會的相關事宜，以及分享讀書的快樂。

　　我曾參加位於臺灣省政府中興新村的「中興讀書會」，和位於南投縣草屯鎮的「九九讀書會」；許多對讀書有興趣的人「以書會友」，彼此透過書本來分享自己人生的遭遇及生活的經驗。

　　讀書會在各縣市、鄉鎮，逐漸形成風氣，這是令人可喜的事，即使以日本的成年人平均每年讀27本書，臺灣的成年人平均也僅讀0.7本，但在相較之下，臺灣成年人讀書人口比起日本成年人讀書人口相差高達40倍，簡直也是個小兒科！

　　電視媒體流通過於廣泛，一般民眾的休閒活動，主要是以看電視為主，他們則認為與其讀書不如去看雜誌、看報紙及看電視，久而久之，造成腦力退化，扼殺了人的思想。

　　臺灣省政府中興新村有一個「三餘學會」，所謂的三餘是指：「冬者，歲之餘；夜者，日之餘；陰雨者，晴之餘也。」就是：一些退休的教師、公務人員，利用冬季、晚上、雨天大家聚集一起，也誠如中國的曾子曰：「君子以文會友，以友輔仁。」（《論語·顏淵篇》）作者的〈白話〉翻譯：曾子說：「君子以談文論藝來與朋友相聚，再以這樣的朋友來幫助自己走上人生正途。」（譯文參考立緒版《論

語》）。

　　讀書會的成立，帶動了整個社會的風氣，同時也鼓勵了有心創作的人，也因為有讀者的肯定，作者才能堅持創作這條艱辛掙扎的心路歷程，而且祛除許多色情刊物和不良的書籍，導正社會的不良風氣，讓人心能夠有所覺醒，由此走向和諧安康的社會。

　　——刊載在《台灣新生報》民國八十五年十月二十八日

20.早起的啟示

有人說：「早起的鳥兒有蟲吃。」

反諷的人說：「早起的鳥兒被蟲吃。」但是，無論是有蟲吃或者被蟲吃，我想這都不是；重要的是：「早起可以讓我看見賞心悅目的景物，早起更是我面對人生各種挑戰的基石。」

早起，雖然是生活裡一件很小的事，但如果你能養成每天早起的習慣，其效果就有如「水滴穿石」一般，不但你的身體十分硬朗健康，而且當你遭遇挫敗時，不會因此就倒下去，也因為你生命的基石是穩固的。

早起，和生命的基石息息相關的，因為人是習慣性的動物，所謂「一生之計在於勤，一年之計在於春，一日之計在於晨。」如果你能夠養成早起的習慣，自然而然便能夠突破人生的許多障礙和逆境。

早起，雖然是生活裡一件很小的事情，但如果你能持之以恆，亦即生活或工作上的繁瑣小事，也能耐心地完成它

——刊載在《友誼月刊》

21.你好嗎？

《齊瓦哥醫生》這部電影帶給我深刻的感受。齊瓦哥與她久別的愛人重逢的時候，只問了她一句話：「How are you?」於是，就在白茫茫的冰天雪地裡，一列黑色的火車駛過原野，彷彿愛情把他（她）們帶入了愛情的世界而暫時忘記了自己，也誠如希臘哲學家柏拉圖（Plato, 427-347 B.C.）說：「愛是神聖的瘋狂。」

你好嗎？這雖然是一句簡單的話，卻能夠突破彼此間的隔閡，讓彼此的心靈的交集，互放光亮，同時也讓現代人重新擁抱自己的生命，恢復豐富的情感。

我們每天雖然與許許多多的人接觸，但只是擦身而過，或者彼此遞個名片，並沒有給對方留下太多的印象，因而造成人的情感越來越疏離。

你好嗎？這句話提醒了現代人，不要相遇時匆匆擦身而過，必須彼此問好，這麼一來，才能使人與人之間的相處更加的和諧。

——刊載在《國語日報》

22.拖地與做人

　　拖地雖然是我紓發情緒的一種方法，「打掃應對進退」也是一門學習的功課，佛家也有：「掃地掃地掃心地」的偈語，但我不懂理論上的知識，而我只知道在人生旅程中，猶如拖地一般踏踏實實去做，亦即一個蘿蔔一個坑，不要好高鶩遠、不要自欺欺人，凡事只要求自己誠如中國的儒家說：「盡人事，聽天命。」也只問自己是否對的起自己的良心？那就夠了。

　　朋友！你的心情煩悶嗎？拋開一切放掉你的煩惱吧！拿著拖把使勁的拖起來吧！我想拖地會使你漸漸忘掉煩惱、苦悶，而從拖地中你會發現拖地也是一種情趣。

——這篇〈拖地與做人〉發表於號×出版社所集結的一本小書

23.誰能感同身受精神病患心中所承受的痛苦和壓力？

　　一般正常人是很難了解精神病患內心所承受的痛苦和壓力？也很難感同身受精神病患心中所承受的痛苦和壓力？雖然一般人對肢體殘障者在正常的情況下都比較有同情心，但對於精神病患一般人看他們沒有像肢體殘障的人有明顯的殘障，亦即精神病患變成了「社會的邊緣人」，精神病患也躲在自己內心世界暗自哭泣，甚至無法忍受心中的痛苦和壓力，因而有許多精神病患選擇自殺來結束自己寶貴的生命。

　　我本身就是領有身×障礙手冊（幾年前更名為身×障礙證明）的精×病患。雖然幾年前我曾在臺北市立聯×醫院松×院區精神療養院住院一個月，但醫師證明上卻打上了我住院二個月，而此醫師證明是由臺北市立聯×醫院松×院區精神科邱×強開給我的，亦即此醫師證明可證明我罹患有二項精神疾病：第一，強迫症；第二，精神分裂症（幾年前更名為思覺失調症）。後來，我選擇回診於臺北榮民總醫院精神科，而經由臺北榮民總醫院身心障礙單位的鑑定，第一次，輕度躁×症；第二次，中度躁×症，實際上我當時領到身×障礙手冊並我沒有罹患強迫症及精神分裂症，由此可知以精神疾病的症狀來說，臺北市立聯×醫院松×院區邱×強等等門診的精神科醫師根本是對我「誤診」。

換個角度來看，我雖然罹患精神疾病，但我並沒有罹患強迫症及精神分裂症，我也只到精神的臨界點來面對最後一根稻草的痛苦和壓力，我也選擇拒×吃×已經一年多了，我也因為我不想被某些現代醫學的專家或專業人士當作「白老鼠」來實驗，所以《精神治療學》和《心理學》，以及精神科醫師根本有他的盲點和缺失。

　　在我看來，我比較能夠了解與感同身受精神病患心中的痛苦，為什麼？因為畢竟我是精神病患，所以精神科醫師和心理師頂多只在外在的問診及觀察精神病患的行為，但誠如有人說：「人心隔肚皮」，他們卻無法知道精神病患內心所承受的痛苦和壓力，也除非自己也是精神病患，不然如何了解及感同身受精神病患心中所承受的痛苦和壓力呢？

註：本篇〈誰能感同身受精神病患心中的痛苦？〉原本刊載在臺北縣慈芳關懷中心的《慈芳月刊》，但多年下來，經由我重新的運思，其中的內容已有部分的內容有增加並我將標題修改成〈誰能感同身受精神病患心中所承受的痛苦和壓力？〉因此與當時刊載時已不一樣了，以此作個說明。

24.找到了生命的出口

　　多年前我參加一場新產品的發表會,於是有一位企業的董事長,他邀請了視障的歌手來此演唱歌曲;在新產品發表會後,企業的董事長就開始介紹:「這位視障的歌手,他是因為工廠內的高壓電箱不慎掉落而導致勞工的意外傷害事件,所以他雖然經過急救的過程,但當他醒來時,他的眼睛也幾乎是全盲。」

　　他雖然是一位視障的歌手,但他卻可以唱男女對唱的歌曲,亦即他可以一個人演唱男人和女人的聲調,這時他演唱的歌曲贏得了在場與會人士的熱烈的鼓掌,即便這位視障的歌手在演唱完後,我也勇敢走到他的面前去關懷他,這時他回答我說:「當時發生如此不幸的事件,眼睛完全看不見,在極度的痛苦下,他想自殺來結束自己的生命?後來因為他愛上了唱歌才找到了生命的出口,後來她的女朋友也因此愛上了他,願意嫁給他來陪伴他成為終身的伴侶。」

　　總之,會想自殺的人通常是遇到人生的逆境,如失業、失戀、負債、意外造成的殘障、罹患精神疾病等等,但自殺者往往只是一時之間想不開,才會選擇自殺來結束自己寶貴的生命,所以先化解自己想自殺的念頭,再進一步找到屬於的生命的出口,如此才能走出內心的陰霾。

25.漫畫、鬼話、笑話

　　根據某一項調查，青少年喜歡閱讀的書籍的內容是：「漫畫、鬼話、笑話」。以漫畫來說，日本漫畫在臺灣占有百分之八十的市場幾乎也是主導了青少年的思維；以鬼話來說，連成年人也相信靈異的世界，也更何況是青少年；以笑話來說，也主要涉及兩性關係，也表面看起來沒有關係，也只是逗人笑一笑，但隱藏在背後的，這樣的笑話也令人憂心。

　　西諺有云：「人吃什麼，就變成什麼。」而台×哲學系傅×榮教授把這句話修改成：「人吸收什麼觀念，就變成什麼樣的人。」實際上，令人擔心的是，青少年沉迷在漫畫、鬼話、笑話，久而久之，在潛移默化之下，他們所吸收到的觀念，就是：「漫畫、鬼話、笑話」這麼一來，有人說：「沒有知識，也要有常識；沒有常識，也要多看電視；沒有多看電視，也要去多逛夜市；沒有去多逛夜市；也要多聽故事，沒有多聽故事，那就真的很沒有意思。」然而，幾乎已經成為現代化的社會、而如今是網路資訊後現代化的社會青少年流行的話題，譬如，「變態」、「殺很大」、「酷斃了」、「只要我喜歡，有什麼不可以？」……。

26.卡神與卡奴

　　現代人的皮包裡，有：金融卡、信用卡、悠遊卡、健保卡、電話卡、會員卡等等，幾乎把皮包給塞滿了。

　　多年前卡神楊蕙如她的腦筋動得比一般人快，雖然她以刷卡的方式從中賺取利潤，但根據網路的2006-01-13卡優新聞網以「專題」卡神楊蕙如何獲利方式大搜秘的報導，我選擇重點將它呈現：「如上述，楊蕙如就是靠著禮券、紅利點數、機票、電信酬賓基金，在3個月內賺了126萬3千元。證明了信用卡不僅可以是理財工具，更是能成為賺錢的工具，有人身處卡奴窘境，有人卻利用信用卡，反過來大賺銀行錢。只是在除了考量購買禮券本身的風險外，亦有可能擔上『假投資，真刷卡』詐欺的罪名，再將網路購物課稅的成本也一併估算進去，如此藉刷卡賺錢的方式，恐怕也不是人人可行，招招都必勝。」當時楊蕙如在電視台與人分享她自己成功的經驗，即使如此，但卡奴呢？卡奴刷卡刷爆了，積欠銀行的債務，銀行就要求卡奴償還卡債也逼得卡奴走投無路，他們也只好鼓起勇氣走上街頭表達痛苦的心聲，甚至有某些卡奴一時想不開，他們選擇了自殺來逃避卡債。

　　總之，同樣是人在使用信用卡為什麼有如此不同的遭遇？我覺得先節制自己的消費欲望，再努力工作賺錢，才不會陷入卡債變成了卡奴。

27.心靈的 CPR 救命系統——如何預防自殺？

　　病患在救護車還沒有趕來之前，雖然有被人發現，但須懂得操作「CPR＋AED」，也就立即為病患實施CPR心肺復甦術，也對病患存活率相對提高很多。

　　在我看來，什麼是「心靈的CPR救命系統」，其實一個人為什麼會自殺？取決於「人一切行為的主控權在於『人的心靈意志的抉擇』，而不是以『身體來指揮身體』。」

　　以理性分析來看，過去我曾寫有關於如何預防自殺的文章？標題是：〈搶救想自殺的人——如何預防自殺？〉等等，其實這些都是屬於「心靈的CPR救命系統」為什麼？即使當一個人想不開或陷入死胡同或鑽牛角尖時，也就會因個人的種種因素，譬如，失業、失戀、負債、病入膏肓、罹患精神疾病等等，也在一時想不開來選擇自殺來結束自己寶貴的生命，所以想自殺的人可以與各縣市的「安心專線」、「自殺防治專線」、「生命線」、「張老師」等等心理輔導的機構打電話聯絡，來訴苦來紓解自己負面的情緒，也誠如中國古人說：「留得青山在，不怕沒柴燒。」

28.第一次的選擇與我的愛情故事

　　每個人走過的人生的過程，他們都有許多第一次的選擇與故事，例如，第一次談戀愛、第一次結婚、第一次買房子、第一次搭飛機去國外旅遊……，可是二十年前我都不曾談戀愛，直到十幾年前我才第一次談戀愛，而我卻與我的女朋友的愛情故事——變成了幾年前在臺灣的社會上演的一部電影，而這部電影的片名：《海角七號》。

　　就在那個時候，記得我與我的女朋友談戀愛僅短短的約有三個星期，我們就論及婚嫁，她因此對我說；「她在臺北縣的蘆洲市有買一間公寓式的房子，但她因繳不起房屋貸款，而我們有論及婚嫁及我對她有同情之心，我就寫下收據『借款新臺幣七萬元』，我也請她在此借款收據上簽名，我並與她一起到臺北市板×商業銀行信×分行去簽下房屋貸款的擔保人。」二天後，我就打電話給板×商業銀行信×分行的客服部，而我當時對板×商業銀行信×分行客服部的服務專員說：「我不可能對謝×慧（後來她更名為謝×綺）擔保房屋貸款」，但他卻回答我說：「還須審核，請我放心。」隔天，我便搭計程車司機在十萬火急的情況下衝到板×商業銀行信×分行，把我對謝×慧擔保房屋貸款屬於我個人的資料全面拿回撕毀。

　　總之，因為我是領有身×障礙手冊（幾年前已更名為身×障礙證明）的精×障礙者，所以在十幾年前，我要把新臺幣七萬元借給謝×慧時，而我在當時有將身×障礙手冊給她

看，但我因「當下欠缺辨識能力」，或者「欠缺辨識能力」，後來我才發現，當時的謝×慧不但利用我想與她結婚，也因此欺騙我新臺幣七萬元並利用我是領有身×障礙手冊的精×障礙者，當作她當時在臺北縣的蘆洲市有買一間公寓式的房子的房屋貸款的擔保人，但一切都是不幸中的大幸！由此可知我的愛情故事變成了不是電影的《海角七號》，而是「海角七萬」。

29.開路的天使──惠光導盲犬學校與申請寄養幼犬的條件和資格

　　惠光導盲犬學校結合臺灣盲人重建院透過舉辦活動、志工發簡章及網路的廣告文宣徵求導盲犬的寄養家庭，亦即幾年前我在臺北市花博公園看見惠光導盲犬學校的簡章，我就尋著簡章的電話，打電話給惠光導盲犬的服務志工去詢問，如何收養導盲犬？以及怎樣的條件才能收養導盲犬？於是惠光的服務志工回答我說：「導盲幼犬出生約兩個月後，開始進行為期一年的居家生活習慣及社會化訓練，此時期需要有愛心的志工家庭協助，幫助幼犬適應人類社會環境，同時養成良好的居家行為，也為未來帶領視障者行走的任務做準備。寄養期間：8 個月～12 個月。」

　　她接著繼續說明寄養申請的資格：「第一，居住地區是在北北基、桃竹苗、臺中、臺南、高雄；第二，家中至少 1 位成人可以 24 小時全天候看顧犬隻；第三，家中國小以下幼童不超過一位；第四，家中有汽車；第五，以幫助視障者為出發點，願意配合本校正確指導訓練犬隻；第六，所有犬隻的飼料、醫療及用品皆由惠光及贊助商免費提供；第七，提出申請後，將由專員與您聯絡，並依專業進行評估，完成各項評估，悉數通過之合格申請者，始能進行犬隻之寄養，敬請理解，並感謝您的配合。」

　　然而，我聽了惠光導盲犬學校的服務志工對我說明：「申請寄養的條件和申請寄養的資格」後，雖然我的家庭只

心靈之旅
──寫作和寫書的勇氣

172

有太太而沒有小孩，但我評估自己的條件根本不適合申請惠光導盲犬學校的幼犬之寄養的條件，而且我本身不喜歡養狗、貓等等的寵物。

輯四　評論篇

1.中國作家無緣諾爾文學獎

對於近百年為什麼中國的作家沒有人獲得諾貝爾文學獎？記得多年前台×哲學系傅×榮教授他在洪建全教育文化基金會的敏隆講堂，或好好好家庭教育文教基金會所開的一系列哲學課程，而他當時以哲學的思維和理性的分析，但多年以後經過我整理他的思維將其重點呈現，他說：「對哲學的理念掌握不夠、對宗教的意識太差，以致於一部作品寫完之後，始終無法跟『根源』保持接觸。然而，西方的文學你自己去看看，他們就是以各種文學的形式與根源保持接觸。如果碰到死亡的問題就逃避的話，那麼對人生有什麼深刻的感受，對人類還有什麼普遍關懷的文學？」

或許中國的作家只喜歡描寫現實，譬如，像白樺的《苦戀》，最後用自己的身體和鮮血在雪地上寫幾個字：「為什麼我的國家不愛我呢？」簡單說來，就是共產黨有問題、統治人不對。這麼一來，還有什麼人生深遠的意義呢？以西方文學來說，譬如，法國存在主義文學家卡繆的《異鄉人》、美國作家海明威的《老人與海》、美國作家梭羅的《湖濱散記》、印度詩人泰戈爾的《泰戈爾詩集》、蘇俄的作家杜斯妥也夫斯基的《卡拉馬助夫兄弟們》等等，他們不但對文學有豐富的文學修養，他們也有哲學的理念。

不僅如此，去年我寫信給中國時報的編輯焦桐先生並向他請教說：「為什麼近百年中國的作家沒有人獲得諾貝爾文學獎？」他收到我寫的信後，於是他寄給我一篇在中國時報

刊載的一篇評論，標題是〈中國的女婿〉，而此篇的作者馬悅然教授對諾貝爾文學獎有這樣的評論，我則選擇此篇的重點來呈現，他說：「當拉丁美洲、非洲等第三世界小國的作家相繼得過諾貝爾文學獎之後，中國的作家，傳播媒體似乎對還沒有獲得這個獎愈來愈在乎了——難道擁有五千年文化的泱泱大國，竟比不上蠻夷之邦、蕞爾小國？特別是近幾年，不滿的情緒帶著急切，好像諾貝爾文學獎是中國當代文學追求的遠大目標。……『諾貝爾文學獎不是世界文學獎，它只不過是十八個研究文學的瑞典皇家院士而已。』……陳祖寧不但是馬悅然教授的賢內助，更是他的益友、良友。」也許馬悅然教授娶了中國的妻子是中國的女婿，因此似乎不得不幫中國人說話。換個角度來看，如果諾貝爾文學獎不是世界文學獎，難道中國時報文學獎、聯合報文學獎、新北市文學獎、臺北文學獎、梁實秋文學獎……，就是世界文學獎嗎？這麼一來，令我感概萬千，好像清朝的慈禧太后自己「自閉門戶」，結果呢？被八國聯軍來瓜分中國的主權和土地。

其次，諾貝爾文學獎從一九○一年開始頒發的，迄今已有九十六的歷史。然而，為什麼我說「近百年」而不說「自古以來」，中國的文人都沒有得過諾貝爾文學獎，原因在於：在諾貝爾文學獎之前，譬如，中國古代的李白、杜甫、王維……，可以說已經達到文學的上層的作品，只不過那個時代沒有諾貝爾文學獎而已。

從這樣的觀點來看，中國的作家豈不是「吃不到葡萄說葡萄酸。」如果諾貝爾文學獎不是世界文學獎，為什麼世界

文壇會推崇它為世界文學的最高的文學桂冠，如泰戈爾、卡
謬、梭羅……，難道我們能否定他們在文學上的成就嗎？臺
灣雖然每年舉辦那麼的多文學獎徵文比賽，臺灣也像是變成
了中國的文學的重鎮，但這個中國的文學重鎮裡，卻近百年
來沒有臺灣的文學家、作家及作者獲得諾貝爾文學獎，也因
此臺灣許多文學家、作家、編輯、主編、文學獎的評審委
員、政府文化部的公部門，他們卻聘請了中國的女婿馬悅然
教授來臺灣演講，而他對諾貝爾文學獎的評論卻是：「諾貝
爾文學獎不是世界文學獎，它只不過是十八個研究文學的瑞
典皇家院士而已。」他們也在質疑諾貝爾文學獎的公平性在
哪裡？但先反省自己臺灣每年舉辦那麼多文學獎徵文比賽，
臺灣的文學獎的評審委員，以及臺灣的報章雜誌的編輯、主
編的公平性在哪裡？

——刊載在輔仁大學《益世評論》，中華民國八十六年六月十六
日

心靈之旅
——寫作和寫書的勇氣

2.請設哲學獎及哲學獎助金

　　臺灣的各大報紙、財團法人、基金會、政府機構都設有文學獎及文學類的獎助金，如中國時報文學獎、聯合報文學獎、中央日報文學獎、九歌文學獎、梁實秋文學獎、耕莘文學獎、國立臺灣藝術教育館文學獎、中山文藝獎、國家藝術基金會文學獎助金……，即使簡直臺灣可以說是：「一個文學的王國」，也可以這樣說：「臺灣是中國的文學重鎮」，但在這個文學重鎮裡卻沒有哪一個臺灣本土的文學家和作家獲得諾貝爾文學獎，也在臺灣的本土文學家和作家不知道自己的文學問題出在哪裡？他們也沒有覺悟自己的文學「只喜歡描寫現實」，如此這樣的文學是沒有希望的，也事實只在現實裡打轉而已；臺灣的文學家、作家、編輯、文學獎的評審委員及政府文化局的公部門卻在多年前，他們聘請了中國的女婿馬悅然教授和她中國的妻子陳祖寧來臺訪問，其內容如下：「那天去圓山飯店拜訪他們的時候，面對兩張疲憊的臉容，我還來不及發問，馬悅然就自動自發地解釋諾貝爾文學獎，好像在為中國作家今年又沒有獲得這個獎深感抱歉——『諾貝爾文學獎絕不是世界文學獎，它只不過是十八個研究文學獎的瑞典院士而已。』」（以上資料參考《中國時報·人間副刊》），也許馬悅然教授娶了中國的女人而變成了中國的女婿，所以他不得不幫中國人說話。

　　一年前，我在佛教某個雜誌所刊登的訊息裡，我看見了第一屆佛教哲學獎，其題目是「對牛郎事件的省思」，我看

了之後使我感慨萬千，亦即在西方有一位哲學家把哲學喻為一切學問之母，也在現代化的社會有許多專業的學科都是以「哲學博士」（Ph.D.）為最高的學歷；圖書館在編目分類時，「0」代表總類，「1」則代表哲學。由此可知，哲學在各種學科中占有優先地位，這又是什麼理由呢？

臺灣有某些文學家、作家等諷刺念哲學的人說：「整天在黑房子裡，找一隻黑貓。」臺灣的本土文學家、本土的作家等，雖然幾乎沒有人懂哲學，他們也只喜歡描寫現實，他們也像是在文學的迷宮裡繞來繞去而繞不出來，也讓我覺得很納悶的是：「臺灣的文學家和作家喜歡為自己打廣告，喜歡跟報紙、雜誌談交情，好像串通好似的，只要某個作家成名之後、稿件郵寄或傳真到報社、雜誌等，似乎編輯和主編他們不看作品而只看人名，如平×、白×、李×、陳×礎、吳×如、苦×、林×玄等等，難道他們的作品全部值得刊出來嗎？這真是值得我們懷疑的地方？」

去年我申請國家藝術基金會的獎助金，申請過二次都未通過，於是我才發現：「國家藝術基金會竟然沒有設哲學類的獎助金。」即使他們所聘請的文學獎的文學評審委員都是只有臺灣本土的純文學的文學家和作家，如黃×端、陳×曦、施×青……，但我寫的是屬於勵志小品文，也介於哲學與文學之間的作品，後來我也有些不服氣就打電話給該基金會的工作人員說：「臺灣重理工，輕人文；重文學，輕哲學。請貴基金會是否可以設哲學類的獎助金。」但是，當我收到該基金會的回函，這時我徹底失望，其重點內容如下：「由於本中心的經費很有限，而且各項獎助金都經過專家仔

細研究過，所以無法設哲學獎助金。」我心裡想著：「那麼怎麼有錢設文學類的獎助金呢？」

　　總之，臺灣每年辦那麼多的文學獎，文學獎助金等應該可以誕生一個諾貝爾文學獎得主，但如果不懂哲學的話，所寫的作品都只是在現實裡打轉而已。羅馬文豪西賽羅說：「哲學！人生之導師，至善之良友、罪惡之勁敵，假使沒有你，人生又值得什麼？」希望這句話能夠喚醒臺灣的文學家、作家、編輯、主編、政府文化部的公部門對哲學的重視。

——刊載在輔仁大學《益世評論》中華民國八十六年八月十六日

3.生命是否可以賠償──受災戶的心聲

　　林肯大郡住戶管理委員會主委黃榮勳參加由消基會舉辦的「山坡地開發建築安全問題探討座談會」時，他以手帕蒙住口激動的強忍著淚水寫下了消費者申訴的理由。

　　有關於林肯建設賠償如下：死者二十萬元，喪葬補助四十萬元；重傷者十萬元，輕重住院者五萬元。房屋全毀二十萬元，半毀十萬元。房租補助每戶一萬元，一次發三個月。然而，生命是否可以賠償？這次林肯大郡災變至少造成十二個住戶家破人亡，這才是受災戶的心聲。

　　當臺北縣縣長尤清慰問受傷的洪女士時說：「妳需要什麼？」她一臉茫然對他說：「我什麼也不需要，我只要我的老公和三個孩子。」我看了此新聞報導之後，真令我為她辛酸。底下是某記者採訪受災戶的報導：「洪淑美二十三歲嫁給李憲憬，婚後生活美滿幸福，生下二女一子，老大李茗蘭十四歲，老二李若芝十二歲，老三李敏寧九歲，正值青春期，活潑可愛，在學校的功課也很好，李憲憬自己開店，做汽車零件買賣，本來住在板橋，為讓婆婆有運動的場所，一個半月前搬到林肯大郡，結果竟然一夕變天，家破人亡。洪淑美被壓斷腿，已經開過一次開刀，但是情況不好，必須再動一次手術，是不是能保住一條腿，還在未定之天。……當時她在門外，倖免於難，但是先生、孩子全沒了，以後的人生，對她而言，還有什麼意義？」「二二三號的辜先生前些時候到國外出差，雖然逃過一劫，但這幾天卻眼睜睜的看著

妻子趙玉蘭、岳母岳父、辜筱帆的遺體被一具具地挖出，痛不欲生。當五歲愛女筱帆被救難人員抬出時，辜先生痛哭流涕，帶了禮物回來要給孩子，看到竟然是遺體……，往後日子又將怎麼過？」「黃玉琳的媽媽從新聞中得知林肯大郡出事，立刻從台東趕來，幾天來日夜守候，抱著一絲希望。昨天目睹救難人員抬著黃玉琳的屍體出來時，她的希望破滅了，當場昏過了過去。」「住在一五二號二樓的劉菲是大陸新娘，來臺幾年，十二天前才生下一名男嬰，神奇地逃過一劫，母子平安；林明仁先生及大兒子輕傷，但是二兒子不幸罹難。」「一位蔡姓住戶無奈表示，大家的焦點都集中在九十二戶全毀及半毀房屋。其他住戶好像私生子，『爺爺不疼，奶奶不愛』，安家費沒份，租稅減免也沒份，更不必談賠償，可是他們卻是有家歸不得，房子不能住，銀行的貸款還是得照繳，以後的日子真不知如何是好。」……

　　在我看來，人生無常，生命看似堅強，其實是很脆弱的。如果你不能感同身受去傾聽受災戶的心聲，你就無法體會那臨死前的恐懼，以及受災戶他們心裡的煎熬和痛苦，即使生命是無法賠償的，但我希望這次悲慘的悲劇，能夠喚醒政府官員、建設公司，他們對山坡地的開發要全面性的規劃、檢查安全等問題，也對失職人員，如有官商勾結不但要判刑坐牢，還要財產充公，以作為此次林肯大郡受災戶的安家費。

　　——刊載在輔仁大學《益世評論》中華民國八十六年九月十六日

4.山居歲月成幻滅

　　一八五四年北美洲西雅圖局長寫給美國皮爾斯的一封信，其信中有這樣的話：「世上萬物息息相關，降臨在地球上的任何災禍，亦同時降臨身居地球上的人。人類並沒有在地球上編織另一個生物網，人類不過是這張網的一段絲線。人類對地球的所作所為，必報應到整個人類的族群。」但是，由這次汐止「林肯大郡」的災變，也可以印證到這句話的意義，也因為臺灣過度的開發山坡地，沒有做好水土保持、相關法令的不周延及有某些官員和建商官商勾結，所以有重大災變之後，才來互踢皮球，這就是臺灣山坡地建築管理的寫照。

　　中國古代有一首詩：「我見青山多嫵媚，料青山見我亦如是。」台×哲學系傅×榮教授明白的指出，他說：「這是一種幻覺，只有詩人可以這樣說，由於他小時候住在海邊，但他從不下海游泳，也從不登山。」事實上，大自然所隱藏的危機是人類無法抵抗的，為什麼？雖然有許多人不喜歡住在吵雜喧囂的都市，但他們卻選擇購買山上或山坡地來居住，藉此可以遠離塵囂，呼吸新鮮的空氣，也在颱風，地震發生時，就有可能發生土石流、山崩等危險。

　　某位記者指出：「山坡地變更利益驚人，早期一甲山坡地價的價格不過二、三百萬元，經變更為丙種建築用地後。每坪售價如果以七萬元計算，一甲土地光賣地至少變成二億元，獲利率以百倍計算。這種『點土成金』甜頭，讓財團各

自『擁山自重』，有計劃購入『老丙建』山坡地，分批、長期開發，坐享龐大的開發利益。」從這位記者的報導來看，這就是建商與官員且官商勾結獲取暴利最好的手段之一。

　　山坡地不是不能開發。世界著名的港灣城市，像香港、溫哥華、開普敦、夏威夷等地，住宅都是依山而建，雖然他們開發山坡地是在低坡度、低密度的原則下建蓋而成的，也在危險時可以讓人疏散，但反觀臺灣卻是在高密度、高層的建築物，聳立在山坡上，亦即一旦有災害連逃命也來不及。

　　根據中央大學的研究報告指出：「臺灣平均每十年會有一次地震造成嚴重的災害。三十多年來雖然沒有發生過較具破壞性的地震，但最近大地震衛星偵測資料顯示，板塊運動仍持續進行，因此應提高警覺嚴肅的面對下一次大地震的來臨。」由立緒文化事業有限公司所出版張至璋先生所翻譯《自求簡樸》一書中，有一段這樣的話，是值得許多嚮往山居、田園生活的人參考的，他說：「因為多半選擇要過自覺性簡樸生活的人，並不住在叢林裡，也不住在農村。他們多半住在都市，或是近郊的住宅區。社會生態學上的生活，是尊崇自然，但是無需搬到鄉村去住。精確點說，我們應該倡導的不是『返歸鄉土』，而是『擇地而安』。」

　　在我看來，這次「林肯大郡」災變是人禍而不是天災。政府的官員要對山坡地做出明確、全盤性的規劃，不可以有重大災變之後，才來互踢皮球、推卸責任，這樣是對不起全國的人民和自己的良心。

——刊載在輔仁大學《益世評論》

5.賀伯颱風的教訓

　　去年的賀伯颱風，猶如抓狂般襲捲了臺灣的本土。雖然臺灣除了因自然災害造成嚴重的損失，但還有因人的疏失、排水不良等問題付出了慘痛的代價。

　　記得，那一天臺灣各地的機關、私人機構都放假，於是我躲在公司的宿舍裡頭看書，外面則是狂風暴雨，令我有震駭的感受。

　　由於停電的原因，我只好找了幾根蠟燭，把蠟燭用打火機點著了，於是藉由蠟燭融化的蠟，將蠟燭直立在桌上，這時我在桌上插了五、六根蠟燭，但我就藉由微弱的火花翻開書本，也讓自己安靜地看著書，同時我也聽到一陣陣強風呼嘯而來，也幾乎要把外面鐵製的浪板掀掉，而此時此刻豆大的雨滴漫天飛舞似的而打在浪板上，好像大自然的打擊樂，而我置身其中，自己感受到風雨中的寧靜。

　　隔天起來外面一片狼藉，電線、招牌被吹落在地面上、滿街的垃圾慘不忍睹、樹被吹得簡直不像樹……，這時我轉開收音機聽聽各地的報導：房屋倒塌、河水暴漲、海水倒灌、山間的道路因土石崩落造成交通中斷、農作物泡水腐爛等等，於是人事行政局下令再放一天颱風假，真是樂了許許多多的上班族。

　　賀伯颱風可以說是百年臺灣最強勁的颱風之一，因此使得臺灣造成經濟、財物嚴重的損失，同時也付出慘痛的教訓；臺灣屬於海島型的國家，面臨太平洋、臺灣海峽常有颱

風出現，所以要「遠離賀伯颱風」，必須知道問題的癥結在哪裡？不可以頭痛醫腳，腳痛醫頭，結果下一次颱風來臨時，還是有同樣的問題存在。

根據世界衛生組織的報告顯示：「早在二十年前，非洲的烏干達、肯亞污水下水道普及率已達百分之十一，而全世界六大區，六十一國，在一九七〇年平均普遍率是百分之二十七。英國為百分九十六，美、日也都在百分之八十以上，而反觀臺灣只有百分之三點四。因此，日本民間流傳一則笑話：「一個女子嫁到外地，隔不久，寄家書回娘家報平安，父母詳閱以後，他們卻相擁抱而哭，也因為女兒竟然嫁到一個沒有污水下水道的地方。」由此可知，沒有衛生下水道就好像住在化糞池之中，只不過我們都習慣了。

在我看來，我覺得政府在規劃地下衛生下水道、排水的問題，顯然有如老牛拖車的辦公方式，以致於每每下雨街道就有積水的現象，這麼一來，賀伯颱風的教訓真的讓我們得到了教訓嗎？譬如，以汐止「林肯大郡」房屋倒塌，慘遭土石活埋最為嚴重，即使如此，我覺得政府和民間都很健忘，但這次溫妮颱風再度橫掃臺灣又再次傳來嚴重的災情，同時政府也不痛定思痛，對於水土保持、抽水站、地下衛生下水道、排水、防洪等等措施做全盤性的規劃，那麼豈不是每一次颱風來臨時都要讓民眾生活在對颱風的驚心膽顫呢？

——刊載在輔仁大學《益世評論》

6.登輝先生揮之不去

　　自從前總統李登輝另立江山幫台聯站台後，國民黨則以違反黨紀開除了前總統李登輝的黨籍。

　　前總統李登輝先生當了國民黨十二年的黨主席，而如今卻已相當嚴厲的口語批評國民黨是「外來政權」，因此請問這樣符合邏輯嗎？請問他以前在國民黨主席任內說「黨是母親」，這樣的話不是前後矛盾嗎？

　　在我看來，自己原本是國民黨的黨主席，如今卻反而批評國民黨，如此不是承認他自己錯了嗎？才會造成國民黨的分裂。以此類推，我覺得前總統李登輝先生不是為了穩定台灣的政治，而似乎演變成挑撥族群的分化，造成本省人與外省人的紛爭。

　　前總統李登輝先生在幫台聯站台時說：「他是以接續已故的前總統蔣經國先生本土化的路線。」問題的關鍵是，這種說法是相當的矛盾，為什麼？因為前總統蔣經國先生本土化的路線怎麼可能會去「挺扁政府」、「挺民進黨」呢？所以請前總統李登輝先生不要拿已故的前總統蔣經國先生來藉題發揮。

　　然而，前總統蔣經國先生絕對不可能主張本土化是要挺民進黨，而失去了國民黨的理念；因為民進黨的黨綱中有一條是主張台灣獨立的，而國民黨是主張國土是完整性的。

　　《登輝先生，別鬧了》一書中，有幾位政治人物請登輝先生別鬧了，而他卻說：「我沒有在鬧，我是講自己該講的

話。」

　　其實，像美國歷屆退休的總統，哪一個退休的美國總統
退休後，又自立江山幫政治人物站台呢？盼望前總統李登輝
先生好好的退休且注意自己身體的健康，不要如此的勞累。

　　前總統李登輝先生的宗教信仰是基督教。但問題是，個
人的宗教信仰怎麼可以跟政治扯在一塊呢？他在教會做見證
或禱告時，偶爾會引用《聖經》裡面的經文或者人物來與政
治混為一談。

　　在我看來，宗教與政治如果沒有保持適當的距離是相當
可怕的事；因為往往信徒在禱告時會覺得自己與上帝同在，
會覺得自己與上帝站在同一邊，會覺得遭受別人的迫害，所
以覺得自己身為一位虔誠的信徒必須為此伸張正義。

　　然而，是誰在迫害他呢？倒是電視媒體如火如荼競相報
導前總統李登輝先生在幫台聯站台的時候，他批評了許多政
治人物的話。譬如，批評台北市長馬英九只愛做秀不愛做
事，批評連戰主席選輸了不甘願等等。

　　總之，前總統李登輝先生當了十二年國民黨黨主席，如
今卻成為國民黨揮之不去的陰影，而國民黨在長痛不如短痛
的情況下，開除了前總統李登輝先生的黨籍，我覺得是一種
明智的選擇，同時也告訴大眾做人處事必須有情有義啊！

　　——刊載在輔仁大學《益世評論》中華民國九十年十一月十六日

7.狗與人

　　我在輔仁大學神學院的後面星寶商業城工作，亦即平常我喜歡利用傍晚下班的時間，沿著神學院的圍牆走入輔大校園內。

　　每當我出去散步的時候，沿路有好幾隻住家的狗或者野狗懶洋洋地在馬路旁四處走動，也因為我曾差點被狗咬到，所以總是隨手帶一根棍子，以免自己重蹈覆轍。

　　有一次，社區的警衛伯伯問我怎麼時常帶一根棍子做什麼？我則回答他說：「前些日子我差點被狗到。」他又對我說：「不會啦！社區裡面的狗只會叫而不會咬人的。」我再回答他說：「很難說！人有理性但狗沒有。」

　　我雖然在臺北市的北投區和臺北縣新莊市住了二年多，但卻不曾到臺灣大學的校園；多年以後，記得我第一次走進臺灣大學的校園，我覺得臺灣大學的校園真的很大，我則在校園裡四處閒逛差點迷失方向；當我走過臺灣大學哲學系系館時，我雖然本想進去，但此系館前面的階梯上有二、三隻狗懶散地躺在地上，我也看見有狗兒馬上爬起來向著我過來，這時我的心裡剎那間害怕起來，於是我只好放棄進去哲學系館。

　　台×哲學系傅×榮教授在他所寫的《心靈的風格》（九歌出版社出版）一書，其中有一篇〈第一流大學〉，他說：「大學教室有如工廠，外面有人說話、鋤草、運動會影響上課。我在台灣沒有見過一間滿意的教室而耶魯大學的教室使我覺

得像『教堂』一樣古典，精心設計得莊嚴、神聖。大門一關與世隔絕。」我閱讀了他寫的書以後，而我的內心變得頗為複雜，也因為大學是國家、社會的希望，假如大學的硬體設備，連最起碼上課的教室都無法保持寧靜而與外界的喧囂隔離的話，那麼學生怎麼可能安靜的上課，老師又怎麼可能靜心的思考、研究；國家、社會又怎麼可能進步呢？台×哲學系傅×榮教授他所寫的《我看哲學》（業強版）一書中，他對什麼是哲學？給哲學一個定義，他說：「哲學是以人的理性，研究宇宙與人生的根本真象，然後將這種研究所得，用於指引現實生活、評估文化生態的一門學問。」從作者對哲學的定義來看，大學的教室是需要寧靜的生活，而臺灣大學是臺灣的第一流大學，如果連第一流大學都有狗兒在看門，那麼豈不是很沒有理性嗎？難怪乎！臺灣社會的許多亂象，如立法院中的立法委員，他們上台動不動就要摔桌椅、做人身攻擊、破口大罵；許多群眾運動，也造成臺灣的社會一片混亂，嚴重的影響我們的交通，只不過我們已經習已為常了。

　　人有理性，狗沒有理性，人的理性即是表現在溝通的能力、思考的能力及反省的能力，而透過溝通、思考、反省後，人心才不會浮動，而國家、社會、群眾也比較能夠得到明確的指向；如果連大學的教室，都無法讓老師、教授靜心下來思考、研究的話，我們的社會還會進步嗎？不知政府領導者及官員、教育部長是否發現了這種問題呢？

——刊載在輔仁大學《益是評論》中華民國八十六年二月一日

8.由世足賽看臺灣的升學主義

世界足球賽雖然在觀眾瘋狂中落幕,但有人以「慧星撞地球」瘋狂的字眼,來形容這幾十億人觀賞世足賽的盛況!

在最後德國與巴西爭奪冠軍之戰,而當時我剛好在臺北縣新莊市亞力山大休閒中心,跟一些人觀賞這場世足賽。

這時候,當一位巴西的主將踢進關鍵性的一球,雖然我沒有給予熱烈的鼓掌,但我卻是嘆一口氣!我也離開不看了,為什麼?

因為我發現臺灣的教育制度,和父母的觀念,大部分是以升學主義為前導,而在這個升學掛帥的社會,學生只好不斷地去補習考取他們心中理想的學校,以便將來有比較好的發展和前途。

在某個方面來看,聯考是沒有錯,只不過我覺得過度重視升學主義,只會讓許許多多的人才而變成庸才。為什麼?

因為,不是每個人都適合走上讀書這條路啊!例如,美國高爾夫球高手伍茲,他十七歲就開始打高爾夫球,而如今他已是幾億美元的身價,於是這記者訪問他,是否要讀書呢?他的回答是,何必讀書呢?

當然讀書的目的雖然最主要不是為了賺錢和謀職。但有人說得好:「行行出狀元」,亦即這句話不正是提醒臺灣的家長,不一定就要求自己子女往升學方面發展,何不學學國外的父母來敞開自己的心,來讓小孩子去發展自己的性格、興趣、敏感度等,而做父母親再從中輔導他們呢?

這是我由世足賽來觀看臺灣目前升學主義的現象，而我在此盼望臺灣做父母的要有所自覺。

——刊載在輔仁大學《益世評論》中華民國九十一年七月十六日

9.論教育改革的弊端

　　教育部實施的教育改革方案，最終的目的是要廢除現有的聯考制度，改採「多元免試入學」意思是：由目前的九年國民義務教育改為十二年義務教育，而大學可能改自願申請入學。

　　我對教育部長吳×的教育改革的理念來看，他是成功大學土木工程系畢業、美國愛荷華大學流體力學碩士、博士等頭銜。曾任美國德萊威大學海洋科學研究院及工學院副教授及教授。美國 Hydronautics 公司首席科學家、地球流體力學部及流體力學部主任，以及國立成功大學校長。雖然他的學經歷如此的響亮，但臺灣政府的重要官員從總統至教育部長都沒有一個是真正的人文學者，而所謂的人文學者，就是：「以理性真誠反省自己，從而指引現實生活，評估文化生態。」但是，也不是相互妥協或因一時的情緒衝動所做的抉擇，這麼一來，沒有經過反省、思考就做了許多不理智的決策，實在令我感慨。最近有一位國中後段班的學生寫信給教育部長吳×，他說：「今日你放棄我們，明日我們放棄你。」於是吳×教育部長就表示：「明年起逐年取消各種聯招，這就是情緒衝動，而教育是百年大計，豈能說廢除聯考就廢除聯考呢？」

　　以目前臺灣各大高中、高職來說，是不夠取消聯考之後，國中學生自願入學的，因此教育部所開的支票豈不是變成了「空頭支票」，於是所造成的結果是，黑函滿天飛、送

禮滿街跑。

　　台×哲學系傅×榮教授他在自己寫的《心靈的風格》（九歌出版社出版）一書中，他說：「我們決不放棄百分之七十的後段班的學生，我們也希望他們快樂學習、五育並重、直升高中。但是，做法並非取消聯考，而是廣設高中。請教育官員到南陽街看一看，幾萬個青少年擁擠在空氣污濁、空間狹隘的補習班裡上課，目的就是為了升學。如果廣設高中及大學，提供合宜的環境與師資，不也算是對他們的照顧嗎？這不是我們邁向福利國家首先要考慮的嗎？真正的福祉，必須針對百姓的需要，而非出自官員一廂情願的想法，更不是改變升學辦法、編織一套說辭可以應付的。」

　　其次，聯考至少維持了基本的公平性，不會讓黨政要員、企業鉅子、民意代表、黑道人物等等，這些既得利益者有送紅包、走後門的機會，但如果一旦廢除聯考之後，一般老百姓的子女有這樣的保障嗎？

　　由此可知，聯考不是怪物，只不過是社會大眾太注重升學主義，同時也只注意到智育的發展，而忽略了德育、體育、群育、美育的均衡發展。因此，取消聯考就能解決一切的問題嗎？如果一個政策、教育方案沒有經過仔細全盤的考量、規劃就貿然的實施，其後果的責任，誰來負責任？所以我希望教育部長吳×、看了一封信之後，他就情緒如此的衝動，而他應該三思而後行才是。

　　——刊載在輔仁大學《益是評論》中華民國八十六年八月一日

10.教育是廉價的國防

希臘哲學家亞里斯多德（Aristotle, 384-321 B.C.）說：「教育是廉價的國防。」台×哲學系傅×榮教授在他寫的《成功人生》（時報出版）一書，而本書中有一篇〈教育的力量〉，他說：「處在今天的民主社會裡，教育的力量不僅是關鍵的，而且是迫切的。理由非常簡單，因為民主政治是人民作主、不分階級的；只要達到法定年齡，就有投票權，就可以參與決定國家大事。選民的水準參差不齊，就會出現不合格的議員或官吏，進而阻礙政治的正常運作。善於掌握教育的力量，則可以輕易形成民主政治的穩固基礎。亞里斯多德說：『教育是廉價的國防』，其意亦近於此……。」我由此引申來說：「人受了教育之後，就更有理性溝通、判斷的能力，以致於可以消除許多人與人之間的衝突、國與國之間敵對的關係，進而使人我互動的關係更加的和諧，而衍生出：『教育是廉價的國防』，這句話可以作為國家政策預算重要的施政方針。」

首先，希臘哲學家柏拉圖（Plato, 427-347 B.C.）說：「無知是最大的罪惡。」從希臘哲學家柏拉圖的這句思維來看，為什麼古今中外要強調教育呢？即便教育是使一個人免於無知最好的方法，也有許多人皆因無知而犯錯，但不是所有犯錯的人都是這樣，因而基督徒保羅曾說過這樣的話，他說：「人是軟弱的，明知是善，卻不去做；明知是惡，卻偏去做。」意思是：「只靠自己是無法得救，因此只有信仰上

帝，依靠上帝的恩典，才可以使一個人得救。」但是，我對
基督徒保羅這句思維，我是無法接受，為什麼？西方的《聖
經》裡面的經文，有：「耶穌死而復活」的經文，也有：「信
耶穌得永生」的經文，同理：「信耶穌見閻×王」，但事實
上，「每個人要面對生與死是沒有例外的」「人死不能復活也
是沒有例外的」。由此可知，《聖經》是古代的西方人所寫的
「神話故事」，也是他們所建構的「烏托邦世界」。

美國詩人愛默生（R.W.Emerson, 1803-1882）說：「他希
望將來有朝一日，我們要學習運用教育的力量來替代政治。
我們對奴隸制度、戰爭、賭博、酗酒的根本改革，在於開始
提高教育水準。」從美國詩人愛默生這一段思維來看，一個
受過教育的人，就比較懂得與人溝通，於是他可以化解政治
上的衝突，進而選擇美善的人生途徑，也因此比較不會受到
不良的壞習慣的束縛。

其次，這次「九二七」搶救教科文預算在臺灣北、中、
南如火如荼的展開，同時教師、學生、人本教育基金會等
等，紛紛走上街頭拿著抗議牌「還我錢」來表達心中的不
滿。雖然他們為什麼不滿教科文預算百分之十五下限在修憲
中被刪除？但我覺得政府的各種施政的預算凸顯有許多問
題，例如，除了國防預算之外，科技預算是去年最高的，而
反觀教科文預算卻被刪除。從政府的官員及立法委員把對教
科文預算被刪除來看，這代表什麼？政府某些官員及立法委
員根本不知道「教育的重要性」。人因需要教育才有比較健
全的人格，也對整個國家、社會、家庭，以及人與人的互動
比較和諧，也有所謂的「十年樹木，百年樹人。」但是，進

入現代化的社會，而如今是網路資訊後現代化的社，由於現代化及後現代的老師與中國古代孔子、孟子等等能夠對學生和學習者「因材施教」的老師，早就不一樣了，所以我依據孔子的「正名主義」，把現代化及後現代化的老師、講師、大師、副教授、教授等正名為「知識的服務者」、「技能的服務者」，如此才符合現代化及後現代化的「名實相符」。

　　合而觀之，取消此次教科文預算政府的官員及立法委員，我覺得政府的官員及立法委員們都很無知必須請人好好的教育他們，以免誤人誤己、害了國家、社會及個人的發展，還有我覺得有些老師、教授的素質也要提升，不可以只教學生死記硬記課本上的知識，亦即學生的思想好像被套牢似的，根本無法適當表達自己的思想，等到考試時候就依照這種方式去填鴨，這麼一來，愧對一個老師、教授的職責及良心，因而我希望身為老師、教授的要能啟發人屬於個人的敏感度，進而啟發學生來了解自己、認識真相，來選擇人生發展的方向。

——刊載在輔仁大學《益世評論》中華民國八十六年十月十六日

11.狼人

　　近年來臺灣的社會發生了多起強暴、姦殺女性的事件，如「校園之狼」、「電梯之狼」、「公寓之狼」、「士林之狼」等等，真是讓女性惶惶不安，聞之喪膽，亦即有些女性晚上不敢出門來減少夜晚活動的時間，趁早回家比較安全。

　　根據某報幾位記者的報導：「歹徒闖入單身女性的公寓，把她們衣服全部脫光再用電線綑綁全身，然後強暴，甚至要求口交，不然就威脅割腕將她們殺害。」「歹徒躲在電梯裡，只要看見電梯沒有人，只剩下一個女性，就用刀子把她強迫押入大樓的地下室強姦。」「歹徒躲在暗處，時常出沒人少的巷弄。如果有女性單獨一個人通過時，就強押荒山野地強暴，甚至殺害。」……。

　　其次，我邀請我們來面對一個問題，為什麼我們的社會有愈來愈多的強暴事件？為什麼許多人淪為禽獸一般，而變成了狼人，把自己的性慾望毫無保留的發洩在女性的身上呢？

　　最近我在輔仁大學旁的書店翻閱了幾本書，我就隨手把書中作者所寫的話老老實實的抄寫下來，以下是書中的幾句話：

　　「過辛亥隧道的時候，我心裡有點毛毛的，妞妞不等我開口，就主動從後面抱緊了，溫熱的胸貼著我背部，卻不再有異樣的感覺，反而察覺到她微微顫抖。」「結婚多年，她

始終堅持做一個淑女，不在先生面前裸露身體，一定關燈才肯上床做愛，看這個女人跨在他身上激烈的搖動著，頭髮散亂、兩頰緋紅，汗水從裸露雙乳不斷滾下」（摘錄《苦×極短篇第三集》）「女人對自己期望的太少。以為薄薄的一片處女膜，可以決定自己終生幸福。」「有些男人只適合一夜風流。」（文摘錄《非常真誠有點毒》・方智出版）「如果你對作者自製的另一個愛情心理測驗題很感性的話，可以在《認真玩個愛情遊戲》（方智出版）一書中，找到比較『限制級』那一個。」（文摘錄《人生以快樂為目的》・方智出版）……。即使如此，我們政府和社會有心人士為了保護兒童、青少年，早就明文規定把電影分成四個等級——普遍級、保護級、輔導級、限制級，這樣是否連念書也要分等級呢？不然怎麼除了談兩性關係還附加談情說色呢？由此勾引人的性慾望。

　　我無意去批評或判斷暢銷書的名作家、名嘴，或者有類似傾向的作家和出版社，只不過我想讓社會大眾自己去想想；如果你家有小孩看了這類的書籍，是否會戕害他們的心靈和思想？以致於青少年犯罪率逐年的升高，如飆車、強暴、強劫、殺人等等，層出無窮的問題在我們的社會上發生著。

　　由此可知，狼人是怎麼來的，為什麼報紙雜誌公然刊登色情廣告？為什麼公佈欄、電線桿明目張瞻色情裸體廣告？為什麼有那麼多的色情電視錄影帶？為什麼裝檳榔的紙盒上面也有裸體女性的身體？為什麼連書籍也可以找到比較「限制級」的那一個？為什麼我們的法律和社會規範，好像都無

法對他們產生約束的效果……。

——刊載在輔仁大學《益世評論》中華民國八十六年六月一日

12.色情與藝術的分野——看許曉丹裸婚

　　由台×哲學系傅×榮教授他寫的《圓成生命的理想》（洪建全基金會出版）一書，其中第三章〈藝術的陶冶與充實之美〉，他有對色情與藝術的分野加以說明，他說：「色情與藝術的分野，其實很容易；看一幅畫，會引起欲望的，就是色情；一幅畫讓人覺得愉快，則是藝術。那麼，對於張三感覺很衝動，對於李四卻很愉快，這又怎麼辦呢？其實對於每個人，本來就有不一樣的效果，誰能客觀的區分什麼是藝術？什麼是色情？一個沒有修養的人，可以把任何事都看成色情；一個有修養的人，對任何事都沒有色情的問題，因為他的心境完全不受物質欲望所限制。所以，人的藝術修養有高低的分別，任何外在事物都可以做為藝術修養的對象。」但是，我覺得可以超越人的肉體而形成藝術並有比較高修養的人畢竟是少數，為什麼我這麼說呢？因為我們可以從動物的身上觀察得知，動物大部分都有長長的毛來保護牠的肉體，在我看來似乎比較難以勾起人的性欲望的衝動；反觀我們自己人類，人的身體沒有長長的毛（只有頭髮、陰毛及毛細孔），所以人要穿衣服而發明工具來保護身體。因此，如果有人在眾人的面前把衣服全部脫光（尤其是女人的身體），這就是表示她與動物差不多，沒有羞恥心，另一方面則是變成一絲不掛、赤裸裸、光溜溜的身體，如此一來，這樣很容易使男人產生性欲望的衝動，而不是以純藝術的眼光來欣賞女性裸體的美感。

心靈之旅
——寫作和寫書的勇氣

前幾天，許曉丹為自己的婚禮舉行一場「人體彩繪先睹為快」的記者會，當眾就寬衣露出兩點，並與五位現代的藝術家表演人體彩繪的藝術。許曉丹的人體彩繪藝術，她則選擇一面巨幅的國旗做為背景，同時她為自己辯解說：「這面國旗象徵中國五千年的傳統歷史。她的人體彩繪藝術就是要向中國五千年傳統歷史作沉重的告白，說明人體除了色情之外，還有更多的內涵，人體是藝術的、無邪的、無罪的，人體之內有許多的愛情故事。」但是，我認為先要問自己的修養和內涵夠嗎？如果不夠的話，請不要隨便亂說，把身體變成色情，由此勾引人的性欲望，這是不道德的行為啊！

　　然而，喧騰多日的許曉丹裸婚於十月十九日終於落幕了！當天晚間在高雄世貿廣場舉行婚禮，現場湧進一千多名男男女女的好奇觀眾。許曉丹則以三片綠葉遮住雙峰和下體，而重點部位隱隱約約的外露，使得會場頓時瘋狂失控，有不少男性觀眾向她毛手毛腳，並且偷襲她的雙峰和手腳，整個婚禮好像變成一場變調的工地秀。

　　或許色情與藝術的分野只有一線之隔。但是，重要的是在於自己的修養和內涵，譬如，羅丹的藝術雕像，他在創造的過程，他與一些赤裸裸的模特兒，整天待在工作室裡面，而羅丹本人卻可以超越肉體的欲望，雕刻成一件件女性裸體的藝術作品；相對於此，許曉丹的人體彩繪、裸婚，她自己的修養夠嗎？幾年前，她因政治選舉的原因「要以乳頭來對抗拳頭」，並且當街遊行表演脫衣，實在令我覺得好像電動花車的脫衣女郎。由此可知，許曉丹的裸婚根本是色情而不是藝術，所以我希望一些心智比較不成熟的人，應該拒絕這

樣的「色情廣告」，以免看了受不了因此造成性欲望的衝動，而犯下強暴、強姦之罪。這麼一來，如果許曉丹真的要脫就脫給他老公看就好，為何要以婚禮脫給大家看呢？我似乎覺得很納悶。

──刊載在輔仁大學《益世評論》

13.針鋒相對

　　最近上演一部電影《針鋒相對》，但這部電影的劇情我在此不想描寫，也需要由自己去看就知道了。

　　我想話題轉到陳×扁總統、國民黨主席連×及親民黨主席宋×瑜的政治話題的針鋒相對來看，我個人對政治可以談，但我對政治一點也沒有興趣。

　　幾天前當陳總統訪問非洲時，說國親合作是互綁，而連×則反駁，說執政黨氣數已盡。雖然像類似針鋒相對的政治話題，其實有時在電視媒體、報章雜誌也都可以看見，如核四案、國安聯盟、華航空難……，但這些事件各黨各派似乎都站在自身黨派的利益為優先的考量，也忽略了老百姓是要會做事的政府官員。

　　因此，口水戰成為臺灣普遍的政治現象。更奇怪的是，有某位立法委員到海關不分青紅皂白丟雞蛋以示抗議，照樣可以選上立法委員。

　　由於電視媒體的推波住爛下，例如，柯×海已成為臺灣家喻戶曉的人物；他時常帶著牌子站在別人的後面，甚至帶著流浪狗去抗議，也跟別人打架來增加他個人的知名度。

　　在我看來，難道這是我們的社會過度的泛政治化，而把自由當成放縱吧！盼望我們的社會要有所自覺「針鋒相對」，但相互批評只會造成朝野的對立，對於解決問題是沒有幫助的，也更何況對岸的中共已在增加對臺的軍事武器，這時朝野何不坐來談談如何捍衛臺灣的安全為首要，而不要

再拿某項政治話題在那裡針鋒相對了！

——刊載在輔仁大學《益世評論》中華民國九十一年八月一日

14.說話的分寸

　　一年前，一名德國記者在《明鏡》週刊上撰文批評臺灣的環境及生活品質，其中這名記者寫了二個引起國人注意的比喻：「臺灣的人民有如『生活在豬舍中』，有些臺灣的人民生活簡直像『蟑螂』。」台×哲學系傅×榮教授在他寫的《自信與樂群》（業強版）一書，其中有一篇〈謹守分寸〉，他有對這名記者的撰文提出批評與說明，他說：「記者手操大筆，好像握有生殺大權，這時應該特別謹慎。如果危言聳聽，為了增廣雜誌的銷路而言過其實，就會失去分寸。……有趣的是，他本人是個台灣的女婿，希望將來到台灣定居。如果台灣像是豬舍，他願意委屈定居嗎？他願意變成蟑螂，生活在不見天日的角落中嗎？由此可知，這名記者有些自相矛盾。如果稍有分寸，不採用那麼強烈的字眼，也許會引起大家的共鳴。臺灣的環境品質當然令人不滿，但是大體上『仍可勉強接受』，並且最重要的是大家已有了警覺心，正在力求改善。」

　　舉我自己實際工作的例子來說，因為我所遭遇的問題和事情似乎跟這名記者的說法有點相似。首先，我先自我介紹：我是在某家醫療儀器公司從事調藥水兼倉庫管理的工作。有一次，我上級的副總經理來到公司的倉庫，於是他就順便到我住的房間去看看。雖然四樓的房間有裝一台冷氣機，但外面沒有牽塑膠管，以致於每次開冷氣時，水也就從冷氣裡面流出來，也流了地面有些濕答答的，也有些積水的

現象，也因此他看了有些不高興就對我說：「房間讓你住，你卻沒有好好整理整理。」我聽他這麼一說，我頗為不好意思，馬上把積水的地方掃掉，同時也把沾濕的東西搬開，這時他似乎十分不高興再對我說：「你活得簡直像蟑螂一樣。」當時我雖然聽在心裡很不舒服，但總覺得住在人家的屋簷之下，我也不得不低頭，我也只好採取低姿態忍氣吞聲。

後來，他再一次來到倉庫看到外面堆積的垃圾有些雜亂，因此他就引用德國這名記者在臺灣的報導，他說：「藥水的品質要做得好，工作環境必須先打掃乾淨，不能像台灣人有如住在豬舍中，活得像蟑螂一樣。」我聽了他這麼說，忍不住想笑出來，但又不敢笑。又有一次，他請了裝冷氣的維修人員來到倉庫以改善工作環境，即便一樓要裝普通冷氣，但二樓要裝分離式冷氣，他也沒有說清楚，也因此裝冷氣的人來到倉庫立刻就裝了結果是裝錯了，但這次我剛好又被他看見了，於是他指著我用台語對我說：「傻得不能抓痕。」當時的我幾乎脹紅了臉，但心裡敢怒卻不敢言，只好把怒氣忍下來。

有時候，我會自己頗為生氣的自言自語對自己說：「誰叫我自己國中還沒畢業就把書給賣掉了，而如今在工廠裡頭上班還被人指責，同時也用不好的口氣對我說。」荷蘭有一句諺語：「事情沒有變得更糟！」意思接近「我還有喘一氣的機會」，英文就是：「Give me a brack!」但我這樣的自我期許，希望自己十年後，我能夠培養自己的專長來安身。

然而，或許有些人在與人來往時而他們不知不覺的傷害

別人；人與人的來往必須謹守分寸、謹言慎行，才不會因此
造成傷害，也才不會造成人我之間的摩擦、衝突的起因。

——刊載在輔仁大學《益世評論》，中華民國八十六年十月十六日

15.死亡的省思——德蕾莎修女之死

由錢志純教授他寫的傳統《理則學》一書，其中第十章第二節有這樣的三段論證的例子，他說：「凡人皆會死。孔子是人。故孔子會死。」同理，也可以這樣說：「凡人皆會死。德蕾莎修女是人。故德蕾莎修女會死。」以此類推，自古以來，聖人、賢人、偉人、平凡人等都會死，即便死亡是一種自然現象嗎？但有人說：「人死如燈滅？」假設每個人都不會死，那麼人生還有什麼意義和價值的問題嗎？像類似的問題是值得我們去思考和反省的，也因為如果你不曾想過死亡的問題，所以表示你整天閒散度日根本沒有真誠面對自己的生命。

首先，去年在短短一星期內，黛安娜王妃和德蕾莎修女，這兩位本世紀最著名的女性相繼辭世。尤其是，德蕾莎修女令世人感到無限的感動和懷念。德蕾莎修女一九一〇年出生於「歐洲火藥庫」——巴爾幹半島，現今的阿爾巴尼亞。她在一九二九年來到另一個混亂的國家——印度，她在一所天主教女子中學教書，後來她目睹充斥街頭的窮人、流浪漢，於是她就在印度的加爾各答設置了一個「垂死之家」，專為窮人服務。

德蕾莎修女是天主教「仁愛傳教修女會」的創辦人。她在十八歲時，受信仰的召喚成為一位修女；三十六歲時，她明白召喚的使命，而她盡自己的一切去幫助孤苦無依的人；她的面貌、長相和穿著留給世人深刻的印象，就是：「一件

純白的藍邊沙龍，一襲象徵靈修的頭紗；而這個身高不到一米五，背脊佝僂，滿臉皺紋的人，就是受世人推崇的德蕾莎修女。」

德蕾莎修女是在一九七九年榮獲到諾貝爾和平獎，她說：「我受之有愧，但我覺得是送我一份禮了，因為這樣人們比較知道窮人的情況。」「我選擇貧窮人的貧窮，但我很高興接受諾貝爾和平獎，這是他們所得的。」而且，她也說了許多對窮人關懷的話：「我在每個人身上看見天主。當我給一個癩病人洗傷痕時，我覺得是給主服務。這不是一個美好的經驗嗎？」「窮人不需要同情和垂憐，他們需要我們的愛和熱情。」「窮人給我們的遠比我們給他們要的多。他們是如此堅強的人，日復一日過著沒有食物的日子。他們不曾抱怨，不曾詛咒，我們根本無需憐憫或同情他們。我們可以從他們的身上學到太多、太多了。」

德蕾莎修女被譽為「貧民窟的聖徒」。台×哲學系傅×榮教授，他說：「她的小祕密，就是：『心靈的童貞，信賴與絕對的順服。』」雖然她的生活窮困，但她力求簡樸生活，她也只有「兩套衣服、一雙鞋、一個水桶、一只鐵盤、一些必需用品、一床薄薄的舖蓋。」

然而，根據聯合國的統計，人類前百分之二十的高所得者，他們所擁有的收入是人類全部收入的百分之八十三，而後百分之二十低所得者，收入是人類全部所得的百分之一點四，兩者的所得相差高達是六十比一。靜宜大學校長李家同先生分析說：「五十七億人類中，至少有十二億人是生活在赤貧之中，而我們臺灣的經濟已經擠入了人類中的前百分之

二十。」

其次，死亡是一種自然現象嗎？還是「人死如燈滅？」台×哲學系傅×榮教授在他寫的《面對荒謬人生》一書中，他有這樣的說明：「死亡是一種自然現象嗎？原始民族（初民）大都相信死亡不是自然現象，人既然出生了，就沒有理由要死。因此，造成人死的因素是鬼神或惡靈的作怪，何以作怪？理由不一而足。並且，人即使死了，還會以某種方式活著。換言之，生命是大自然順勢發展的演化結果，還是一種難解的奧祕？所謂『奧祕』，是指生命本身不只是生老病死的過程，還有特定的意義與目的。」「原始部落的人大都相信『死而不亡』。身體雖死，靈魂卻經由通道進入祖先與鬼神的世界。」「以哲學家的反省為例，死亡的比喻稍有不同。最常見的是以『睡眠』為喻。表面看來，死者與睡著的差別只是無呼吸而已。但是，睡著可以被人喚醒，表示他的意識暫時進入夢鄉，隨時可以返回現實；死者卻是喚不醒的，那麼他的意識發生了什麼事呢？是走了？還是滅了？若是滅了，就表示人生在世不論是非善惡，最後都是春夢一場，四大皆空。這種想法並非不合邏輯，而是無法回應人的本能要求，如人的理性、意志、情感的作為，在在都無法認同『人死如燈滅』的虛無主義。」

然而，德蕾莎修女死了，卻留給多少人為她追思與懷念。有人說：「德蕾莎修女一生簡樸，喪禮卻極為隆重。」也有一名悼喪者說：「姆姆活得像乞丐，死得像女王。」而且，她與孔子、蘇格拉底、釋迦牟尼、耶穌等等，同被世人尊稱為「聖人」。如果我死了，我不可能成為聖人，而是剩

下來的人。不過，我憑著良心生活，以真誠的心來面對自己及超越界，然後死於身體，而活於靈魂。

——刊載在恆毅中學的《恆毅月刊》

16.我對國中常態編班的看法

　　有一位臺北縣國中後段班學生寫信給教育部長吳×，他說：「今日你放棄我們，明日我們就放棄你！」「社會各種亂象的一再發生都是長期實施能力編班所產生的『效果』，請你們把眼光放遠一點好嗎？不然二十年後臺灣變成『後段國』了。」「學校一開始就為了升學率放棄他們；為了校長的面子而實施能力編班，美其名是為了因材施教，但開始他們就已被貼上標籤，是『壞的』、『不好的』！」「我們只是比較不會考試而已，為什麼要受到這種歧視？」「縣市教育局應該認真督導，督導要查學校有沒有常態編班？有沒有使用參考書？應該是暗中查，而不是直接去找學校校長或主任，一再的玩警察問小偷有沒有偷東西的遊戲。」「希望國中校長、教育局長等教育行政人員將眼光放遠，不要只看到『前段校、後段校』的問題……。」

　　所謂「後段班」是什麼？一般俗稱「放牛班」或直接說是「壞般」，因此好像放牛吃草，老師只好茫然的面對這些問題學生，他們「只要我喜歡，有什麼不可以？」的態度，使整堂課鬧哄哄的，老師也無心教學，相對於此，雖然前段班俗稱「升學班」或是「好班」，但這些學生好像是未來國家的棟樑，也幾乎每個人都帶一副近視眼鏡，也似乎代表自己很用功讀書，也在將來真是前途無量。

　　以我自己的經歷來說，我是升學班的學生，可是我好像變成了聯考的棄兒，即使我小學的成績都在班上頂呱呱，但

當我進入國中能力分班後，成績卻是一落千丈，也進一步來探求主要的原因：「好班的學生競爭激烈，當然名次就因此往後滑落，後來我也因為鼻病、自卑、挫折等諸多因素，我國中還沒有畢業就把所有參考書及教科書賣給收廢紙的老伯，而他在秤砣上秤桿上滑動，不知秤了幾台斤？然後他拿給我大約二十塊錢。」

教育部表示，「今年九月開始強制各地公私立國中全面實施常態編班……。」同時，根據教育部的規劃「未來常態編班方式將採 S 型方式編班，將國小成績或智力測驗成績第一名到第六名學生分到一至六班，第七名學生則到第六班、第八名學生到第五班，依此類推。」

在我看來，國中常態編班，教育部表面上雖然希望能藉此導正國中教學使之正常化，但以我們的理性來反省「國中常態編班」，其中的弊端，所造成的後遺症——遠遠的超過原來的編班、聯考制度，改採多元入學方式，也只會造成更多的人因此去送紅包、走後門而已，也因此我覺得教育部不應該廢除現有的聯考，也在於政府官員的自覺、家長的自覺、老師的自覺，也因為我們從小就被灌輸一層不變的填鴨式教育，以致於抹殺了人有豐富的潛力，所以似乎大家把矛頭都指向編班、聯考是最大的罪魁禍首，不過我覺得問題的癥結不是聯考存廢的問題，而是我們過度注重升學主義，這麼一來，學生變成為了考試而考試，根本失去教育基本的功能。

——刊載在輔仁大學《益世評論》中華民國八十六年七月十六日

17.我對華航空難的看法

華航空難已超過三個星期，至今還有許許多多的罹難者尚未尋獲，以致於造成有些罹難者家屬憂心如焚。

有些罹難者家屬已傷心的語氣說：「怎麼又是華航呢？」乍聽之下，讓人覺得華航失事率偏高頗有聞機色變的感受，如名古屋空難、大園空難等等，已經奪走了六百多條人命。

游院長承諾說，二年內要讓華航民營化，如此可以改善華航僵化的管理制度，進而可以使飛安做得更安全。

比照其它的航空公司，幾乎每家航空公司都曾發生空難事件，只不過每次的空難事件，一次死傷的人數都頗為可觀，即使引起了大眾的注意，其實每年因車禍事件所造成的死傷人數遠遠超過空難，所以搭飛機這種交通工具，但相較之下，也應該比搭火車、巴士、捷運、開車、騎機車等更安全吧？

在我看來，對華航空難的是件不用過度的擔心，也不必要求華航做到完美，我覺得那是不可能的，也因為連新航失事率極低的航空公司，由於機師誤判跑道而造成了十幾條人命命喪黃泉，所以我覺得華航除了加強管理、機師訓練之外，對於空難的事件只能以平常心看待了。

——刊載在輔仁大學《益世評論》中華民國九十一年七月一月

18.我對漢語（通用）拼音的看法

　　前教育部長曾×朗任期內大力提倡漢語拼音，說漢語拼音是世界的潮流和趨勢可以與世界接軌，後來他卻在許多人的反浪聲中下台。

　　如今有人提倡通用拼音，即便不論是漢語或通用拼音，但我覺得應注重自己本國的語言和文化，而不要一味以拼音來製造語言和文字的混亂，也讓老百姓無所適從。

　　以此類推，其實參考國外也有讓各國學習本國語言的拼音，不過其他的國家只印小冊子或書籍，也不是像臺灣那樣，譬如，路標的看板要改用漢語拼音，如此單就臺北市要把所有路標的看板改成漢語拼音就要花掉上億元的費用，在我看來那豈不是浪費公帑和人民的納稅錢嗎？

　　更何況！中文是象形文字，所以為什麼根據某一項調查：「使用中文看板的路標，駕駛員可以清楚直接反應而減少一些意外的車禍。」

　　然而，我覺得為了與世界接軌，採用漢語或通用拼音來當作宣傳的口號，事實上是忽略中國人所使用的語言是中文而不是英文。

　　是沒錯！英語雖然已是世界通用語言，但畢竟外國人在臺灣停留或居住是少數，本地的中國人才是多數，也因此我覺得不可以藉漢語或通用拼音為理由來更換路標看板或新聞報紙，網路也要採用漢語或通用拼音，也因此我覺得這樣不但太浪費也沒有這樣的必要。

盼望提倡漢語或通用拼音的學者專家，應先注重本國的語言和文化，而不要以美麗的謊言為藉口，讓中國人為了漢語或通用拼音，來造成語言和文字的混亂。

　　——刊載在輔仁大學《益世評論》中華民國九十一年八月一日

19.我對核四存廢的看法

　　首先，我們來談論一個頗為爭論的話題，就是：先有雞，還是先有蛋？是雞生蛋還是蛋生雞？雙方各執一詞，未必可以找到共識。

　　這時，哲學家扮演著重要的角色，因為當大家都在爭論不休的時候，他的思想和見解往往是一針見血，因此，按照希臘哲學家亞里斯多德（Aristotle, 384-321 B.C.）的立場來看，應該是「先有雞」，因為相對於蛋而言，雞是實現，蛋則是潛能。實現先於潛能，所以雞先於蛋。我認為這種說法可取，因為如果不是「先有雞」，我們又如何判斷那個蛋是雞蛋呢？如果追問雞怎麼來的，雞本身應有完美的形式或共相，否則蛋又為何成長為雞就停止了呢？換言之，我們可以「離開蛋而理解雞，卻不能離開雞而理解蛋」，雞不是占有優先地位嗎？（參考《中西十大哲學家》‧臺灣書店出版）‧第 38 頁）以此類推，我們來看臺灣目前核四存廢的問題：

　　前幾天，當行院長張×雄先生宣布立即停建核四的那一天開始，就引發朝野各黨派、民間團體等不少的紛爭及肢體上的衝突。

　　我覺得面對這樣棘手的問題，應該先排除外在的因素，諸如政治、政黨、擁核人士、反核人士等等，而只針對核能發電對臺灣全民的利益，來做價值選擇。

　　然而，事實上其牠的生物是不需要蓋發電廠的，牠們也沒有這種能力，因為牠們是憑著自己的本能在生存，人類則

需要蓋發電廠，如此才能提高生活品質和活動空間，進而增進文化、精神方面的生活，即使如此，電從哪裡來的？但有許多人使用電習慣之後，也就電是需要蓋發電廠才能發電也都忘了。

人類的科技發電目前有：水力發電、火力發電、太陽能發電、核能發電等。以水力發電來說，事實上臺灣的高山是不適合水力發電的，而且水力發電的供電量是十分的不足；火力發電需要進口煤、石油、天然氣等，接下去要燃煤、燒石油、天然氣才能發電，同樣也會造成環境嚴重的污染；太陽能發電對環境的影響是最小的，可是尚在開發中基本上不切實際；核能發電是目前最有經濟效率的發電，只不過在核能的安全與核廢料上必須加強安全措施及謹慎的處理，那麼就沒有多大的問題。

陳×扁總統說；「核四早晚都要廢，為何不馬上廢呢？」由他所說的這句話來看，他似乎沒有什麼邏輯概念，為什麼？因為怎麼把經濟效率比較高的核四廢除，而保留危險性比較高的核一、核二、核三呢？更何況，核四已經蓋了那麼多年，而現在立即要宣布廢除核四停建，這不但在金錢上要賠償好幾百億元，甚至對國家的信譽也遭受嚴重的打擊。

經濟部長林×義說：「要開放民營電廠，來取代核四。」問題的關鍵是，如果要廢不是現在就廢，事實上民營電廠都還沒蓋起來，就要把核電廠廢除，恐怕是行不通的。

總之，我覺得核四應該續建，而逐漸將核一、核二、核三淘汰，這樣才比較符合臺灣全民的利益。您覺得如何？

──本篇刊載在《益世評論》

20.我對林清玄事件的看法

　　這幾天以來，我在《聯合報》、《中國時報》看見連續刊載有關名作家林清玄離婚再婚的事件，底下是幾位記者的報導：「林清玄再婚，打『破』心內門窗，追求人間菩提的幻禍？讀者高道德標準要求令人震驚。」「情義何在？林清玄前妻親友不平，疑陳×鑾在無意狀態下簽字離婚，不排除興訟。」「作家林清玄著有多部佛學與人間情意的書籍，但卻與結髮十七年的妻子陳×鑾離婚，另覓第二春，而且就要生產了。」……。

　　不僅如此，有人聲援、有人批判、有人支持、有人抗議，底下是他們所說的話：「『離婚教主』施寄青昨天『聲援』林清玄說，這是讀者不了解人性，期待的仰慕的公眾人物是『聖人』，殊不知公眾人物下了講台，仍有真實的七情六慾。」「臺北王小姐說，林清玄的前妻目前罹患精神分裂症，她看了很多書知道：這個病多數因精神受虐所造成的，如果林清玄愛她，就該幫助她，而不是不擇手段的……（由於內容可能對人身攻擊，工作人員切斷電話）。」「板橋吳小姐也說，林清玄曾說希望找一個心靈契合的妻子，她也祝福他。」「一封署名『百女讀書會』的抗議函傳真進部分媒體……。該傳真表示，將在六月九日與晚晴協會合辦『泣血的石榴花』活動，蒐購林清玄的書到總統府前焚燒，並舉行相關抗議活動。晚晴協會總幹事劉×芳表示，晚晴沒有要與『百女讀書會』合辦相關活動。」「《益世評論》，王金凌先

生寫了一篇『社會信賴危機』，他說：『這事件和宋×力、妙×等人的行為相似之處，言教為善、身教為惡，或合法而不合道德。』」……。

其次，林清玄為自己為什麼離婚再婚，底下是他的辯解說：「岳家都是樸實善良的臺灣百姓，然而媒體炒作下，他們卻變成行動不理智的人。」「林清玄說，他的事件見報後，他看見施寄青說，一個人一年講一百五十場演講，哪裡還有時間經營家庭生活？這個看法，令他震懾，也自我反省：『婚姻出了問題，不能怪我太太』，自己一定也有很大問題，每一年他的演講場次很多，未來停止演講，多些私人生活空間，『免得第二次婚姻，再重蹈覆轍。』」……。

綜觀以上大家對此事件的看法，同時我也提出我自己的看法：首先，我想引用台×哲學系傅×榮教授的一句話，他說：「寫文章重要的原則是，有話必說，無話不說；說須心口如一，不能說謊。」雖然林清玄所說的都是清淨的佛法，但骨子裡卻暗藏過度的性慾望的需求，也就是他寫《真正的愛》必須從自己的妻子愛起，怎麼可以去年十月剛離婚，而今年他新婚的太太又要生產了，這種事情他再怎麼跟大眾辯解誰會相信嗎？我覺得林清玄雖然寫了那麼多有關佛教的書籍，除了他自己每年賺了那麼多的稿費、版稅、演講費之外，但他對淨化臺灣社會的人心有用嗎？也對改善臺灣社會的亂象有用嗎？這是值得我們懷疑的地方？

——刊載在輔仁大學《益世評論》中華民國八十六年七月一日

21.我對攝理教教主涉及女教主性侵害的看法

　　幾天前電視媒體競相報導:「攝理教教主涉及女教友性侵害的事件,而韓國前攝理教教友雖然帶著曾被鄭×析性侵害的女教友來臺控訴,但他與臺灣攝禮教的負責人到法院按鈴相互的控訴。」

　　這時候,韓國前攝禮教的教友召開記者會,這時由韓國的 K 小姐聲淚俱下的控訴的行列。

　　然而,有句話說得好:「無風不起浪」,因此由這些現象顯示,攝理教教主是否涉及性侵害女教友需要等待法律調查?問題的關鍵是,人類在原始起初為什麼會發明宗教(Religion)?就是:「人類對未知及死亡的恐懼感才發明了宗教。」宗教從傳統宗教,乃至新興宗教的崛起,如猶太教、天主教、基督教、東正教、佛教、回教(又稱為伊斯蘭教)、印度教、錫克教、道教、天帝教……,亦即進入現代化的社會,而如今是網路資訊後現代化的社會,但事實上,宗教變得多元而氾濫,即使如此,傳統的基督宗教(包含了天主教、東正教及基督新教)的教義、佛教的教義等等,根本在誤導人去認知宇宙萬物,乃至人類生命的假相,譬如,《聖經新約・使徒行傳》的第十七張第一節至第三節,有:「耶穌死而復活」的經文(此經文省略),事實上「人死不能復活事沒有例外的」,以及佛教的教義「六道輪迴」;事實上「每一次的相遇、遭遇、發生都是唯一的一次」;事實上

「從宇宙萬物，乃至人類的生命每一次都在變化」；事實上「沒有佛教所謂的『六道輪迴』。」事實上，從傳統宗教的猶太教、基督宗教、伊斯蘭教、佛教等，事實上，是中西古代的人所寫的「神話故事」，即是他們所建構的「烏托邦世界」，以此類推，在現代化的社會，而如今是網路資訊後現代化的社會，新興宗教不但氾濫並騙×騙×，如宋×力、妙×、法×功……。

　　然而，對於攝禮教的由來我不是很清楚，只不過攝理教在電視媒體的曝光下，這個宗教的教友的平均年齡都很年輕，而且大多是大學生，同時也符合年輕人對新偶像的崇拜。

　　總之，人類在原始起初為什麼會發明宗教？就是：「人類對未知及死亡的恐懼感才發明了宗教。」從傳統宗教，乃至新興宗教的崛起，但宗教從古至今並沒有帶給人類真正的和平，反而全世界三大一神教（猶太教、基督宗教、伊斯蘭教）宣稱自己的教義是「唯一真神」，亦即造成宗教戰爭，也造成宗教的衝突、紛爭，而新興宗教的崛起，如攝理教、統一教、宋×力、妙×……也造成宗教的騙×騙×，也有層出無窮宗教的問題在全世界發生著，所以我覺得需要「破除宗教的假真理及假相才可見真相」，才能重新讓人去接受從宇宙萬物，乃至人類的生，有：「創造宇宙萬物完美的基礎」簡單說來，就是：「沒有誕生，也沒有死亡。」「沒有開始，也沒有結束。」永恆存在，信與不信由你？

註：本篇原本刊載在輔仁大學《益世評論》中華民國九十一年元月十六日，但經由我的心靈重新的運思，因此與原本的內容幾乎已不一樣了。

後記

　　本書我是自費出書，後來我發現我與白象文化事業有限公司所定訂的出版合約書給予作者校稿只有一次紙本校稿的機會，亦即我紙本校稿完成，於是主編傳給我 PDF 檔，我再校對和核對整本書後便這樣出版我寫的書；超過了校稿次數還須額外收取成本的費用，而我現在寫作和寫書須修稿、潤稿、校稿並完成電腦打字後，也須本書修稿、潤稿、校稿只剩下一次校稿的機會再把隨身碟寄給出版社，但相較之下，例如，臺灣的大作家林×玄（他在 65 歲時，因心血管疾病而病逝）、名作家、名文學家、名演講家、名教授台×哲學系傅×榮教授等等，而他們出版的書籍幾乎都有出版社為他們聘請文字校對、責任編輯，甚至他們都不需要自己以電腦來打字只要把稿件交給出版社，而出版社便負責把書籍完成並出版，如天下遠見出版股份有限公司、智庫股份有限公司、立緒文化事業有限公司、九歌出版社有限公司、自由之丘文創事業/遠足文化事業股份有限公司……，他們並都有聘請法律顧問。

　　然而，反觀我在白象文化事業有限公司出版我寫的書已有三本書，第一書則在 2018 年 5 月出版，書名是《散散步，欣賞啊！》──尋找過去的記憶；第二書是我在 2020 年 6 月出版，書名是《詩的種子》──現代詩與古典詩之間的鴻溝；第三書在 2021 年 7 月出版，書名是《我是傳奇》──我

不是聖人，我是剩下來的人及人生之旅；白象文化事業有限公司不但沒有聘請法律顧問，反而在書的最後一頁「國家圖書館出版品預行編目資料」，有打上這樣的「版權歸作者所有，內容權責由作者自負」，並雖然在書本的封面內，有：「不需要出版社審核，人人都能出自己的書。」但與名作家、名文學家、名教授、名演講家等等他們出版的書相比之下，讓我覺得有不可思議，還有讓我有天壤之別的感受。

對我而言，寫作和寫書幾乎賺不到錢僅能當成我的興趣而已，也造成了二十幾年前我只是一個寫作的初學者，而我的心靈遭受到嚴重的撞擊和傷害，也造成我的精神疾病（心病）病發的主要的原因之一，也造成我的七情六慾都過度，也造成我從二十幾年前我陸陸續續在消費上嚴重失去控制而不自覺，如首次購屋買進賣出損失高達新臺幣八十萬元、兩次婚姻失敗損失高達新臺幣六十萬元、參加臺灣的婚友社損失新臺幣十五萬、訴訟費損失新臺幣十一萬元及其他的消費，由此可知從二十幾年前到現在我金錢上的損失超過新臺幣二百萬元。

然而，在《散散步，欣賞啊！》——尋找過去的記憶，雖然這一本書初版印刷時是一千本，我也在當時付給白象文化事業有限公司，包含了本書的編輯費、印刷費、經消費等是新臺幣七萬餘元，但白象文化事業有限公司的經銷部，和我自己賣出去的書僅至今約新臺幣九千元，由此可知出版我寫的書幾乎沒有賺到錢反而虧了新臺幣六萬餘元。

其他《詩的種子》——現代詩與古典詩之間的鴻溝、《我是傳奇》——我不是聖人，我是剩下來的人及人生之旅

這兩本書，我現在並沒有仔細去算出版書籍的盈虧，但實際上，也因為我後來都僅採小額的出版三十本紙本書及出版電子書，所以出版的成本相對的提高很多也幾乎是賣一本虧一本，由此可知寫作和寫書反而我是倒貼錢。

　　實際上寫作和寫書對我而言，我也只能當作興趣而已，但反而二十幾年前我在臺北市耕莘寫作班上第二屆編輯研究班時，後來我發現我誠如中國的孟子曰；「大人者，不失其為赤子之心者也。」（《孟子・離婁下》）因此，我說話像小孩子一般且很直接卻得罪了他，於是當時在臺北市耕莘寫作班上第二屆編輯研究班教編輯及報導文學的號×出版社的發行人陳×礎先生，多年下來，我發現他當時惡意對我設計：「寫書是現代人的身分證。」的陷阱，也因此造成我的心靈嚴重遭受到撞擊和傷害，也因此造成我的精神疾病（心病）病發的主要原因之一。

　　本書在我過去出版的三本書中，首先，我想說明的是，我是領有身×障礙證明的精×障礙者，也因為我的精神疾病會造成我「當下欠缺辨識能力」，或者「欠缺辨識能力」，甚至影響我的生活、人生、心靈等各個層面，後來我發現過去我出版的書，書名是《散散步，欣賞啊！》──尋找過去的記憶，而在本書中在使用上用的比較多的，有：「看來」、「就在這個時候」等。雖然與用詞譴字的通順上並沒有必然的關係，但寫作和寫書須在用詞譴字上稍作變化且避免重複的語詞；在《詩的種子》──現代詩與古典詩之間的鴻溝，後來我發現過去我出版的本詩集中，在使用「介系詞」，譬如，「然而」，我在使用上用的比較多「然而」，

但以現代詩（新詩）的形式來抒寫現代詩和散文詩，並不會影響現代詩和散文詩整體的思維與閱讀，亦即我曾在臺北市中山地下街的誠品書店看見一本書，書名是《然而，妳很美》；在《我是傳奇》——我不是聖人，我是剩下來的人及人生之旅，後來我發現過去我出版的書中，在使用「連接詞」，例如，「即使」、「即便」在使用上用的比較多，但我目前要出版《心靈之旅》——寫作和寫書的勇氣，我則對以上所發現的，而如今我已在用詞譴字上稍作變化且避免使用重複的語詞，也包含了使用「介系詞」、「連接詞」等等在內。

本書有引用到其他書本作者的思維，本書則大部分採新細明體 14 與標楷體 14 來做為區分。雖然少數採按照原本字體與本書的內容新細明體 14 是一樣的，但出版時主編是要採什麼字體及第幾級的字體，我就不得而知了？

本書大部分採繁體的「臺」，少數則採簡體的「台」；本書多年前刊載在《國語日報》、《青年日報副刊》、《台灣新生報》、《聯合晚報》、輔仁大學《益世評論》等等，也因為我當時對文字駕馭的能力仍很薄弱，所以如今出版須再重新修稿、潤稿、校稿，才可出版，但一般情況都不加註，只記載刊載在哪個刊物，而除非有對原本刊載的文章，我有重新的運思和重寫，或者文章的標題有更正等，才加註；本書多年前刊載在《國語日報》的小品文和勵志小品文、輔仁大學《益世評論》的評論性的文章，但刊載在《國語日報》、輔仁大學《益世評論》等哪個版面都選擇省略。

本書我寫的內容都完全符合中華民國憲法第十一條規

定：「人民有言論、講學、著作及出版的自由。」但是，我盡量避開在現代化的社會，而如今是網路資訊後現代的社會。雖然許多現代人及後現代人動不動就要提告什麼「毀謗名譽罪」？但本書多年前刊載在輔仁大學《益世評論》的評論性的文章、臺北縣新莊市的恆毅中學《恆毅月刊》、《國語日報》、《青年日報副刊》、《聯合晚報》等等的文章，其中在當時都是以自然人的姓名採真實的姓名刊載，而如今本書出版我選擇大部分採用自然人的姓名的中間打個×，或者在姓名的末尾打個×並關鍵字打個×，少數則採用自然人的姓名不打×來呈現；本書屬於法人大部分都採用原本法人的名稱而不打×，少數則採法人打個×，為什麼？在現代的法律刑事上的「毀謗名譽罪」僅採自然人而不採法人。

　　本書中有所謂「現代人」，而現代人是指十八世紀中期至二十世紀初的工業革命所形成的現代化的社會，因此稱之為「現代人」；本書中有所謂「後現代人」，而後現代人是指二十世紀末進入二十一世紀網路資訊後現代化的今日社會，亦即早已有人提出後自然的生態環境，因此稱之為「後現代人」，由此可知本書中幾乎都有同時採用現代人及後現代人，由此我作個說明。

附錄一　對於「人性向善論」與「人性善向論」的論辯之回應與看法

　　一年前，我已記不清楚走進臺北市的哪家書店？只記得在某個周末去逛書店時買了幾本《哲學雜誌》。由於我最愛的是哲學書籍，所以書店裡頭也就成為我選書時的嬌客了。其中以《哲學雜誌》是我近幾年來必讀的雜誌，然後我從書架上隨手抽取一本翻閱，無意間發現一場精采的辯論：民國八十一年五月八日，花蓮師範學院主辦「道德教育國際學術研討會」，邀請了臺×大學哲學系的傅×榮教授與清×大學通識中心的林×梧教授，進行一次關於孔孟人性觀的對話。「人性向善論」與「人性善向論」──關於先秦儒家人性論的論辯。

　　首先，我想說明的是，本人非學者，也不是從事教育的工作者，只不過我對哲學這門學科頗有興趣，會主動投入鑽研，偶爾也瞥見幾點智慧的星光，在變遷無已的現象中，領略了愛智的樂趣。我採取「自修自學」的方式，跨過哲學的門檻，進入哲學知識的領域，然而對於站在哲學門檻外的人，來看這場人性論的辯論可以說「霧裡看花」，也就是所謂「外行看熱鬧，內行看門道。」因為哲學是一切學問之母，所思考的不是具體的內容而是概念性的問題，所以不懂

哲學的人，就很難懂得哲學的專業術語，到底在說些什麼？所謂「隔行如行山」正是此意。如果把哲學運用在我們真實的人生，哲學是以人的理性來探討人生的根本真相，進而辯明真偽的學問；因為人的生活一天過一天，隨著時間的推移生命逐漸地消逝，因此念哲學可以使人回到「整體性」、「根源性」去思考。

然而，我想就二位教授的人性論觀點，與諸位讀者一起來探討人性的問題，因為我們都是人，所以就有需要了解什麼是合理的人性論？

傅×榮教授的觀點是：（1）以「向」說性，所強調的是「人性之自由選擇的可能性」，更凸顯了人性不是一個存在的實體，而是動態開展的，因此，人性是一種趨向或是一個在生命整體不斷展現的力量，而非完成。（2）人與宇宙萬物的差異，具體表現於人有自由選擇的能力，而向善須在真誠中，才能自覺。（3）共同的人性是「傾向於善」，人性向「善」，善的定義「人與人之間適當關係之實現」，而善只適用於人與人之間的關係，不適用於人與自然界的關係，也不適用於人與天的關係、人與鬼的關係。（4）傅×榮教授把善界定為一種「價值」，而任何一種價值，都必須在行動主體的理解、選擇和實踐之後，才得呈現。（5）傅×榮教授又以「善」來界說「人性之所向」。以「向」言性，可以充分彰顯出人自由選擇的可能。（6）心的來源是「天」，天是「具有主宰力量的中國原始信仰之對象」，因之，如果能充分按照心的向善指示去行事處事，便能理解人性是向善的，而此向善之性乃天之所賦與。「心」是人的一種自覺能力，指示

人行善避惡，使人能異於禽獸。

　　林×梧教授的觀點是：（1）主張人性本善，將本善詮釋為「純粹經驗（pure-experience）上的一個向度，而此向度本身為善」，而且他又主張「人性善向論接受人性本善論」。其次，「善向論」表現於發展中的動向，此動向本身為善。（2）至於對善的詮釋，林×梧教授是以「純粹經驗」來說明：「內心通過一個道德事件油然而生的純粹經驗……，朗現了這個人性的定向，此一定向即為善向。」（3）林×梧教授的「善向論」，主要強調道德實踐的必然性。（4）「善向論」的根據，林×梧教授是以「氣的感通」來陳述其：人與人、人與物、人與天的問題。整個中國哲學和中國文化，都認為人與人、人與物、人與天是合而為一的，這正是一個「氣的感通」的傳統或者說「不二」的傳統。（5）林×梧教授又認為，只要通過反躬自省的工夫回到內心，掌握住「氣的感通」有一根本之動源，此動源即是「誠」。

　　此處的重點落在「人性向善論」與「人性善向論」二者對於人性不同的詮釋。傅×榮教授的「向善論」是以善來界說「人性之所向」，而林×梧教授的「善向論」解釋是「定向」，而此「向」本身是善的，此外表現為一種「動向」，而此動向必然是以「善」為定向。我們由孟子用一個比喻來說明，便可以釐清「人性之所向」與「定向」哪一個理論正確，他說：「人性之善也，猶水之就下也。人無有不善，水無有不下。」（《孟子·告子》）正如「下」是水之「向」而非水之性，「善」也是人之「向」而非人之性。我們不該忘記，「下」並非水之性，而是水之「向」，水之性是 H_2O，就

孟子而言，他理解的「下」，是一種「向」、趨向，因此「人性善就是人性向善」。「定向」與「人性向善」的「向」有何差別？問題的關鍵在於：人到底有沒有自由？我們由孔子所說的一句話，便可以清楚知道人到底有沒有自由，他說：「三人行，必有我師焉；擇其善者而從之，其不善者而改之。」（《論語·述而篇》）其中「擇」就是選擇的意思，而選擇就有自由的成份。至於「定向」比較正確的詮釋應該是：一定是善的。由此有二種詮釋的方式：如果是定在「開始」則沒有自由可言；如果定在「結果」就有不安、不忍之心。「善向論」顯然定在開始，而「向善論」明顯是定在結果。因此，「向」是表示一種內心自發對自我選擇的判斷，而非完成。但林×梧教授的說法令人不解。「善向論」的「向」本身怎麼會是善的呢？既然是主張人性本善，但怎麼又主張人性善向呢？那麼這樣的人性豈不是變成「分裂的人性」嗎？「定向」怎麼詮釋為「動向」呢？「善向論」的善是屬於外在的善，又如何實踐道德？人性善向又如何接受人性本善？

林×梧教授的「善向論」，主張強調是道德實踐的必然性，也就是主張人的道德必然是善的，一定達到善的後果，而人之所以做壞事，是因為沒有做到孟子所說的「存養擴充」的功夫。這裡出現二個理論上嚴重的缺失是，人性「善」向的善是屬於外在的善，而非內心之所向，但哪裡有外在的善呢？又如何以「善向」來實踐道德？人性本善就是一定是善的，但既然一定是善的，又何必「存養擴充」呢？這些顯然都是相當矛盾的說法。

傅×榮教授的「人性向善論」是以「向」說性，性等於向，離開向不能說性。「向」有五種意涵：自覺、自由、感通、心安不安、忍不忍。向善須在真誠中，才能自覺。人性之自由選擇的可能性。只能感通人與人，而不能感通宇宙萬物。人有心安不安、忍不忍的問題。「善」必須定位於人與人之間，所謂「仁」：二人為人；善的定義是「人與人之間適當關係之實現」。在《論語》中，仁字有三層意思：人之性，人之道，人之成。人之性是「向善」；人之道是「擇善」；人之成是「至善」。其次，人性為動態自由的心靈在抉擇過程中的一切表現之基礎，由自由與良知之對照與互動而呈現出來，接著人生正途在於擇善固執。所謂「善」，是指人與人之間適當關係之實現；所謂「擇」，需要考慮內心感受，對方期許與外在規範。人性向善，是「仁」的表現；擇善則要求「知」；固執擇屬於「勇」了。合而觀之，正是三達德。由於固執時可能犧牲生命，由此上企天命，完成人生目的，所以「天人合德」是儒家至高理想。儒家形上學的意涵，在於天概念以及依天而顯的人心上。天人關係不可忽略，否則將成為無源之水，在我看來，傅×榮教授由「人性向善」，研究到「擇善固執」的人生大道，再統合於「天人合德」的圓滿境界，因此整個系統連貫、架構明確，這正是孔子所說的「吾道一以貫之」，同時他根據《論語》《孟子》等原典，以現代語言加以說明和詮釋，務期儒家的原始風貌再度展現。總而言之，我認為傅×榮教授的「人性向善論」，正是合理的人性論，並兼顧經驗材料、理性反省、理想指引等三方面的要求，是具有創見的人性論，而這正是原

始儒家的人性論，可以使原始的風貌再度展現，指引人生正途。

註：本篇原本刊載在《哲學雜誌》第三十一期，由於當時哲學雜誌的總編輯刊載本篇時，雖然我都以真實的學校及姓名來呈現，但現在我選擇以這樣來出版：「臺×大學哲學系的傅×榮教授與清×大學通識中心的林×梧教授」、「傅×榮教授、林×梧教授」，而在《哲學雜誌》第三十一期的第 138頁第 2 段第 4 行我原本寫著「領略了永恆感所帶來的剎那喜悅」，後來我發現我無法「領略了永恆感所帶來的剎那喜悅」，所以我將此處更正為「領略了愛智的樂趣」。雖然我的思想受到台×哲學系傅×榮教授的著作影響很大，但經過時間的沈澱、思考及反省，亦即我的錯誤之處我勇敢選擇更正。十幾年前，我曾打電話給《哲學雜誌》的總編輯台×哲學系傅×榮教授，而記得當時我對他說：「請尊重我寫的」，但他回我說：「小部分的內容須修改，如果我不同意就不予刊載我寫的文章。」我當時雖然仍有些無法接受，但我這樣再對他說：「我同意小部分的修改。」

——刊載在《哲學雜誌》第三十一期二○○○年元月出版

附錄二　人性與超越界的省思
——人性本善論與人性向善論之比較

　　進入現代化的社會，我們所處的時代複雜的程度比起古代是難以想像的，其特色是：「知識爆炸、資訊氾濫、智慧貧乏、價值混淆」，而如今是網路資訊後現代化的社會，事實上知識和資訊都已氾濫，即使現代人及後現代人吸收過量的知識和資訊所產生的後遺症就是人云亦云，隨波逐流，也因為知識、資訊像水，所謂的「水能載舟，亦能覆舟」，尤其是凸顯在「人性」的問題上，所以有滿多的現代人及後現人認為人性有很多種？亦即他們認為「人性」這種「事實」與「善」這種價值是可以等同的；「事實」是與生具有的，「價值」則須由個人自覺及自由選擇之後，才可呈現。進而言之，滿多主張人性本善的學者及主張人性本善的現代人及後現人認為「善」的概念是無法定義的，隨人愛怎麼說就怎麼說，亦即主張人性本善、主張人性本惡、主張人性無善無惡、主張人性可善可惡，主張人性向惡等都可以，即使如此，從古至今各家各派的學者，對於人性論的研究各有不同的主張，也無法忽略一個事實，就是：孔子未曾明言性之善惡，但孟子力主性善，而荀子堅持性惡，由此引發了兩千多年的爭議。問題的關鍵是，人性是本善還是本惡？是無善無

惡，還是可善可惡？人性向善還是向惡？若主張人性本善或本惡，就是混淆了事實與價值，無法解釋人間善惡並存的現象；若主張無善無惡或可善可惡，則人生何必一定要行善避惡；若主張人性向惡，那麼人的社會滿街都是做壞事的人，我們又如何面對向惡人的社會？由此可知以上都是錯誤的人性觀，為什麼？自有人類以來，不論東方西方，不論男人女人，不論老人小孩，在人性的基礎點上只有一種人性，假如有兩種人性，那豈不是變成了「分裂的人性」。

由此可以發現，人性向善是合理的人性，為什麼？因為人性向善最符合人的社會人與人之間互動的發展，也最符合「人與人之間適當關係之實現」。簡單說來，每個人都要面對死亡，每個人都是不完美的，每個人都有可能犯錯，即便人性是與生具有的、良知、良能及良心也是與生具有的，人心也是與生具有的，也因此人性沒有本來的善，也因此性不等善，也因此性與善之間需要以「向」說性，離「向」無性，也因此「向」是動態開展的力量，也因此「向」代表人有自由，可以選擇，也因此每個人去選擇為善或為惡，也因此為善者心安，為惡者心不安，也因此符合「孔子問人心有安不安」，也因此符合「孟子問人心有忍不忍」，內心潛在的要求，也符合《論語》、《孟子》、《荀子》、《易傳》、《中庸》等先秦儒家經典的原著及孔子、孟子、荀子等哲學體系的思維。

現代的人文學者，台×哲學系傅×榮教授研究儒家思想二十年，他則根據《論語》、《孟子》、《荀子》、《易傳》、《中庸》等先秦儒家經典原著研究其內涵而他提出新的心得：

「人性向善論」，即使如此，傅×榮教授研究中西哲學延續至今已有四十年，他也堪稱為「中西哲學的擺渡者」，他也在二〇一六年初從台×學哲學系退休，他也從台×哲學系的研究室搬出，也在二〇二一年他已是七十一歲，他也在自己寫的著作《人性向善論發微》（立緒版）一書，而本書作者的〈序〉，他說：「二〇二〇年他七十歲，學生們要為他慶生和祝壽。人生七十歲才開始。」對他而言，從輔×大學到臺×大學當助教，然後他攻讀美國耶魯大學；他在短短三年半的時間就取得美國耶魯大學宗教系哲學博士（Ph.D.）；他返回臺灣之後，在臺×大學哲學系以副教授開始任教，後來升為正教授且是臺×大學哲學系的主任；他的著作甚豐，到目前為止有一百多本的著作；多年下來，我發現前前後後我跟隨他十幾年的時間，但他根本沒有對我「因材施教」，反而他為了自己的名聲和地位幾乎把一切的責任都推給我，雖然在十年前，我心痛的無法接受向臺灣臺北地方法院提告，主要是號×出版社的發行人陳×磻先生，其次是當時臺北市耕莘寫作班的會長陸×誠神父，台×哲學系傅×榮教授，但後來我發現臺灣臺北地方法院合議庭的三位法官，恐怕也是台×哲學系傅×榮教授在台×哲學系的學生或台×通識教育的學生？我也因此損失兩萬多元的訴訟費，也因此我與他從此斷絕關係，我也從此與他不再聯絡，但誠如有人說：「凡走過必留下足跡，凡奮鬥必經歷成長。」我雖然如今在寫我過去經歷的回憶，但我從如此痛苦的回憶去開拓自己文學及哲學的潛力，也誠如有人說：「時間是最好的醫生。」也從我的心靈嚴重遭受到人為及宗教的誤導和傷害，也逐漸經由時間

的淡化走向淡定的人生。

　　陸游說：「文章本天成，妙手偶得之。」順著此一思路，記得多年前我到傅×榮教授的研究室，而在當時我對說：「我要買他所寫的書，而他當時拿給我他寫的幾本書，我則付給他新臺幣五百元給他，可是我要離開時，我對他說，我正在寫一本書，他則回答我說，拿來給我看。」接著，在多年前他回覆我寫的信件，他說：「如果出版我寫的書，他要寫書評；等時機純熟，他要順水推舟。」即使如此，他以前所說的話或承諾不但沒有對我實踐，以及完全沒有對「因材施教」，反而他在寫的著作《轉進人生頂峰》（天下文化出版）一書，其中有一篇〈在逆境中懷抱希望〉而他所舉的例子，就是多年前我在洪建全教育文化基金會下課時，與他分享我寫書所造成我的心靈嚴重遭受到撞擊和傷害及遇人不淑的遭遇，後來我把這篇他寫的文章的重點整理出來：「第一，譬如，我認識一位年輕朋友，他高職畢業後參加一個寫作班，聽到一位老師說：『寫作是現代人的身分證。』於是他立志要出版一本書。第二，其次，這一切的緣由是什麼？所謂『緣由』，包括挫折起因以及他在其中應負什麼責任。這位老師給人希望又讓人失望，這位年輕朋友在尚未明白出版是怎麼回事就認定自己可以成為作家。老師固然難辭其咎，學生也有過度天真的責任。第三，寫作之路受阻，有這樣嚴重嗎？會使人萬念俱灰，甚至不想活了嗎？世間大多數人不是作家，不也活得好好的嗎？是誰規定你要成為作家的呢？不靠寫作就不能取得受人尊重的身分與角色，就不達成光宗耀祖的目的了嗎？也許你忽略了自己還有更具

潛力的專長呢？第四，是指在時間上這個逆境持續了多久？在我的相詢之下，他說：『從事情發生之後，沒有一天忘記這種傷害，到現在已經六年了。』我想，當初那位老師一定做夢也想不到，他的一句評批竟然會對別人造成這麼大的傷害與痛苦。」

　　由於傅×榮教授他本身不是「當事者」，他也根本不了解整個事件所發生的前因後果、來龍去脈，而他過去僅聽我向他分享這個事件的表面的現象，但他自己卻以表面的現象來判斷這個事件，而且他們都是從事良心事業的工作者，然而即使如此，號×出版社的發行人陳×礎先生及傅×榮教授他們都沒有對我「因材施教」，他們也利用本身從事良心事業的工作者專業上的權威幾乎把一切的責任推給我，而傅×榮教授他卻像是烏賊而吐出語言、文字的黑墨汁來遮蓋這個事件的真相，事實上，也誠如有人說：「人是最喜歡推卸責任的動物」，也因此我提出事證並進一步簡單來分析與說明：

　　即使多年前傅×榮教授，他也在當時傾聽我與他的分享，亦即寫書造成我的心靈嚴重遭受到撞擊和傷害及遇人不淑的遭遇，而我當時是對他說：「我在臺北市耕莘寫作班上了滿多的文學寫作的課程，如散文、小說、現代詩、編採、報導文學、編輯等寫作的課程，而教報導文學及編輯的號×出版社的發行人陳×礎先生，他在教編輯課堂上說：『寫書是現代人的身分證。』。」結果他聽錯了，而他在自己寫的著作《轉進人生頂峰》一書，其中有一篇〈在逆境中懷抱希望〉把「寫書是現代人的身分證。」變成了「寫作是現代人的身分證。」事實上，多年下來，我發現當時號×出版社的

發行人陳×磻先生他在臺北市耕莘寫作班教報導文學及編輯時，他是對我惡意設計：「寫書是現代人的身分證。」的陷阱。傅×榮教授他本身就是從事教育良心事業的工作者，他卻也與號×出版社的發行人陳×磻先生「狼×為奸」；事實上，他對我判斷「寫作是現代人的身分證。」事實上，他根本一開始就聽錯了而變成了「寫作是現代人的身分證。」事實上，後來我發現他不但沒有對我「因材施教」，反而他利用我的純真幾乎把一切的責任推給我。

多年前傅×榮教授在他寫的著作中，他曾這樣寫著：「四十五歲不再演講，把機會讓給年輕人。」雖然十幾年前，我也告訴自己說：「我拒絕聽演講、拒絕上課、拒絕買書、拒絕任何宗教信仰等等。」但是，幾年前我又開放買書，我也在 2021 年 5 月 10 日，我也為了初步的構思想寫一本書，書名是《破除宗教的假真理及假相才可見真相》，我也在百般掙扎中，我到臺北市的中山區地下街的誠品書店購買傅×榮教授的著作《宗教哲學十四講》（Philosophy Religion・立緒版）。

由此延伸，傅×榮教授也符合子曰：「溫故而知新，可以為師矣。」（《論語・為政篇》）作者的〈白話〉翻譯：「孔子說：熟讀自己所學的知識，並由其中領悟新的道理，這樣才可以擔任老師啊。」（譯文參考立緒版《論語》）雖然他是符合子曰：「溫故而知新，可以為師矣。」但是，真正能夠為學生及學習者「因材施教」的老師早就不存在，也因此我依孔子的「正名主義」把現代的「老師」、「教授」等等名詞概念，正名為「知識的服務者」和「技能的服務者」，然而

附錄二　人性與超越界的省思——人性本善論與人性向善論之比較

臺灣的新儒家學者堅持《三字經》開宗明義說:「人之初,性本善。」的傳統觀念,顯然他們使用「新儒家」這個名詞是屬於「舊思維的標新立異」。

依據傅×榮教授對人性向善論研究的心得,以下我是參考《儒家哲學新論》(業強版),並經由我整理本書的內容將傅×榮教授對「人性向善論」的思維,選擇其重點來呈現給讀者閱讀,即使這樣整理並非以論文來論述,我也只按照本書的重點來呈現,我也因此不作論文的「註釋」,我也依傅×榮教授對《論語》、《孟子》、《荀子》、《易傳》、《中庸》等先秦儒家經典原著及孔子、孟子、荀子的哲學體系的思維,我也因此依序以傅×榮教授所提供新的方法與現代語言將其內容由我整理重點來呈現儒家的原始義理:

本書包含系統連貫、架構明確的十篇論文與三篇附錄。作者對儒家的研究,始於十年前撰寫博士論文《儒道天論發微》(中文版由學生書局出版,民國七十四年),延續至今,已能扣緊人性論的題材,對儒家哲學作整體而深入的詮釋。

由於作者詮釋所依據的是哲學思維的訓練,同時兼顧經驗材料、理性反省與理想指引等三方面的要求,並且處處以原點為佐證,間或修訂不合理的舊說,務期儒家的原始風貌再度展現。其中的核心觀念「人性向善」,顯然迥異於一般對儒家人性論的看法,因此書名定為「新論」。這不是為了標新立異,而是為了以負責的態度,顯示作者的研究心得。

本書內容分為引論、本論、餘論與附錄。

「引論」先就「儒家思想的演變」在起源上、特質上、開展上與當前的情況,作全局概觀。由此說明本書以原始儒

家為焦點，但並不忽略其歷史背景與演變過程。

　　「本論」為全書重點，包括，題旨分別是：一、邏輯與認識方法，二、人性向善論，三、擇善固執論，四、天人合德論，五、人的自律性問題，六、人性向善論的理據與效應。依序而言，係由知識的掌握與建構入手，凸顯儒家的治學立場與基本關懷，何以具有人文主義的特色，又不失其開放超越的精神。其次，人性為動態自由的心靈在抉擇過程中的一切表現之基礎，由自由與良知對照與互動而呈現出來。接著，人生正途在於擇善固執。所謂「善」，是指人與人之間適當關係之實現；所謂「擇」，需要考慮內心感受，對方期許與外在規範。人性向善，是「仁」的表現；擇善則要求「知」；固執則屬於「勇」了。合而觀之，正式三達德。

　　關於人性論的問題，歷代以來各種見解爭論不休。我們分辨這些見解的真偽高下，可以考慮三項相關條件，就是：（一）基於經驗事實，（二）合乎理性反省，（三）指點理想途徑。以經驗事實來說，我們發現：人間有善行也有惡行，人有行善與行惡的自由，同時行善使人心安，行惡使人羞愧。以理性反省來說，這些經驗事實告訴我們：個人的快樂在於心安理得，群體的和諧在於行善避惡，因此人性的要求也是向善的。以理想途徑來說，如果肯定人性向善，就要多作存養省察的工夫，讓個人內心的指示清楚呈現，同時還要妥當安排道德教育，使大家樂於遵守外在既成的規範。

　　儒家的人性論完全符合以上三項相關條件，因此成為我國道德思想的主流。這套人性論常被稱為「性善論」，其真正涵義則是肯定人有「善端」（《孟子·公孫丑上》），需要努

力實踐，以成就善的行為。換言之，人性是向善的。以下分別以孔子、孟子與荀子為代表，說明儒家人性論的要旨。

孔子雖然在《論語》中未曾直接說明人性的本質，但是他所隱然接受的基本預設則是：人性向善。

理由如下：第一，孔子相信有「共同的人性」，譬如他說從「人之生也直」（〈雍也〉），「性相近」（〈陽貨〉）。第二，這種相近的人性在哪一點上是共同的呢？換言之，孔子是否談過人性的共同趨向？有的，他曾描述有德者在政治上所表現的攻效如下：

「為政以德，譬如北辰，居其所而眾星拱之。」（〈為政〉）

「無為而治者，其舜也與。夫何為哉，恭己正南面而已矣。」（〈衛靈公〉）

「子欲善而民善矣。君子之德風，小人之德草。草上之風，必偃。」（〈顏淵〉）

我們稍加反省就會明白：假使共同人性不存在，並且假使此一共同人性不是「傾向於善」，那麼上述三句重要的論斷，豈不成了無的放矢或毫無意義了。事實上，孔子珍惜傳統的德治理想，只是他進一步注意到人的本性。這一焦點的轉移，不僅反映了時代要求，也表現了儒家人文主義的關懷。

第三，孔子所了解的人性不是抽象的，而是每一個真實的個人所體現的。他肯定每一個人都有能力行仁，亦即人的向善之性不僅可以被引發，而且可以自動自發地展現。他說：

「仁遠乎哉？我欲仁，斯仁至矣！」（〈述而〉）

「為仁由己，而由仁乎哉！」（〈顏淵〉）

「有能一日用其力於仁矣乎！我未見力不足者。」（〈里仁〉）

孔子在此所意圖表達的是：仁是人的內在傾向，以及行仁是人的能力範圍之內的事。我們稱這種主張為「人性向善論」。人性若是向善，則「人之道」自然不能離善而立。這是孔子「擇善固執論」的背景，稍後再述。在此，可以預先指出的是：《論語》一書的「仁」字，兼含「人之性」、「人之道」與「人之成」三重意思；不過在具體問答中，重點常落在「人之道」上。到了孟子，則理論較為細密，當他以「仁」為「人心」，以「義」為「人路」時，就明顯是以前者為「人之性」，而以後者為「人之道」了。

接著，孟子對人性的看法如何？一般人以為他主張人性本善，其實並非如此單純。

孟子的人性理論體系完備。傅×榮教授對孟子研究心得，要點如下：第一，共同的人性是存在的，並且與禽獸有「幾希」的差異，亦即人之所以為人，在於他有「仁義禮智」。第二，「仁義禮智」是「心之四端」：一方面，「君子所性，仁義禮智根於心」（〈盡心上〉），亦即人之性善在於人之心善；另一方面，心之四端，「若火之始然，泉之始達」（〈公孫丑上〉），可見其非處於完成實現的狀態，而是具有擴充發展的傾向。第三，心的這種傾向表現於「評價」與「訓令」，使人分辨善惡與行善避惡。第四，心來源是「天」：「心之官則思，思則得之，不思則不得也，此天之所

與我者。」（〈告子上〉）。如此一來，「人性」之特質、運作與來源都得到明確的交代。孟子所謂「性善」正是指的「人性向善」。

孟子用一個比喻來說明人性，他說：

「人性之善也，猶水之就下也。人無有不善，水無有不下。」（〈告子上〉）

正如「下」是水之「向」而非水之性，「善」也是人之「向」而非人之性。如果人違逆這種向善的本性，「心」就會顯示不安與不忍；如果人順從它，就可以體認「反身而誠，樂莫大焉。」的意義（〈盡心上〉）。這與「為善最樂」的說法不謀而合。

至於荀子，則問題較為複雜。依據傅×榮教授研究荀子的思想，要點如下：荀子公然主張「性惡」，理由是：假使人人順著「本能」的傾向發展而毫無節制，那麼結果「必出於爭奪，合於犯分亂理，而歸於暴。」（〈性惡〉）荀子在此以人性（本能）所引發的「結果」來界說人性的「本質」，因而主張性惡。這種說法是站不住腳的。但是我們是否可以為他辯護，說他主張「人性向惡」呢？不可以。理由如下：第一，荀子若主張「人性向惡」，則他顯然是由「情」與「欲」來理解人性，亦即把人與動物共有的「本能」當做人性，這是得其「類」而失其「種差」，不足以構成有效的定義。第二，荀子並非不知道人特有的「種差」；他說：「人之異於禽獸，以其有辨也。」（〈非相〉），亦即人能夠分辨是非善惡；又說：人之異於土石、草木、禽獸而「最為天下貴」，是因為人「有氣、有生、有知，亦且有義」（〈王

制〉）。因此，「辨」與「義」應該是人所特有的「種差」，亦即人是具有善的傾向。唯其如此，荀子才能宣稱「塗之人可以為禹」，正如孟子之宣稱「人皆可以為堯舜」是一樣的道理。孟子與荀子的根本歧異並不在人性論，而在於做為人性論來源之「天論」。問題是，孟荀二人由不同的天論而得出人性論上類似的結論，可見其中必有疑難。在這方面，我以為是荀子的體系無法一貫。

荀子說：「心也者，道之工宰也。道也者，治之經理也」（〈正名〉）。由此看來，我們無法否認「心」（代表人性）與「道」（代表善）之間是有某種密切關係。我們若認為荀子心中也有「人性向善論」的想法，並非憑空杜撰。

依據傅×榮教授對《易傳》的研究，要點如下：《易傳》的主旨不再討論人性問題，我們只能間接推知它的人性觀。在第二十四卦《復卦》彖傳有云：「復，其見天地之心乎。」為進一步發揮復卦的含義，孔子特別以顏淵為例，說他「有不善未嘗不知，知之未嘗復行」（〈繫辭下〉）。以上這兩段話合而觀之，可知天地之心展現與人之「復」其原出狀態。只要人回歸原初狀態，就會發現什麼不該做。這裡我們想到蘇格拉底的自訴談到：他自幼年起，凡遇不該做的事，都會有「精靈」出而諫阻。可見「該做」之事順心自然，正代表人性向善；而「不該做」之事則立即使人生出「不安」、「不忍」之心。這其中已充分顯示儒家的立場。《易傳》稍後又肯定「復」為「德之本」（〈繫辭下〉）。我們由此不難體察人性與善相應。〈繫辭上〉說：

「一陰一陽之謂道，繼之者善也，成之者性也。」

這個命題所指涉的是整體存在界，但對於人類而言卻特具意義。〈繫辭上〉又說：

「成性存存，道義之門。」

順著這一路線，自然可以明白為何聖人「立人之道，曰仁與義」（〈說卦〉）。唯其預設「人性向善」，才能肯定「繼」善「成」性（繼其善端，成善其性），才能說明何以「成性存存」（成其善性，持守砥礪）是「道義」之門，也才能宣稱「仁義」是立人之道。

依據傅×榮教授對《中庸》研究的心得，要點如下：《中庸》一書的人性觀相當明確。首先，《中庸》並不主張人性本善。試看孔子評顏淵的一段話：

「擇乎中庸，得一善，則拳拳服膺，而弗失之矣。」（〈八章〉）

如果「善」是可得可失的，則它不屬於人性本具。事實上，《中庸》所強調的人性處於一種總是「傾向」於善的狀況。人性的這種傾向表現於人之「知善」與「行善」的過程。所謂「善」的內容，在《中庸》是指五達道（君臣、父子、夫婦、昆弟、朋友等五倫）與三達德（知、仁、勇）。《中庸》即以五達道與三達德做為「知」與「行」的普遍對象，並將它們與對人的普遍要求聯繫起來。譬如，《中庸》說：

「或生而知之，或學而知之，或困而知之，及其知之一也。或安而行之，或利而行之，或勉強而行之，及其成功一也。」（〈二十章〉）

這裡提到的做為「知」與「行」的最後目標之「一」是

什麼？就是前面所說的「善」。甚至連聖人所「不勉而中，不思而得」（〈二十章〉）的，也是「善」，假使人性不是向善的，則以上種種有關「知」與「行」的說法都將落空！如果追問這種向善的人性由何而來，則《中庸》明白推之於「天」。

然而，在《儒家哲學新論》（業強版）第七章〈人性向善的理據與效應〉一篇中，也就是傅×榮教授以一、理據；二、開展；三、效應，因此我選擇「理據」，來作為傅×榮教授來說明人性本善論與人性向善論的差異性在哪裡？其它「開展」和「效應」的內容，因為篇幅不宜過長，所以我選擇省略：

（一）談起儒家的人性論，一般人就會聯想到兩句話，一是「孟子道性善，言必稱堯舜」（《孟子・滕文公上》），二是「人之初，性本善」（《三字經》）。儒家經典作品與通俗啟蒙教材合作下，影響乃既深且遠。性善果真指涉本善嗎？性本善又是什麼意思？我們首先要簡單考察基於此一立場的三種說法。

第一種說法認為人性本來是善的。這種說法又有粗糙與精細之別。粗糙的是指一般人幼稚的信仰，天真地以為人性本善，而從不思索人間何以有惡的問題。精細的則是指某些學者的作法，一方面把人性推源於天地，認為天地既有好生之德，人性自然也是善的；另一方面把人間的惡歸咎於人欲或所謂的「氣質之性」。無論粗糙或精細，這種說法的致命點是混淆了事實與價值，以為「人性」這種事實與「善」這種價值是可以等同的。「事實」是與生所具，「價值」則須個

人自覺及自由選擇之後，才可呈現。進而言之，天地之間的生化現象只是自然界的均衡作用，與善惡無關；同時，人欲若是惡之根源，難道它不是依於人性而有的？這種人性還可以稱為本善嗎？

第二種說法認為所謂人性本善，並不是像前面所述的以為人性在實然上是善的，而是指人的「價值意識內在於自覺心」，亦即人心本有自覺能力，並非善，而只是對善惡之分辨，由此可以引發善行，也可以引發惡行。王陽明顯然注意到這個問題，所以會說「知善知惡是良知」。當然，良知除了知善知惡，同時也會要求人行善避惡。但是單就「人有良知」而論，仍不足以言人性本善。

第三種說法借助康德的哲學架構，區分感觸界與智思界，相對於此，人有習心與本心；就本心可言人之道德自律性，甚至肯定「心之自發的善性」。更明確地說：「心悅理義，心即理義，此心與理義（道德法則）為必然地一致」。然而，這樣就可以認定心是善的嗎？如果把「善」界說為「道德法則」，與外在行為之間沒有必然關係，那麼此說未必不通。但是，此說由心善推至性善。結果依然是：「人人都有這個善性，問題是在有沒有表現出來。」這句話顯示了人性本善的難解之結：沒有表現出來的善，可以稱做善嗎？這個疑點指向「善」的界說。有趣的是，大多數性善論者從未認真澄清他們筆下的「善」有何意義。

總之，儒家的性善論不論如何解釋，即使借用西方的心理學理論與哲學架構，也無法證成人性本善的結論。這裡牽涉的問題有三：一是名詞定義，二是觀念理解，三是經典詮

釋。我們依序探討如後，希望藉此說明人性向善論的意旨。

（二）首先，我們為「善」的界說。初步反省如下：善是對人的行為所作的一種評價，評價的標準不只是行為的動機，也不只是行為的結果，而必須同時考慮行為之動機、結果與目的。動機若是善的，稱為善意，這是善行的出發點，但是光有善的動機，不足以成就善行。反之，善的結果卻未必出自善的動機，也可能是無心所為。若是加入目的，則行為之自主性才得以顯豁。行為主體有一目的，配合動機與結果，成就了善行。換言之，善不能脫離一個在行動中的人，而加以抽象地界定。

不過，人生無時不在行動，那麼哪些行動與善有關呢？凡是行動之目的涉及另一人，亦即另一主體者，才有善的問題出現。因此，善惡判斷只適用於人際之間。如果將它推廣用於人與自然界或鬼神界之間，則是間接立基於人際之間的關係。譬如，我們責怪一個破壞自然生態的人，是因為他的行為可能危及大家的福祉或後代子孫的利益。就人與自然界的關係而論，只有「物競天擇，適者生存」或「相依相存，共生共榮」可說，沒有善惡問題。

因此，「善」的界說是：「人與人之間適當關係之實現」。第一個「人」是指個人或行動之主體，第二個「人」是指另一人或另一人組成的人群。此二者不相遇則已，相遇則必有某種關係；有關係，則必有適當與否的判斷；一旦付諸行動，則有實現與否的結果。舉例來說，子遇父，則適當關係為孝，實現之即為孝行，此為一善。有孝，則可有不孝，是為惡。由此引伸，則一切道德品目，如孝悌忠信，以

及一切相反的惡行，就可以得到解釋了。儒家自孔子特別標舉「仁」字，以其「從人從二」，蓋早已洞識人的生命過程無不須在「人與人之間」，實現其適當關係，以滿全人性之要求。

其次，如此界說的「善」當然不可能與生具有，因此不宜說人性本善，只宜說人性向善。「向」又是何義？一、它代表人的生命是動態的，亦即不斷在行動中成長，其中只有傾向或趨勢。二、此傾向具體表現在人的自由選擇的能力上，亦即人有自由，可以順此傾向，也可以逆之。三、此傾向自由而發，具有指引作用，因此人雖有自由，卻非漫無方向，而其方向即是針對著「善」。簡單說來，為善則心安，為惡則心不安；心之安不安是自然的反應，也就是人性的「向」的明證。至於如何判斷「善」以及如何說明「安」對每一個人顯示的不同程度，則是本章稍後才會觸及的問題。

界說了「善」與「向」之後，必須接著指出何以如此理解人性。

（三）人的存在最為特殊，除了自然生命的新陳代謝之外，還有自由選擇的能力，可以塑造自己。因此，思考人性問題時，首先要避免的就是以人為物，詢問「人是什麼？」我們所能詢問的只是：「人可以成為什麼？」以及「人應該成為什麼？」「成為」一詞，充分彰顯了人的自由與責任。離此而思考人性，都是歧途。因此，詢問「人之性」無異於詢問「人之向」。宇宙萬物，唯人如此。

其次，人之初生，充滿兩方面的潛能。其一，自然生命之發展與萬物無別，但是，另有依自由所建構之價值生命則

大異其趣。初生之人無善惡之分，臨死之人則難逃善惡之分。因此，說人性本善或本惡，即是無視於此一事實。但是，能否說人性與善惡無關，原是無善無惡？或者說人性並無所向，原是可善可惡？

以無善無惡來說，是為人性之「事實」與善惡之「價值」劃清界線。這種作法忽略了一點，就是唯有人的世界才有價值之「應然」問題存在。因此，人性若是無善無惡，則人間亦不應有善惡，有的只是利害，一切為了求生而已。但是這與人的道德經驗完全不符。人間有善惡，則善惡必與人性有關。

以可善可惡來說，是肯定人有自由可以選擇，但是不承認人對善有內在的傾向或聯繫。善惡或者來自社會的習俗，或者取決於大多數人的利益，如此而已。甚至個人內心的安不安，也可以視為後天環境的影響。此說看似有理，其實忽略根本的一點：人心何以會不安？在此須分辨二者：一是古今中外的人，在安不安的程度上各不相同；二是凡是人都有心安不安的經驗。心安不安的程度，當然受到後天的影響，但是「何以人心會不安？」這個問題才是關鍵。由此入手，人性就不只是可善可惡的了。

總結以上所言，人性向善論是以人性為一活潑、動態的力量，此力量表現為傾向，所針對的是「人與人之間適當關係之實現」。那麼，這是不是儒家的想法呢？

（四）孔子生當禮壞樂崩的轉型期，禮樂代表人間的價值系統，亦即人羣藉以分辨善惡的依據。「禮壞樂崩」的第一種解釋是禮樂不興以致百姓「無所措其手足」（〈子路〉）；

第二種解釋則禮樂淪為形式儀節，像玉帛鐘鼓，而缺乏人的內心真情配合。這兩種解釋可以並存，而孔子尤重後者。「人而不仁，如禮何？人而不仁，如樂何？」（〈八佾〉）一語可以證明。我們暫以「仁」代表善——善意或善行皆可，則人之仁與不仁，顯然是後天的選擇結果。

但是，關於善惡的判斷，又有先天的依據。宰我請教孔子「三年之喪」時，先談禮樂規範，即是接受世俗以善惡判斷在於外在行為的想法。孔子的回答卻是要他反省內心，「於女安乎？」（〈陽貨〉）這就是肯定了善惡判斷的真正基礎在於心安與否。禮樂難免因時因地而損益，心安與否則是普遍而永恆的人性經驗。因此，人性即在於人之「向」的動態展現。所向者，善也，仁即是對這種向善狀態所作的描述。

對先秦儒家而言，「善」並非抽象的理想，而是具體指涉人與人之間的適當關係。孔子如此，孟子亦然，至《中庸》則明確標舉「五達道」，目的要人明善誠身，則所謂「道」應為「善之道，「曰：君臣也，父子也，夫婦也，昆弟也，朋友之交也。」（《中庸》二十章）由此期許之義、親、別、序、信，以及其他各種道德品目，無不落在人際之間才有可能實現。這種善豈是與生所具？人與生所具者，向善而已。

進而言之，孔子明確論性，只有「性相近，習相遠」（〈陽貨〉）一語。若性本善，則必曰「性相同」；性向善，才可以說「性相近」，並且無礙於「習相遠」。此外，本善論者還須面對一連串的挑戰。如：孔子說過，「富與貴是人之

所欲也」（〈里仁〉），「吾未見好德如好色者也」（〈子罕〉、
〈衛靈公〉），可見人有欲與好，非本善論者所可想像，而向
善論者則可歸之為：對人際之間「適當關係」判斷之失誤，
由此推知後天教化之重要。孔子甚至針對血氣，提醒少年、
壯年與老年，各要有所「戒」（〈季氏〉），可知他對人性的了
解，是以身心兼顧為原則。本善論者必須離身言心、或者重
心輕身，而無法如向善論者可以兼顧身心。孔子還說過，
「善人吾不得而見之矣，得見有恆者，斯可矣」（〈述而〉），
由有恆者可以漸進於善人，可見人性正是向善而非本善。孔
子從不輕易許人以「仁」，亦是出自類似的心態。

　　扣緊「向善」的信念，孔子有關政治思想的三段話可以
迎刃而解。一是「為政以德，譬如北辰，居其所而眾星拱
之」（〈為政〉），二是「無為而治者，其舜也與，夫何為哉，
恭己正南面而已矣」（〈衛靈公〉），三是「子欲善而民善矣，
君子之德風，小人之德草，草上之風，必偃。」（〈顏淵〉）。

　　由於相信「向善」是人的內在本性，孔子才可以聲稱：
「仁遠乎哉？我欲仁，斯仁至矣。」（〈述而〉）「為仁由己，
而由人乎哉？」（〈顏淵〉）「有能一日用其力於仁矣乎？我未
見力不足者。」（〈里仁〉）人的主體性、能動性、可完美
性，無不立基於人性向善的事實上。

　　孟子的說法更為直接。首先他以「仁義禮智」為善，然
後強調個人有「惻隱、羞惡、辭讓、是非」四心。此四心正
是四善之「端」（〈公孫丑上〉）。「端」字用得十分精當，如
火之始然，泉之始達，必須存而養之，擴而充之，才可以成
就善。「牛山之木」的比喻（〈告子上〉），指出山之本性不是

濯濯,也不是花木盛美,而是具有生長花木之「潛能」,只須不再旦旦伐之,讓它有機會實現本性。同理,人的本性,既非本惡也非本善,而是具有行善之潛能,亦即向善,只須存養充擴之。

再者,「人之異於禽獸者幾希」一段(〈離婁下〉),通常我們只注意到人與動物之別或所謂「種差」,在於人有道德生命,但是更重要的是「庶民去之,君子存之」這八個字。若是做為仁義禮智根源的四心可以「去」或「存」,就表示人的心是活潑的、動態的,可以自覺也可以不自覺,亦即沒有一定的所謂「本善」的質素。反之,以去存來說明「向善」,則無不合。善是須經後天的努力,才可能實現的。

孟子最明顯的斷語是下述比喻:「人性之善也,猶水之就下也。人無有不善,水無有不下。」(〈告子上〉)正如「下」是水之向而非水之性,「善」也是人之向而非人之性。其理甚明。人性向善,並不保證人一定行善,只能保證人在行善時快樂,而行惡時則不安。這與我們所見的人類經驗十分契合。

總之,由「向善」說人性,不僅可以解釋人類的共同經驗,亦即道德方面的自主、自由、責任與人格尊嚴,也可以使儒家的全盤理想,如《大學》的三綱八目所昭示者,得以依序運作,證成一套完整的哲學立場。至於先秦儒家的其他代表,如《荀子》、《易傳》、《中庸》,也都屬於此一立場。現在要做的,是繼續探討向善論的邏輯後果。

我總結傅×榮教授對人性向善論的研究心得:孔子的「仁」字揭示了人性的真相,亦即人性在人生的動態過程中

不斷展現其力量，而仁即是向善。孟子所謂的「性善論」，其實就是「心善論」，也即是心善論就是向善論，而荀子所謂的「性惡論」，其實就是「欲惡論」，也即是欲惡論就是向善論，即使這兩種理論並不必然產生衝突，也因為它們的潛在觀念都是「人性向善論」——以「向」說性，離「向」無性，至於「易傳」和「中庸」都預設和強調共同的人性都傾向於善——人性向善。

從字源學看來，「性」字從「生」。古代中國人對於「性」字的一般看法是：「生之謂性」（〈告子上〉）。不過這種看法僅僅指出某物之所「有」，而非某物之所「是」。它充其量表現了同一「類」（genus）中各物之所「同」而非各物之所「異」。為了界定一物，必須知其本質，亦即「類」加上「種差」（difference of species）。我們由西哲亞里斯多德而熟知這一規則，事實上孟子也有類似的看法。

人性若非向善即是向惡。何者正確？如果依據人的道德表現來看，那麼首先，人是自由的，可以選擇為善或為惡；但是選擇為善，會有心安及快樂之感；選擇惡，則有不安及自負。結論是：向善最能解釋人性。換個角度來看，宇宙萬物的本性是固定的，人的本性是自由的，由此可以發現，人性是「向善」。「向」代表人有自由，可以選擇。「善」是指「人與人之間適當關係之實現」。當人行動時，內心對自己的選擇會有自發的反應與判斷，若選擇為「善」，則覺心安，否則心即不安。《論語》是我們認識孔子思想的最可靠資料。從孔子兩次提及「一以貫之」：第一，子曰：「賜也，女以予為多學而識之者與？」對曰：「然，非與？」曰：「非

也，予一以貫之。」（〈衛靈公〉）；第二，子曰：「參乎！吾道一以貫之。」曾子曰：「唯。」子出，門人問曰：「何謂也？」曾子曰：「夫子之道，忠恕而已矣。」（〈里仁〉）

　　子貢以為孔子是「廣泛學習並且記住各種知識的人」，而孔子則強調自己是「用一個中心思想來貫穿所有的知識」，因而孔子的中心思想是仁，「仁」字在《論語》全書出現一百零四次。以「人之性，人之道，人之成」這三個角度來描述「仁」字。以人之「性」而言，可說仁字指的是「人性向善」，每個人內心涵有自覺行善的要求與力量。以人之「道」而言，則仁字是「擇善固執」，亦即走在人生正途上的抉擇。《中庸》談到「人之道」時，直接肯定其內容為「擇善而固執之者也」，可謂充分延續了孔子的觀點。至於人之「成」，則是《大學》所說的「止於至善」。於是，從向善，經由擇善，走向至善的目標；不僅如此，「仁」字「從人從二」，不離人我相與的關係，而「善」的定義則是「人與人之間適當關係之實現」。換言之，子曰：「性相近也，習相遠也。」（〈陽貨〉）孔子所說的「性相近」是什麼意思？如果從「力量」或「動力」觀點來思考，從「自我要求的力量」來理解人性，則力量之有強弱是在自然不過的事，亦可用「相近」來描述。「向」由力量觀點來理解「性」時，所採用的關鍵字。以力量說本質，無異於以向說性。性即向也，離向無性可言。其次，「性」的界定落在「仁」上，而仁是自我要求的力量，所要求的行善。因此，主張人性向善，就是主張人性是仁，而仁即是向善。從力量或動態角度來理解人性，即是以向說性，然後指出所向者為善。這種詮

釋的特色，在於改變了一般以某種「本質」來界定人性的想法。它的具體思考模式是：當你詢問「人是什麼？」時，你所詢問的其實是「人應該成為什麼？」換言之，「應該」是隨著人的本性而出現的。人的「「應然」（ought to be）就存在於人的「實然」（to be）之中。試想：宇宙萬物只有人才有「應然」的要求，那麼它當然與人的「實然」有內在關聯。覺察此一關聯，並加以表述的方式之一即「人性向善」的主張。

在《人性向善論發微》（立緒版）一書中，而在本書分成三個部分，第一部分：孔子的人性向善論；第二部分：孟子的人性向善論；第三部分：相關研究論文，其中在〈相關研究論文〉的部分，亦即在本書的 268 頁，作者：曹×是台×哲學博士，目前為自由作家，而他寫的論文標題是「性善論之比較──人性本善論與人性向善論」，他說：「人與人性是存在，指人實然如此；「善」則是道德價值，指人應該如此。不論是人性本質為善，人性原初為善，或人性本善即是善，皆是試圖使實然等同應然，此與西方倫理學『實然中不能得應然』（Can not get an ought from an is）之說大相逕庭。恐須進一步解釋，人性是與生所具的事實，善則是個人自由選擇之後才呈現的價值。本善論的主張混淆了事實與價值，也陷入自然主義的謬論（naturalistic fallacy）之中。」

進一步來探索中國古代的天概念，而馮×蘭這樣的學者雖然從不同時代的不同資料中，他也整理了五種中國古代的天概念，就是：「物質之天、主宰之天、運命之天、自然之天、義理之天」，但他以這樣來整理中國古代的天概念是矛

盾互見的；如果注意歷史的演變，而由傅×榮教授發現古代的天概念（若以周初文獻為準），亦即天所展現的面貌已經相當的完備及天有扮演五種原始的角色：「主宰之天、造生之天、載行之天、啟示之天、審判之天」。

由此可以發現，馮×蘭這樣的學者對古代五種的天概念的整理是矛盾互見的，而主張人性本善的學者對中國古代的天概念，因此他們把天人的關係當作「天人合一」的境界，但我經由反省，事實上，西方哲學家康德的《純粹理性批判》一書中，他說：「本體不可知，而他所指的本體就是，自我、世界及上帝不可知。」雖然超越界（Transcendence）是不可知，但可藉以說明內界存（Immanence，或譯為人間世）及自然界，乃至宇宙萬物之存在的基礎，他們又怎麼如何去感受、認知、覺悟、體現「天人合一」的境界？他們也都自我膨脹或一廂情願來對天的感受、認知、覺悟及體現；雖然人有身、心、靈三位一體，但孟子曰：

「形色，天性也。唯聖人然後可以踐形」（〈盡心〉）

傅×榮教授對孟子所說的這句話的研究心得：這句話是理解孟子人性論的關鍵。「形色」是人的有形可見的身體，是與生具來的，可以稱之為「天性」。但是天性只是那自然的形體生命嗎？顯然不只是如此，否則下半句話就說不出來了。「唯聖人然後可以踐形」，為什麼「踐形」那麼難？為什麼「踐形」之後，可以為聖人？「踐形」不過是滿全天生的形體生命罷了，為何會有如此大的效果？原因只一端，就是：人性向善。我的自然生命就富於向善的潛能，亦即其中涵有價值生命的源頭，兩者一起發展，因此，滿全自然生

命，就必須一併滿全其向善的潛能，亦即實踐仁義禮智，成就完美人格。換言之，滿全自然生命（踐形），就是建立價值生命（成為聖人）；如果了解孟子大體小體之分，就會明白其中一而二，二而一的關係了。做人就是做好人，實然與應然在人身上原本是合一的。關鍵還是在於孟子所說的「思」：思則得之，不思則不得。所得者，是在人的命運（繫於自然生命者）之旁，發現人的使命（緣於價值生命者）。

　　人的使命因而也是與生具來的。只要是人，就有一個使命；要以它的自然生命為憑藉，來完成它的價值生命。若以自然生命為美之所依（如人有形體與感受能力），並以價值生命主要表現於善，則美善合一的理想正是人生的首要目標。

　　從孟子所說的這句話及傅×榮教授對這句話的研究心得來看，事實上，人的限制很大，人無法感受、認知、覺悟、體現超越界，亦即我們須接受相信：「以超越界當作宇宙萬物，乃至人類的生命的基礎」，進而我們相信人性、良知、良能、良心、人心等都是與生具有的，亦即如果包括人的身體也是與生具有的，但前提須先認知及相信：「宇宙起源是經由大爆炸」之後，形成了時間與空間，也形成了恆星、行星、星系、星團等的誕生及星體的運行，因此從宇宙萬物，乃至人類的生命都是從無生命至有生命；從最低的微生物至高等的生物至高等的動物而終於演化成人猿，人猿再經由演化的過程變成了原始人，原始人再經由演化的過程變成了有文字記載歷史的文明人，亦即不是只有人類的身體、人性、

良知、良能、良心、人心等都是與生具有的，以此類推包括宇宙萬物都是與生具有的，為什麼？雖然從宇宙萬物，乃至人類的生命都是「創造宇宙萬物有恆的基礎」所創造的，但不可以從古至今中西的先知、佛陀、耶穌、聖人、神父、牧師、法師、密契主義者、密契經驗者、超驗經驗者（根據網路《維基百科》：「超驗主義的核心觀念：主張人能超越感覺和理性而直接認識真理，認為人類世界的一切都是宇宙的一個縮影。」）等，他們又如何來感受、認知、覺悟、體現超越界呢？舉例來說，「耶穌死而復活」、「生死輪迴」……，事實上，是違反常理和道理，哪裡有「真理」？亦即哪裡有真實的道理？譬如，「宇宙的大爆炸」、「從無生命演化至有生命」、「從低的微生物演化成高等生物，再由高等生物演化成高等動物」的演化過程，而以下我有比較充足的理由來論證「創造宇宙萬物完美永恆的基礎」的存在：

在《儒家哲學》（業強版）一書，其中本書的附錄一，就是：為《儒道天論發微》澄清幾點疑義，而在這篇的第304 頁作者對基督宗教的「朗現天意」與其他民族有「默現的天意」做了詮釋，他說：就「啟示者」而言，項教授認為它「在基督宗教的神學中有非常特殊的意義，絕不限於『稽疑』；本書『啟示之天』所云的『啟示』意義過窄，不如改為『釋疑之天』。」項教授所謂「基督宗教的神學」，不外乎是指：第一，上帝透過舊約時期的聖王與先知，明白召示人類的救援之途；第二，上帝降生成人，在新約時期的耶穌身上以言以形體現了福音，如耶穌所云：「我就是道路、真理、生命」。這些屬於「朗現天意」，但是並不妨礙其他民族

有「默現的天意」。耶穌之將世，不是為破壞，而是為成全，亦即成為其他民族自稱「余一人」，即有此種自覺，亦即得到天的啟示與任命，而可以被稱為「天子」。基督宗教的「啟示者」絕不限於「稽疑」，中國古代所信的「啟示之天」又何嘗限於「稽疑」？我在討論天的五種性格時，首先談「啟示之天」（頁二八─三〇），就是因為透過「啟示」，天的其他性格才能彰顯。……。

從作者對基督宗教的朗現天意與其他民族有默現的天意的見解來看，事實上，不論基督宗教的「朗現天意」與其他民族有「默現的天意」；事實上，「創造宇宙萬物完美永恆的基礎」不可知；事實上，「創造宇宙萬物完美永恆的基礎」，原本只創造一顆大如橘子般的石頭，亦即「創造宇宙萬物完美永恆的基礎」，在混沌虛無中創造這一顆石頭後，就從此不管這一顆石頭，因此「創造宇宙萬物完美永恆的基礎」按照「自然律」與「動力因」，直到這顆石頭因密度、溫度高得無法預測，最後這一顆石頭終於自己爆炸了而形成了「宇宙大爆炸或大霹靂」，也形成了宇宙的時間與空間，也形成了宇宙有秩序的行星、恆星、星系、星團等的星體的運行，也形成了從有生命至無生命、從微生物至高等生物至高等動物的演化過程，直到演化到猿猴的高等動物，再由猿猴演化成人猿，再由人猿演化成原始人，再由原始人演化成具有文字記載的古代人，再由古代人演化成文明的人。

然而，為什麼？我無法接受基督宗教的「朗現天意」與其他民族有「默現的天意」？簡單說來，「創造宇宙萬物完美永恆的基礎」根本沒有對基督宗教的「朗現天意」與其他

民族有「默現的天意」，亦即「創造宇宙萬物完美永恆的基礎」，就是：「沒有誕生，也沒有死亡。」「沒有開始，也沒有結束。」永恆存在。因此，「創造宇宙萬物完美永恆的基礎」，只能當作宇宙萬物，乃至人類生命的基礎，而「創造宇宙萬物完美永恆的基礎」，根本就沒有對基督宗教的「朗現天意」與其他民族有「默現的天意」，亦即先知、佛陀、耶穌、聖人、神父、牧師、法師、密契主義者、密契經驗者、超驗主義者等又如何感受、認知、覺悟、體現「創造宇宙萬物完美永恆的基礎」？

佛教的創始者釋迦牟尼（佛陀）說：「說法四十五年，未道得一字。」老子說：「道，可道，非常道。名，可名，非常名。」（傅×榮解讀老子·立緒版）作者的〈白話〉翻譯：「道，可以用言語表述的，就不是永恆的道。名，可以用名稱界定的，就不是恆久的名。」（譯文參考《傅×榮解讀老子》立緒版）

接著，作者的〈解讀〉：1.「道」是老子的核心概念，所代表的是「究竟真實」。人的言語所能表述的，都是相對真實，亦即充滿變化的事物。因此，永恆的道是不可說的。不可說，甚至不可思議，但是卻「非存在不可」，因為若無究竟真實，則這一切由何而來又往何而去，然後人生難免淪為幻象或夢境。老子揭示「道」的存在，是為化解虛無主義，超越相對價值，使人的生命獲得真正的安頓。2.「名」是名稱或概念，是言語及思想的基本單位。「名以指實」，名稱是用來指涉真實之物的，其作用為符號或象徵，因此有調整及改變的空間。針對永恆的道，人的思想可以覺悟恆久的

名，但是一經界定落實，就成為相對的名。以下所論之「名」，皆指相對的名而言。

然而，釋迦牟尼及老子所說的「道是不可說」，事實上，「超越界不是不可說」；事實上，「超越界是不可知」；事實上，超越界是可以使用象徵的概念，我也以新的概念新的象徵來象徵超越界，就是：「創造宇宙萬物完美永恆的基礎」，但經由我的反省與思考，我也邀請我們問：「生命從哪裡來？要往哪裡去？」我也邀請我們問：「從宇宙萬物，乃至人類的生命變化的基礎是什麼？」我也邀請我們問：「宇宙怎麼形成的（宇宙的起源）？」亦即宇宙的起源不可能是界於創造與自己形成之間的第三種答案，為什麼？簡單說來，這樣不但在混淆宇宙的起源，而且會陷入「宇宙是自己形成的？」還是宇宙是被「創造宇宙萬物完美永恆的基礎」所創造的，另一種宇宙起源的謬論。

由此可以發現，宇宙的起源只剩下兩種答案：「宇宙的起源是自己形成的？」還是：「宇宙的起源是被『創造宇宙萬物完美永恆的基礎』」所創造的？因此，我相信「宇宙的起源是被創造宇宙萬物完美永恆的基礎」所創造的，而宇宙的起源不可能是自己形成的，為什麼？因為宇宙的起源的形成都要有形成的原因、因素、充足的理由及條件，不可能從虛無中而生有。

進一步來探討，原本在宇宙還沒有形成之前是處在混沌狀態，亦即沒有空間與時間，更沒有行星、恆星、星系、星系團的爆炸及星體的運行，所以「創造宇宙萬物完美永恆的基礎」，原本只創造一顆像橘子般大小的石頭，而「創造宇

　附錄二　人性與超越界的省思——人性本善論與人性向善論之比較

宙萬物完美永恆的基礎」，創造這一顆像橘子般大小的石頭之後，「創造宇宙萬物完美永恆的基礎」，就從此不管這一顆石頭，而讓這顆石頭按照「自然律」及「動力因」：「自行爆炸」與「自行天體有秩序的運行」。

然而，在《宗教哲學十四講》（Philosophy Religion・立緒版）一書中，作者對宗教的詮釋，我則選擇書中的重點來呈現，他說：「宗教是信仰的體現，信仰是人與超越界之間的關係。」「哲學的思維與宗教的發展，都是來自人類的願望，要探求最初的根源，尋找最後的歸宿。」「宗教經驗不僅是『被動的』，還有比較積極的態度，可稱之為『召喚』（Caling）。」「人屬於自然界，有實然（to be）的部分。自然界有各種變化，人的生命也與其他生物一樣，餓了要吃，累了要睡，渴了要喝。但是人除了實然，還有應然（ought to be）的部分，因為人有自我，也有自由可以作選擇，因而有『應不應該』的問題。機器人沒有自由，對它說『你應該聽話』是沒有意義的，因為它不可能不聽話。當我們對一個人說『你應該聽話』，表示他有選擇聽話或不聽話的可能性，而他應該聽話。『應該』就是應然，只有人有應然的問題。其他生物就如黑格爾所說的，自然的就是必然的，『自然的』代表有規律，是可以預測的，像氣候或某些動物的集體表現都是可以預測的，這其實屬『實然』，實際的樣子。」「教義的英文 dogma，這個字加上『tic』是 dogmatic 意思就成為『獨斷的』。」「『向度』dimension 長寬高空間的度，也稱為『維度』，我們常講『第四度空間』則是指時間而言。」「上帝是超越界的一個名稱：Theos（希臘文），

Deus（拉丁文），Dien（法文），Gott（德文），God（英文），中文的「上帝」為《詩經》，《書經》中常見之詞，用以指稱『至上神』，主宰自然界與人間。」「新年就是宇宙的生日，宇宙（cosmos）這個字代表『秩序』宇宙創生之前是混沌（chaos），沒有時空的秩序，所以需要神話加以解釋的。」「教義的英文是 Dogmatic，這個字加上「tic」是 dogmatic，意思就成為『獨斷的』。這表示教義是不能商量的。任何宗教都有教義，直接宣布真理，因為它無法提供理性的證明。任何宗教的教義，一定要回答幾個問題，譬如，宇宙或世界怎麼來的？人生的目的是什麼？人死之後去哪裡？善惡的報應有什麼具體的安排？這些正好是理性無法回答的，沒有一所大學的教授能回答這些問題。我們今天探討宇宙是怎麼來的，頂多引述一些科學家的研究，如大爆炸或大霹靂、黑洞說，但如果請教科學家，這些真能解釋宇宙從無到有的過程嗎？科學家只能實事求是，承認它們都是尚未證實的『假設』而已，所以回答宇宙怎麼來的，是宗教的特權。」「中國佛教的禪宗，有所謂『言語道斷，心行處滅』。」「金剛經說：『如夢幻如泡影，如露亦如電』。」

　　從作者對宗教的詮釋來看，事實上，作者以「所以回答宇宙怎麼來的，是宗教的特權。」事實上，全世界從傳統宗教的教義至新興宗教的崛起；事實上，宗教獨斷的（Dogmatic）教義而宣稱自己信的宗教即是「真理」，或者宗教獨斷的教義宣稱：「發現宇宙是怎麼來的根源與歸宿」；事實上，人類發明的宗教都是在誤導人去認知宇宙萬物的假真理、假相及迷信，亦即全世界傳統的宗教至新興宗教的崛

起都不能當作信仰，也不能當作人與超越界的關係，甚至新興宗教的教主，如宋×力、妙×禪師、法×功的教主……利用宗教騙×騙×；事實上，宗教在民主法治的臺灣沒有所謂的「特權」。

　　雖然依據中華民國憲法第十三條的規定：「人民有信仰宗教之自由。」但是，我對宗教的評論、批評、批判依據中華民國憲法第十一條規定：「人民有言論、講學、著作及出版之自由。」從這一條中華民國憲法的規定來看，我不但沒有任何違法，而且「合情」、「合理」、「合法」。進一步來以理性來探索宗教，我們會發現宗教所宣稱的「真理」，即是違反常理和道理，哪裡有「真實的道理」？例如，基督宗教《聖經》的裡面有「耶穌死而復活」的經文，但事實上人死不能復活是沒有例外的；佛教的創始者釋迦牟尼（佛陀），而他在菩提樹下自覺和覺悟宇宙萬物，乃至人類的生命的變化，即是生前死後都是經由「生死輪迴」，亦即他自覺和覺悟人的生前死後是經由「業報」、「一切是因緣和合而生」、「生死輪迴」等等，但事實上「每一次的相遇、遭遇、發生，從宇宙萬物，乃至人類的生命的變化都是唯一的一次」；事實上，沒有佛教所謂的「生死輪迴」，亦即從傳統宗教至新興宗教的崛起；事實上，宗教都是歷代中西的人所寫的「神話故事」，以及他們所建構的「烏托邦世界」。

　　在《宗教哲學十四講》（立緒版）一書，其中本書第 155 頁，他說：「今日宗教必須做到解消神話（Demythologization），去除其過時的宇宙及社會成分，但不可反神話（Amtimyth）妄圖把宗教全盤理性化。反神話就是

把宗教完全變成理性的，說這個宗教沒有任何神話，是一種科學性的宗教。這是不可能達成的。但是我們要解消神話裡與當時的時空條件相關的部分，譬如，上帝花了六天創造世界，這是過時的創造觀；地球位居宇宙中心，上有天堂下有地獄，這是過時的宇宙觀；印度社會分為四個階級，這是過時的社會觀。」從作者對宗教的神話的詮釋來看，事實上，不論作者對宗教的神話是以「解消神話」，或者是以「反神話就是把宗教完全變成理性的」；事實上，我不是在解消神話，也不是在反神話就是把宗教完全變成理性的，亦即誠如一九五七年諾貝爾得主及法國存在主義文學家卡謬曾留下一句名言：「我反抗，所以我們存在。」同理：「我反抗，所以我存在。」

從諾貝爾得主及法國存在主義文學家卡謬所留下的一句名言來看，我反抗傳統宗教至新興宗教的崛起，而宗教的無上權威，以及全世界宗教獨斷的教義，以及他們體現「創造宇宙萬物完美永恆的基礎」和「生前死後的假相」；事實上，全世界的宗教的儀式中的「神話故事」，就是中西古代的人所寫的「神話故事」，以及他們所建構的「烏托邦世界」。

作者在《宗教哲學十四講》（立緒版）一書，其中第 35 頁有對宗教所須具備的有五個條件：「第一，教義：宣示『真理』。真理是指人的經驗及理性所無法解說的，來自超越界的答案。第二，儀式：配合神話而有行動。神話是有關神明（代表超越界）的故事；儀式是演出這些故事，使人的生命可以回歸原點，找到永恆的意義。第三，戒律：規範信

徒的言行，尤其是內在的心思與動機，以求走向超越界。第四，教團：神職人員或僧侶階級，經由適當培訓，可以傳播教義，執行儀式，督促誠律。第五，理性的解說：如神學與佛學，須以理性說明，以回應人間的需要。」從作者這對宗教所具備五個條件來看，事實上，從傳統宗教至新興宗教的崛起；事實上，全世界的宗教的教義都是自以為是或自我膨脹來體現「創造宇宙萬物完美永恆的基礎」；事實上，猶太教、基督宗教（包含了天主教、東正教、基督新教）、回教（又稱為伊斯蘭教），而全世界三大一神教宣稱自己信的宗教都是「唯一真神」，或者他們感受、認知、覺悟、體現「生前死後的奧秘」；事實上，全世界的宗教不但都是「不合理」，而且違反常理與道理？哪裡有「真實的道理」？

　　從全世界的宗教不但都是「不合理」並違反常理與道理來看，在《哲學入門》（正中書局出版）一書，而本書中作者寫了一篇〈發現真理〉，他說：先就「真理」一詞來看，在中文裡較為嚴肅，偏向「真實的道理」這一方面。道理是人類共同信守的原則與理念，往往與行為之判斷有關。真理主要指稱「真實之物」，希臘文的原義即是「揭開」（A-letheia, Discover）。若由感官去接觸，所得好像蒙上一層紗，只有揭開這層紗，才能看清真相。我國古代教育，七歲入學稱為「啟蒙」，其義十分近似。在本書中作者寫了一篇〈宗教哲學〉，他說：各大宗教有自己的一套教義、儀式、規範與合理表達，彼此若要講通，可由兩個層次，一是道德實踐上的印證，二是最高境界，如密契主義（Mysticism）的經驗所展示的合一。由宗教哲學看來，則須討論雙方對超越界與

人性之觀點是否可以融通。其他的相關題材有：神話、救贖、奧跡、靈魂不死等。總之，宗教是人與超越界所建立的關係之具體表現，哲學反省除了解說其中的語言與儀式之意義，還可以在此對人性得到深刻的洞識。

接著，宗教（Religion）一詞，在拉丁語系中有多重的含意，其中這個詞有另一個意思，就是：「綑綁」，在我看來把人綑綁起來實在很難聽，但宗教就是把你給綑綁起來，讓你在分散的時間與空間裡去藉由宗教的綑綁來安頓自己的身心，譬如，基督徒禮拜天去教堂做禮拜，就是藉由耶穌基督的寶血，而把你洗刷原罪後給綑綁起來。

換個角度來看，人類原始之初，為什麼？人類會發明宗教，簡單說來，就是：「人類面對未知及死亡的恐懼感，所以人類才發明宗教。」譬如，山有山神，海有海神，太陽有太陽神……，亦即人類在原始之初面對各種災難和挑戰，原始人就以殺禽獸，甚至以殺人來祭祀各種鬼神來獲得心靈的慰藉和平安。

然而，全世界三大一神教，如猶太教、基督宗教、伊斯蘭教等，還有佛教、印度教、錫克教、巴哈教、天帝教、道教……以此類推，回教徒崇拜的黑石（聖石）、印度教徒崇拜恆河（聖河）、信耶穌得永生、信耶穌見閻×王、佛教的生死輪迴……，亦即宗教是人發明的，只有人才有宗教而離開人就完全沒有宗教，由此可知傳統宗教是中西古代的人所建構的「烏托邦世界」，以及他們所寫的「神話故事」。

接著，全世界的三大一神教都宣稱自己的宗教是「唯一真神」，其實全世界的宗教不論是傳統宗教，乃至新興宗教

的崛起都完全在誤導人去認知宇宙萬物的假相，而宗教的先知、耶穌，佛陀、神父、牧師、法師、密契主義者、密契經驗者、超驗主義者等，他們把宗教的命名，例如，基督宗教的耶和華、耶穌、聖母瑪利亞、上帝、神；佛教的一真法界、涅槃；回教的阿拉真神；印度教的梵（Brahman）、梵我如一、大梵天，還有基督宗教的教主——耶穌、佛教的教主——釋迦牟尼、回教的教主——穆罕默德……，乃至全世界的宗教的教主，以及先知、耶穌、佛陀、聖人、神父、牧師、法師、密契主義者、密契經驗者、超驗主義者等，他們都根本無法感受、認知、覺悟、體現「創造宇宙萬物完美永恆的基礎」，簡單來說：「創造宇宙萬物完美永恆的基礎」，就是：「沒有誕生，也沒有死亡。」「沒有開始，也沒有結束。」永恆存在，亦即宇宙萬物，乃至人類的生命都是不完美的而最終都要面對滅亡和死亡。

由此可以發現，因為人的限制非常大，如耶穌、釋迦牟尼、孔子、蘇格拉底等，所以西方的哲學家雅士培（Karl Jaspers）在他寫的《四大聖者》（業強版）一書中，他把耶穌、釋迦牟尼（佛陀）、孔子、蘇格拉底等尊稱為「人類的四大聖者」，但台語有一句俚語說得好：「平平都是人。」事實上，聖人也是人；事實上，每個人都要面對生與死是沒有例外的；事實上，人死不能復活也是沒有例外的，譬如，基督徒說：「耶穌不是從身體復活，而是從精神、靈魂、上帝復活。」事實上，不論從身體、精神、靈魂、上帝復活；事實上，人死而復活都是人發明出來的假相，而讓人盲目去崇拜死而復活的耶穌基督；事實上，人的身體死後，隨之精

神、靈魂不知道去什麼世界沒有人知道；事實上，人死後身體、精神、靈魂絕對不可能復活，亦即翻開西方的《聖經》，有：「耶穌死而復活」的經文，因此《聖經》是過去許多西方人所建構的「烏托邦世界」，以及他們所寫的「神話故事」。

事實上，沒有人知道生前死後是什麼世界；事實上，沒有人有創造宇宙萬物的能力，譬如，無論人類的科技怎麼先端科技，他們都完全無法創造一朵花、一棵樹、一枝草……；事實上，人類可以運用科技去栽培花卉、栽培樹苗促使樹成長、栽培水果、蔬菜……，即使如此，人類是從原本「創造宇宙萬物完美永恆的基礎」，所創造出來的元素、物質、萬物等去提煉、去改造、去發明各種科技產品和人類日常生活的物品，進而來改善人類的生活品質，由此可知人類無法創造宇宙萬物，而人類只能「改造」而非「創造」，因而衍生出，不論你相信「有神論」，或者你相信「無神論」，亦即作為從宇宙萬物，乃至人類的生命變化的基礎，有：「創造宇宙萬物完美永恆的基礎」簡單說來，就是：「沒有誕生，也沒有死亡。」「沒有開始，也沒有結束。」永恆存在。

進一步我想探索的人性是與生具有的，良知、良能及良心也是與生具有的，人心也是與生具有的，乃至宇宙萬物的根源都來自「創造宇宙萬物完美永恆的基礎」，亦即中西的先知、佛陀、耶穌、聖人、神父、牧師、法師、密契主義者、密契經驗者、超驗主義者等，他們又如何感受、認知、覺悟、體現超越界，為什麼？因為「創造宇宙萬物完美永恆

的基礎」不可知，還有西方哲學家康德的《純粹理性批判》一書中，他說：「本體不可知，而他所指的本體就是，自我、世界及上帝不可知。」事實上，基督宗教的耶和華、耶穌、聖母瑪利亞、上帝、神；佛教的一真法界、涅槃；回教的阿拉真神；印度教的梵、梵我如一、大梵天等等都是中西古代的人對超越界所取的名稱；事實上，這些都不能當作「創造宇宙萬物完美永恆的基礎」；事實上，「創造宇宙萬物完美永恆的基礎」是無形無象；事實上，人的限制非常大，即使人僅能對超越界的相信而非感受、認知、覺悟、體現，也因此進而相信人性、良知、良能、良心、人心等都是與生具有的，也因此人類這一類加上種差與其牠的動物並無特別的差別，也因此人類也是地球上多種動物中屬於一種「理性的動物」而已，也因此人類與宇宙萬物一樣是經過演化的過程而演變成人猿，從人猿演化演變成原始人，從原始人演變成有文字記載古代的人，再由古代的人演化成文明的人。

　　然而，具有生物學家、地質學家等專業背景的專家，亦即達爾文他在一八五九年出版《物種源起》，雖然他隨著英國巡洋艦的小獵犬號的五年的航行到過全世界許多的地方，他也成為一位地質學家，他也回到英國後出版《小獵犬號航行之旅》，但臺灣有一位研究人文的學者他對達爾文的進化論的研究，他說：「人類是從猿猴變的嗎？達爾文沒有這樣說。達爾文說這是不能證實的假設，其中有一個失落的環節找不到，那就是怎麼從猿猴變成人這一關找不到。……所以，生物學的革命，提出一個假設，這個假設是與西方傳統的信仰完全相反的，傳統的信仰認為人是上帝造的。人若是

上帝造的，就比較可取，因為至少有一個高貴的來源，使得人性高貴的這一面容易被提升上去；只要信仰就能得救，聽起來至少還有一點希望。如果人是猿猴變的話，哪裡還有得救的問題呢？我們是猿猴變的，變成了人，死了之後再回去猿猴的世界嗎？顯然不是。所以，如果人真的是低等生物演化的結果，那麼人類的未來根本是不能談的。」（參考《文化的視野》‧立緒版）

從臺灣這一位人文的學者研究他對達爾文的進化論的心得來看，我也無法認同，也不論是達爾文自己的見解，或者是臺灣這一位人文學者對達爾文的研究的心得，亦即從猿猴到人類演化的過程有「失落的環節」，以及他把「傳統的信仰認為人是上帝造的。人若是上帝造的，就比較可取，因為至少有一個高貴的來源，使得人性高貴的這一面容易被提升上去；只要信仰就能得救，聽起來至少還有一點希望。如果人是猿猴變的話，哪裡還有得救的問題呢？我們是猿猴變的，變成了人，死了之後再回去猿猴的世界嗎？顯然不是。所以，如果人真的是低等生物演化的結果，那麼人類的未來根本是不能談的。」事實上，他根本相信《聖經》裡面的神話故事，而上帝是按照自己的形象來創造亞當和夏娃所建構的「烏托邦世界」，以及他們所寫的「神話故事」，由此可知他是不負責任的研究，為什麼？理由如下：

舉例來說，幾年前我在國立臺灣科學教育館的裡面，我發現樓上有一個展示區是在介紹人類演化的過程，其中有一個看板以文字來呈現，就是：「科學家推論猿到人的過程是：雙足行走→雙手靈巧→語言能力→腦容量增大。黑猩猩

的 DNA 和人類有百分之九十九的相似性，顯示黑猩猩和人類有共同的祖先。人類雖然與猿類血緣相近，但並非由猿類演化而來，只不過與猿類出於共同袁祖而已。此共同祖先分成為兩支：一支為猿，演化成現代猿；另一支為原人，譬如，根據字典裡的解釋，猿人即是原人，出現於地質學上第四世紀，由類人猿發展而成，保有猿的形態而具有人的若干特質，而現在發現猿人有四種，如巨人、爪哇猿人、北京人、海德爾堡人等演化成為人類。」從科學家以這樣推論猿到人的演化過程來看，事實上，以這樣區分猿與人演化的過程幾乎是錯誤的，為什麼？事實上，猿、人猿、猿人、人類等共同的祖先就是猿，由此可知可分成兩支：一支為猿，演化成現代猿；另一支猿在演化的過程變成了人猿，而人猿的頭蓋骨已在脊椎的上面，亦即人類異於猿，或其牠動物之處，就是人類可以直立行走，而猿，或者其牠的動物的頭蓋骨都在脊椎的前面則無法持續站立行走，即使在演化的過程，也因人類的祖先人猿在演化的過程逐漸將身上的毛退去變成了原始人，再從原始人演化變成有文字記載的古代的人，再由古代的人演化成文明人，或者因行星、慧星撞擊地球造成地球的大災難，如恐龍等等體型龐大的動物都相繼滅絕。

多年以前，我以為對孟子曰：「天將降大任於是人也，必先苦其心志，勞其筋骨，餓其體膚，空乏其身，行拂亂其我為，所以動心忍性，曾益其所不能。」（〈告子下〉）有這樣的使命，我以為也有孔子曰：「人能弘道，非道弘人。」（〈衛靈公〉）的使命，我以為也有中庸開宗明義說：「天命

之謂性，率性之謂道，修道之謂教。」（〈一章〉）的使命，但後來我發現：「創造宇宙萬物完美永恆的基礎」（無形無象），亦即超越界根本沒有按照自己的形象來創造《聖經》裡面的神話故事：「亞當和夏娃」，也完全沒有啟示給人類的先知、耶和華、彌賽亞救世主耶穌等等要來救贖人類的原罪，我也沒有這樣的命運與使命，事實上，先知、佛陀、耶穌、神父、牧師、法師、密契主義者、密契經驗者、超驗主義者等，即使他們對「創造宇宙萬物完美永恆的基礎」，也都是屬於一廂情願純粹的想像或幻想，而近代哲學家也有這樣說：「是人在創造上帝，而不是上帝在創造人。」

由此延伸，基督宗教的耶穌、聖母瑪利亞等等所體現的耶和華、上帝、神；佛教的佛陀所體現的一真法界、涅槃境界；回教徒所體現的阿拉真神；印度教徒所體現的梵、梵我如一、大梵天等等我完全不相信，為什麼？因為超越界不可知，所以他們對以上的感受、認知、覺悟、體現超越界純粹是一廂情願對「創造宇宙萬物完美永恆的基礎」的想像或幻想，因為「創造宇宙萬物完美永恆的基礎」不可知，他們又如何有與「創造宇宙萬物完美永恆的基礎」，有所謂的「密契主義」（Mysticism）、「密契經驗」（Mystical Experience），譬如，在《西方哲學之旅》（天下文化出版・中：近代）一書，其中本書的第 168 頁，就是：「帕斯卡在三十一歲時（1654 年 11 月 23 日的深夜）獲得密契經驗，他寫下兩句話：一句話『喜悅！喜悅！喜悅的眼淚」』；另一句話是『這是亞伯拉罕、以撒、雅各的上帝，不是哲學家與學者的上帝。』帕斯卡的代表作是《思想錄》，他在三十一歲時有過

一次密契經驗。這使他對於許多問題都有自己的明確立場。」以此類推，中西的先知、耶穌、佛陀、聖人、神父、牧師、法師、密契主義者、密契經驗者、超驗主義者等，他們又如何與超越界有密契經驗的合一？事實上，他們都不是與超越界密契經驗的合一；事實上，他們都是一廂情願或自以為是或自我膨脹對「創造宇宙萬物完美永恆的基礎」的想像或幻想。

然而，二十一世紀的天文學家及科學家，而他們都對「宇宙的起源」有一致的認同：「宇宙的起源於原本是在很小範圍，而科學家把這個小範圍稱之為『宇宙起源來自奇異點』，由此延伸，宇宙起源原本只是一顆大如橘子般小的石頭，而這一顆大如橘子般小的石頭因溫度、密度高得無法預測，因此這顆石頭在一百三十七億年前的宇宙大爆炸或大霹靂終於爆炸了；宇宙大爆炸之後形成了時間與空間，天體的運行也從原本的混沌狀態逐漸有秩序形成新的行星、恆星、星系、星團等的誕生及星體的運行；從無生命演化成有生命；從地球最初的疊層岩釋放出含有豐富並提供植物生長的氧氣和養分，也因此經過地球數十億年演化和綠化的過程把地球變成了現今的水藍星球，也因此科學家、地質學家他們發現地球最早的生物是出現在：『火山爆發的溫泉水池』。」

在本篇的最後，原本人類起初為什麼發明宗教，就是：「人類對未知及死亡的恐懼感而發明宗教」，但從傳統宗教發展至新興宗教的崛起，事實上宗教並沒有帶給人類真正的和平，反而宗教戰爭，宗教的腐化，宗教的破壞、宗教的騙財騙色等等，亦即造成人沒有真正獲得宗教的救贖和解說，

反而造成人信仰宗教所帶來的各種傷害，譬如，贖罪券（indulgnce）的興起最早可以追溯到羅馬教宗英諾森三世（Innocent III, 1160-1216），他曾發動過好幾次十字軍東征。他的名字 Innocent 的原意是指無辜的。從十一世紀後期到十三世紀後期約兩百年內，天主教至少發動九到十次十字軍東征。天主教的教宗在1233年成立宗教法庭，又稱為異端裁判所（Inquisition），此後延續發展了四百多年，當時有兩個最大的宗教法庭，一個是西班牙的皇家宗教法庭，另一個就是羅馬的聖宗宗教法庭。聖女貞德（法語：Jeanne la Pucelle, 1412-1413）僅僅活了十九歲，她的故事後來還被拍成電影。她在英法百年戰爭期間，號召法國人抵抗英軍，保家衛國。她是一位民族英雄，但英法兩國交戰不分勝負，雙方講和後把聖女貞德送上宗教法庭，誣告她是女巫。中世紀的女性只要有深刻的思想與明確的觀念，並且宗教法庭，通常都拿被誣告為女巫而死於非命。聖女貞德就這樣白白的犧牲了。史賓諾莎是猶太人，祖先從葡萄牙移民荷蘭。他從小聰明過人，他也很早就熟讀《聖經・舊約》，但對於其中不合邏輯的事件和荒唐無稽的言論，他無法認同。譬如，上帝為了幫助摩西出埃及，就在埃及降下十大災難；上帝為了幫助猶太人對某一支部落，就把他們整個消滅。史賓諾莎無法接受《聖經》的每一部分都是絕對真理（參考《西方哲學之旅》・天下文化出版）。接下去，還有原本天主教神父馬丁・路德的十字軍東征、美國的 911 事件飛機撞大廈，這就是基督教與伊斯蘭教的宗教戰爭最好的見證。

自古以來宗教的當權派利用傳統宗教的權威破壞許多的

附錄二　人性與超越界的省思——人
性本善論與人性向善論之比較

天文學家、科學家、哲學家等等，譬如，天文學的革命以哥白尼（Nicolaus Copernicus, 1473-1543）的「日心說」為代表，背景是西方的文藝復興宗教改革。哥白尼的《天體運行論》推動了科學革命。科學革命是個漫長的過程，直到牛頓在一六八七年出版《自然哲學的數學原理》，才算大功告成。西方中世紀一千多年信仰天主教，相信上帝創造人類，而人類生存在地球上，所以地球必須是宇宙中心，而太陽繞著地球轉。天文學革命從「地心說」變成「日心說」，完全主客易位，有如天翻地覆。「日心說」揭示了地球繞著太陽轉，成為行星之一，甚至太陽系也只是眾多星系之一，這個變革使人類的眼界頓時擴大千萬倍，宇宙也變得難以窮盡了。

當時的科學家擔心受到宗教的迫害，不敢公開承認哥白尼的「日心說」。伽利略的相關著作要到他死後才出版。十六世紀末期的布魯諾（Bruno, 1548-1600）也受火刑而死；直到十八世紀，西班牙還有學者因為堅持某些科學真理被燒死。這些都是假宗教之名，行迫害之實。天主教固然必須為此負責，但是剛剛上場的新教也同樣採取保守立場。馬丁路德指摘哥白尼是「傲慢的占星家」，喀爾文（J.Calvin, 1509-1564）也說：「誰敢把哥白尼的權威置於《聖經》的權威之上了？」這一切可以歸咎於時代的悲劇。值得留意的有二點：一是上述那些科學家自身依然是有信仰的基督徒，亦即他們並未因為自己的科學研究與發現，而放棄信仰。二，像「日心說」這種真理，與《聖經》的說法之間，並沒有必然的矛盾存在。現在，無論任何宗教，都會樂於接受自然科學

所發現的真相。科學的進步幫助我們理解自然界，而這種理解與過去的誤解，對宗教信仰的本質並未造成直接的傷害（參考《宗教哲學十四講》‧立緒版）。

再來，《西方心靈的品味》的第五冊《理性的莊嚴》（洪建全基金會出版）一書中的第 34 頁，作者對史賓諾莎這位哲學家遭受到宗教的迫害，我則選擇本書的重點來呈現，他說：「教會長老在開除他的教籍前，曾經對他威迫利誘，勸告他只要不再對教義有所質疑，教會願意負責支付他往後的生活所需。當然，史賓諾莎並未接受。他們在發現他無可救藥之後，便開除了他的教籍，而且還舉行了儀式，集合了會堂中所有的人，有些人哭泣，有些人唱哀歌，每人手上拿著一根蠟燭。儀式過程中，蠟燭逐一熄滅，最後陷入一片漆黑，這時，還念上一段詛咒詞：『白天逢凶，黑夜逢凶，躺在牀上逢凶，起牀出門逢凶，進家門逢凶……，所有的人不能和他交談、寫信，不能與他同處一個屋簷下，四尺之內便不能接近他，更不能讀他的書』。」「史賓諾莎是被徹底隔絕了，但他怡然自得，說：『很好啊！這並未逼迫我去做我自認為絕對不該做的事。』他自有一個判斷標準，就是他的理性。這需要很大的勇氣，從此他得獨自一人，終身未娶，活了四十五歲就去世了。」

進一步探索在西方中古世紀天主教的舊教的當權派利用宗教的可怕，而在《西方心靈的品味》的第一冊《心靈的曙光》（洪建全基金會出版）一書中的第 90 頁，作者對「天文學家和科學家受到宗教的迫害」、「贖罪券」、「血腥瑪麗」等名詞概念的說明，我則選擇本書的重點來呈現，他說：「那

麼，科學革命呢？主張地動說的哥白尼，他在一五四三年過逝時，才敢把書出版。因為，他如果在此以前出版，就會因為學說違反《聖經》而被燒死。到了一六〇〇年，還有一位布魯諾」（Giordano Bruno, 1548-1600）就為堅持知識而被燒死。」「另外一位科學家伽利略（Galileo Galilei, 1564-1642），他開始時贊成哥白尼，後來否認，在審判時說：『我錯了！我完全弄錯了！《聖經》才是對的。』到七十歲的時候，還要迫害承認錯誤，搬到鄉下去住，發誓不跟任何人講話。這些科學的命運，實在令人同情。」「但是，這時的宗教好不好呢？宗教如果被既得利益階級所掌握，人性的弱點充分顯示出來以後，就無異於世俗化的機構了。所以，接著就出現了宗教改革。所謂『宗教改革』，並不是說新教比舊教好，好像舊教太舊了，應該推陳出新。不是的，主要是因為舊教的當權派太腐敗了。腐敗到什麼程呢？譬如販賣贖罪券，就是說：你捐了多少錢可以買一張，用來抵免三十年地獄之苦。如果我很有錢，就買個十張、百張，然後現在盡量做壞事，反正赦罪券將來可以抵掉我的罪。真是這樣的話，實在是開玩笑！沒有錢的人買不起赦罪券，他就不能犯罪了，有錢人就有權力去犯罪。所以，這完全是教會為了累積財富，以達到世俗目的的一種手段，這種手段完全違背宗教的原來旨趣。我們信仰宗教的目的，是為了引發一種超越的精神，能夠不受世俗的束縛，提升自己靈魂境界。如果像舊教這樣做，變成完全與世俗同流合污了。由此可見，當時的宗教是相當腐化的。」

「那麼，在瑞士是誰呢？就是喀爾文（John Calvin, 1509-

1564）。他在瑞士從事新教的改革，成立了喀爾文教派。在英國，則由國王亨利八世（Henryv, 1509-1547 在位）發動改革，他因為離婚的案件與教廷決裂，就以帝王之尊，成立英國國教。現在在餐廳喝酒時，有一種名為『血腥瑪麗』（Bloody Mary）的酒，這是指誰呢？就是亨利八世的女兒。亨利八世創立新教之後，就迫害舊教，但他的女兒瑪麗（Mary I, 1553-1558）在位還是屬於舊教。她繼位之後，又用舊教來迫害新教，因為手段殘酷，所以被稱為『血腥瑪麗』。因此，我們在喝 Bloody Mary 時，應該知道背後的故事還夾雜著宗教鬥爭，代表新教、舊教之間互相迫害的一段史實。所以，宗教改革決不等於宗教自由。宗教從舊的變成新的，並不表示大家現在都可以自由改革開放，因為新教的手段比起舊教是有過之而無不及的。譬如，喀爾文在瑞士創立喀爾文教派之前，被人追捕的時候，到處說：『寬容！寬容！』請大家讓他有信仰的自由。等他自己在瑞士當政之後，卻絕不寬容，順我者生，逆我者死。所以，一個人受迫害久了之後，一旦當權，往往也去迫害別人，他不會想到自己以前多麼盼望別人的寬容。這一點在哲學家來說，大概稍微好一點，因為他們具有反省的能力。在宗教家來說，他們的傳道熱忱是『己所欲而施於人』，這時積極的、比較激烈的手段就難免出現。我覺得這是令人遺憾的。所以，我們由此看到，宗教徒的熱心有時候會帶來反面的效果。但是不管怎麼樣，這些都發生在十六世紀的中葉，也就是宗教改革的時代。」

從作者詮釋宗教的現象來看，事實上，作者本身雖然是

台×哲學系的教授，但他有天主教信仰的背景，也因此在他寫的《宗教哲學十四講》（立緒版）一書，也因此他處處在幫宗教說話，他說：「我們今天探討宇宙是怎麼來的，頂多引述一些科學家的研究，如大爆炸或大霹靂、黑洞說，但如果請教科學家，這些真能解釋宇宙從無到有的過程嗎？科學家只能實事求是，承認它們都是尚未證實的『假設』而已，所以回答宇宙怎麼來的，是宗教的特權。」「哲學的思維與宗教的發展，都是來自人類的願望，要探求最初的根源、尋找最後的歸宿。」即使如此，我也無法接受他對宗教的詮釋，為什麼？簡單來說，以理性來探索宗教，我們會發現宗教所宣稱的「真理」，即是違反常理和道理，譬如，基督宗教《聖經》的裡面有「耶穌死而復活」的經文，但事實上人死不能復活是沒有例外的；佛教的佛陀他在菩提樹下自覺和覺悟宇宙萬物，乃至人類的生命的變化即是生前死後都是經由「生死輪迴」，但事實上「每一次的相遇、遭遇、發生從宇宙萬物，乃至人類的生命的變化都是唯一的一次」；事實上，沒有佛教所謂的「生死輪迴」，亦即從傳統宗教至新興宗教的崛起；事實上，宗教都是中西古代的人所寫的「神話故事」，以及他們所建構的「烏托邦世界」。

從作者對宗教所引發超越的精神，作者也認為須「尊重宗教」來看，事實上，「尊重」、「感恩」、「感謝」等名詞概念，前提須「發自一個人的內心」，如果不是發自一個人的內心，那麼變成利用宗教的權威來強迫人屈服在宗教的權威底下，以及在現代化、專業化、證照化、電腦化、科技化等等權威，而如今是網路資訊後現化的今日社會的專家及專業

人士的權威，亦是如此；事實上，信仰基督宗教的基督徒，以及信仰其他宗教的人會把責任給人，說「人有原罪」，或者佛教說：「人有業障、業報」，或者有人說：「是人在貪腐而不是宗教在貪腐」；事實上，宗教是人發明的，也因此有人才有宗教，沒有人就沒有宗教，即使原本人類起初為什麼會發明宗教，就是：「人類對未知及死亡的恐懼感而發明宗教」，但傅×榮教授說：「宗教是信仰的體現，信仰是人與超越界的關係。」「真理定義為最真實而不可懷疑之物。」但是，事實上，「真理不可違反常理和道理」；事實上「創造宇宙萬物完美永恆的基礎」是不可知，亦即人類的從古至今中西的先知、耶穌、佛陀、聖人、神父、牧師、法師、密契主義者、密契經驗者、超驗主義者等，他們又如何感受、認知、覺悟、體現「創造宇宙萬物完美永恆的基礎」？事實上，基督宗教是過去許多西方古代的人所寫的「神話故事」，以及他們所建構的「烏托邦世界」，即須「破除宗教的假真理及假相才可見真相」，才能讓人相信：「從宇宙萬物，乃至人類的生命，亦即生命是從哪裡來？要往哪裡去？有：『創造宇宙萬物完美永恆的基礎』。」因而衍生出，不論你相信「有神論」，或者你相信「無神論」，從宇宙萬物，乃至人類的生命的存在，有：「創造宇宙萬物完美永恆的基礎」就是：「沒有誕生，也沒有死亡。」「沒有開始，也沒有結束。」永恆存在。

　　進一步來說明什麼是「信仰」？根據字典的解釋：「對宗教或學說人物的信奉和欽仰」，亦即有人認為信仰包含了人生信仰、政治信仰及宗教信仰，由此延伸，什麼是「相

信」？從宇宙萬物，乃至人類的生命，亦即生命是從哪裡來？要往哪裡去？相信，有：「創造宇宙萬物完美永恆的基礎」就是：「沒有誕生，也沒有死亡。」「沒有開始，也沒有結束。」永恆存在。

然而，我對傳統宗教，如猶太教、基督宗教、伊斯蘭教獨斷的教義宣稱自己的宗教是「唯一真神」，由此延伸，從古至今中西方的神、神明、神話故事，如山神、海神、太陽神、天神、日神、酒神……，而神多得讓人數也數不清楚，以及進入現代化的社會，而如今是網路資訊後現代化的社會，新興宗教氾濫的崛起的教主利用宗教騙×騙×，即使我不但無法接受，我也勇敢期許自己以後要完成《破除宗教的假真理及假相才可見真相》這一本書來出版。

由此延伸，但我可以接受某些中西的哲學家對超越界的論證，譬如，希臘哲學家亞里斯多德（Aristotle, 384-322 B.C.）對超越界的論證，他稱之為「第一個本身不動的推動者。」（參考《宗教哲學十四講》・立緒版）西方哲學家多瑪斯（Thomas Aquinas, 1225-1247）對超越界的「五路論證」：第一，變動；第二；形成因；第三，偶存性；第四，完美等級；第五，目的與設計（參考《西方心靈的品味》第三冊《愛智的趣味》・洪建全基金會出版）……。奧古斯丁進一步來描述：「上帝不在空間中的某處，也不在時間中的某個片刻。他沒有空間的廣延性，但他是不變而超越，又可以內在於萬物之中。」既然可以內在於萬物之中，也可以超越萬物。在時間方面，他說：「上帝不在時間中的某一個片刻，他沒有時間的延展性，但他是不變的與永恆的，比萬物

更古老，所以在萬物之前；又比萬物更新穎，所以在萬物之後。』」（參考《西方哲學之旅》・天下文化出版）西方哲學家笛卡兒說：「我思故我在，我在故上帝在。」然而，笛卡兒所稱呼的「上帝」，是屬於哲學家對「上帝是一切真理的基礎」的論證與基督宗教獨斷的教義宣稱自己信的「耶和華」「神」、「上帝」等，就是：「唯一真神」，是完全不一樣的。……。

　　換個角度來看，不見得每個人都會選擇信仰宗教，如猶太教、基督宗教、伊斯蘭教、佛教、印度教、錫克教、巴哈教、道教……，但每個人一定要選擇「睡覺」，雖然依據中華民國憲法第十三條規定：「人民有信仰宗教之自由。」但是，我對宗教的評論、批評、批判依據中華民國憲法第十一條規定：「人民有言論、講學、著作及出版之自由。」從這一條中華民國憲法的規定來看，我不但沒有任何違法，而且「合情」、「合理」、「合法」。

　　註：在《宗教哲學十四講》（Philosophy Religion・立緒版）一書中，作者對宗教的詮釋，我則選擇書中的其重點來呈現，他說：「宇宙或世界怎麼來的？人生的目的是什麼？人死之後去哪裡？善惡的報應有什麼具體的安排？這些正好是理性無法回答的，沒有一所大學的教授能回答這些問題。我們今天探討宇宙是怎麼來的，頂多引述一些科學家的研究，如大爆炸或大霹靂、黑洞說，但如果請教科學家，這些真能解釋宇宙從無到有的過程嗎？科學家只能實事求是，承認它們都是尚未證實的『假設』而已，所以回答宇宙怎麼來

的，是宗教的特權。」事實上，宗教沒有特權宣稱自己的教義是「唯一真神」；事實上，宗教也沒有特權宣稱發現宇宙萬物，乃至人類的生命的變化的基礎是真理及真相，譬如，耶穌說：「我就是道路、生命、真理，除了我，沒有別的路。」佛陀在菩提樹下自覺和覺悟「生死輪迴」等等，更進一步來探索宗教，宗教也不能當作信仰，也不能當作人與超越界之間的關係，為什麼？宗教獨斷的教義，它不但在詮釋宇宙的起源，乃至人類的生命的變化根本是「不合理」，而且宗教所謂「真理」；事實上，是違反常理和道理。

　　事實上，宗教也沒有帶給人類真正的和平，反而自古以來宗教帶來的戰爭、破壞、紛爭、衝突等；事實上，傳統宗教傳了幾千年變成了無上權威，即使我覺得無論正信的傳統宗教，如猶太教、基督宗教、伊斯蘭教、佛教、伊斯蘭教……，或者是新興宗教的崛起，如宋×力、妙×禪師、統×教教主、攝×教教主、法×功……，他們也在利用宗教騙×騙×；事實上，都有必要「破除宗教的假真理及假相才可見真相」；即使如此，才能讓人能真正去理解「宇宙是怎麼形成的」？也因此「宇宙的形成是自己形成的」，還是有：「創造宇宙萬物完美永恆的基礎」所創造的，也因此我不相信「宇宙的形成是自己形成的」；事實上，任何宇宙萬，乃至人類的生命的形成都有形成的原因、因素、充足的理由及條件，也因此我相信宇宙萬物，乃至人類的生命的變化，有：「創造宇宙萬物完美永恆的基礎」所創造的。

　　雖然以科學都無法證實是否有「創造宇宙萬物完美永恆的基礎」，但科學家的探索是脈絡可循的，也從自古以來中

西許多哲學家對「創造宇宙萬物完美永恆的基礎」的論證也是合理且可以接受的，因此我們問如果沒有「創造宇宙萬物完美永恆的基礎」？從宇宙萬物，乃至人類的生命又如何存在呢？

　　本篇採用「超越界」這個名詞概念來作為宇宙萬物，乃至人類的生命的變化的基礎須說明的是：「超越界」（Transcendence），也有學者把它翻譯為「超越者」，亦即「超越」加上「者」，變成超越界與人一樣有所謂的「人格神」，但是，西方的哲學家史賓諾莎對人格神的論證，他對人格神是荒唐無稽的言論，譬如，上帝為了幫助摩西出埃及，就在埃及降下十大災難；上帝為了幫助猶太人對某一支部落，就把他們整個消滅。史賓諾沙無法接受《聖經》的每一部分都是絕對的真理。西方哲學家史賓諾莎對超越界的論證：「《倫理學》第一篇以『神』為主題，史賓諾莎把『神』定義為『自因』，即自己是自己的原因，如此定義的神必定是永遠存在（參考《西方哲學之旅・天下文化出版》）。

　　從中西哲學家對超越界的論證來看，有一位學者名字叫德爾都良他首先使用「面具」（拉丁文 Persons）一詞代表的特質，後來演變為「位格」（Person），由此看來，我無法接受超越界與人一樣有位格，為什麼？理由是，基督宗教把「耶和華」、「神」、「上帝」等名詞概念當作「上帝是有位格的」（God is personal），即是「耶和華」、「神」、「上帝」等與人一樣有位格的，即是「人格神」。因此，我根本無法接受並這一切都是過去許多古代的西方人所寫的「神話故事」，

　附錄二　人性與超越界的省思──人性本善論與人性向善論之比較

以及他們所建構的「烏托邦世界」。耶穌說：「我就是道路、生命、真理，除了我，沒有別的路。」問題的關鍵，真理不可違反常理和道裡，譬如，《聖經‧舊約創世紀》第一章至第三章有這樣的經文，因而我把這樣的經文濃縮，此經文的重點如下：「神創造天地萬物到第六日都造齊了，到第七日，神造物的工已經完畢，就在第七日歇了他一切的工，安息了。神用地上的塵土造人，將生氣吹在他鼻孔裡，他就成了有靈的活人，名叫亞當，然後神從亞當的身體抽出了一根肋骨，創造了夏娃；夏娃吃了善惡樹上的果子，變成了人的原罪；人有原罪後，須經由耶穌基督寶血的洗淨，才能進入天國。」

　　從《聖經‧舊約創世紀》來看，事實上，《聖經》根本違反天文學家及科學家所發現與證實的「宇宙的起源」；二十一世紀的天文學家及科學家雖然有新的發現，他們也對宇宙的起源有新的估算，但他們都對「宇宙的起源」有一致的認同：「宇宙的起源於原本是在很小範圍，而科學家把這個小範圍稱之為『宇宙起源來自奇異點』，由此延伸，宇宙起源原本只是一顆大如橘子般小的石頭，而這一顆大如橘子般小的石頭因溫度、密度高得無法預測，因此這顆石頭在一百三十七億年前的宇宙大爆炸或大霹靂終於爆炸了；宇宙大爆炸之後形成了時間與空間，天體的運行也從原本的混沌狀態逐漸有秩序形成新的行星、恆星、星系、星系團等的誕生，以及星體的運行；從無生命演化成有生命；從地球最初的疊層岩釋放出含有豐富並提供植物生長的氧氣和養分，也因此經過地球數十億年演化和綠化的過程把地球變成了現今的水

藍星球，也因此科學家、地質學家生物學家等，他們發現地球最早的生物是出現在：『火山爆發的溫泉水池』。」

在《庇里牛斯山的城堡》（木馬文化事業股份有限公司）一書，而在本書的第 79 頁作者對人類的演化過程，他說：「在整個第三紀（六千五百萬至一百八十萬年前），我們這個分支的哺乳類動物——靈長類——演化得極其快速。而我們自己的遠祖，亦即我已經提到過的「南方古猿」或「類人猿」，則在接近第四紀的時候現身（一百八十萬年前），而第四紀正是我們自己的地質時代。」

合而觀之，事實上，從古至今的先知、耶穌、佛陀、神父、牧師、法師、密契主義者、密契經驗者、超驗主義者等，他們又如何感受、認知、覺悟、體現「創造宇宙萬物完美永恆的基礎」簡單來說，「創造宇宙萬物完美永恆的基礎」就是：「沒有誕生，也沒有死亡。」「沒有開始，也沒有結束。」永恆存在。信與不信由你？

國家圖書館出版品預行編目資料

心靈之旅——寫作和寫書的勇氣／李淵洲著.
-初版.-臺中市:白象文化事業有限公司,2022.1
　　面;　公分
ISBN 978-626-7056-07-3(平裝)

863.55　　　　　　　　　　110016222

心靈之旅——寫作和寫書的勇氣

作　　者　李淵洲
校　　對　李淵洲
發 行 人　張輝潭
出版發行　白象文化事業有限公司
　　　　　412台中市大里區科技路1號8樓之2(台中軟體園區)
　　　　　出版專線:(04)2496-5995　　傳真:(04)2496-9901
　　　　　401台中市東區和平街228巷44號(經銷部)
　　　　　購書專線:(04)2220-8589　　傳真:(04)2220-8505
出版編印　林榮威、陳逸儒、黃麗穎、水邊、陳婷婷、李婕
設計創意　張禮南、何佳諠
經銷推廣　李莉吟、莊博亞、劉育姍、李如玉
經紀企劃　張輝潭、徐錦淳、廖書湘、黃姿虹
營運管理　林金郎、曾千熏
印　　刷　普羅文化股份有限公司
初版一刷　2022 年 1 月
定　　價　350 元

缺頁或破損請寄回更換
本書內容不代表出版單位立場‧版權歸作者所有‧內容權責由作者自負